우리가 꼭 알아야 할

그리스 로마 신화

우리가 꼭 알아야 할

그리스 로마 신화
THE GREEK AND ROMAN MYTHS

필립 마티작 지음 ┃ 이재규 옮김

mujintree
뮤진트리

차례

그리스·로마 신화란 무엇인가?
왜 그리스·로마 신화를 공부해야 하는가?

만약 그리스·로마 신화가 마술적 변신magical transformation 또는 신들 간의 다툼만을 다룬 잡다한 이야기들이라면, 그것은 읽어도 별 도움이 안 될 것이다. 그리스·로마 신화를 읽기로 마음먹는다면, 먼저 엄청나게 다양한 신화와 헤아릴 수 없을 정도로 많은 신과 영웅들의 이름, 그 족보의 복잡함에 부딪치게 될 것이다. 그런데도 우리는 왜 신화를 알아야 하고 관심을 기울여야 하는 것일까?

신화는 선조들의 세계관을 보여주고 있으며, 영웅들의 전형적인 모습과 부당한 취급을 받은 여성들, 그리고 막강한 힘을 가졌지만 엄청나게 자의적인 신들의 모습을 통해 그리스와 로마인들의 인간관과 우주관이 형성된 배경을 설명해준다. 바로 이런 까닭에 우리는 신화를 중요하게 여겨야 하는 것이다. 신화에 등장하는 영웅과 여성, 신들 가운데 많은 원형archetype은 지금도 인용될 정도로 강력한 상징성을 지니고 있다. 심리학자(psychologist는 신화에 나오는 공주 '프시케Psyche'의 어간을 갖고 있다)가 오이디푸스 콤플렉스Oedipus complex 또는 나르시시스트narcissist(자아도취 성격 보유자)에 대해 이야기할 때에는 앞에서 말한 것과 같이 신화에 등장하는 신과 인간의 원형들을 인용하는 것인데, 오이디푸스나 나르키소스가 등장하는 신화들은 인간 존재 조건 가운데 특정 측면을 부각시킨 이야기다. 따라서 이 특정 측면은 매우 강한 상징성을 지니고 있기 때문에 의미가 달라질 여지가 없다.

이런 점이 우리가 신화를 읽어야 하는 또 다른 필요성을 느끼게 한다. 신화는 3,000여 년 동안을 이어 읽혀왔다. 그 이유는 신화가 문화적 패러다임을 제시하거나 이야기에 담긴 주제를 체계적으로 제공해주기 때문이 아니라, 신화의 내용이 강력하며 읽기에 매우 즐거운 이야기이기 때문이다.

신화는 얼핏 보기만큼 혼란스러운 것이 아니다. 많은 이야기가 공통의 주제를 갖고 있다. 영웅들이 고통을 받지만 결국에는 비범한 능력과 선물로 보상을 받게 되며, 사랑 때문에 고통받는 여인들도 나중에 반드시 대가를 받는다. 비극적 이야기들은 운명의 세 여신이 운명의 천을 짜고 길이를 정하고 자르는 대로 한 인간의 운명을 결정한다는 것과 그에 맞서서 그 운명을 강인함과 고매함으로 맞이하는 인간의 모습을 이야기한다.

또한 신화에는 신神, 반신반인半神半人, 인간 사이에는 늘 서로 충돌과 불화, 오해가 있음에도 불구하고 무질서와 난폭한 파괴를 상징하는 괴물과 거인에 맞서서 함께 싸우는 큰 줄거리의 이야기가 들어 있다. 현대의 이야기는 선이 악을 이기는 이야기가 주를 이루지만, 신화는 야만성과 무질서에 대해 문명과 이성이 승리하는 투쟁의 이야기가 주를 이룬다. 궁극적으로 신화는 자의적이고 호의적이지 않은 우주에 대해 인간적 가치를 부여하고 있는 것이다. 오늘날 이유 없는 증오, 닥치는 대로의 파괴, 비합리가 판을 치고 있는데도 신화는 그 의미와 영향력을 조금도 잃지 않고 있다.

이 책은 그리스와 로마 세계를 통합했던 각각의 공통 설화와 신념들을 이해하는 길잡이가 될 것이다. 여기에는 세 가지의 중요한 목표가 있다.

신화라는 하나의 큰 이야기 이해하기

신화에는 아주 많은 크고 작은 개별 신화가 있지만 긴 안목으로 보면 하나의 커다란 줄기가 있다. 이것은 기원전 800년 이전에 시작되어 1,000년 이상에 걸쳐 만들어진 그리스인들의 오래된 이야기 및 전승된 추억들에 2세기경 로마인들이 이것들을 차용하여 만든 이야기가 더해진다. 이것은 지금까지 만들어진 가장 규모가 큰 이야기 모음이며, 그리스와 로마라는 다른 두 문화의 공동 작품이라는 점에서 더욱 놀랍다. 그 결과 수많은 개별 주제로 나뉘며, 수천 명의 신과 인간이 등장하여 뚜렷한 내용의 대화, 성격이 확실한 등장인물, 기승전결

이 확실한 이야기가 되었다.

그리스와 로마의 아이들에게 신화는 친숙한 옛이야기와 같다. 이 책의 목적 가운데 하나는 신화의 전체적 그림을 그리스와 로마의 아이들처럼 독자들도 쉽게 상상할 수 있게 도와주기 위한 것이다.

기본 줄거리 이해하기

이 책이 신화를 공부하는 데 올바른 길잡이가 되기 위해서는 개별 신화에 대한 설명은 물론, 그 당시 사람들이 이 신화를 어떻게 이해했는지를 설명하는 것도 중요할 것이다. 우리는 그리스와 로마인들의 마음속으로 들어가서 그들이 살았던 당시의 세계를 접해보고 그들이 보았던 것과 마찬가지로 그들의 신들을 대면해야 한다.

또한 우리는 특정 주제의 신화를 처음 접하는 고대 그리스인이나 로마인의 관점을 상상해볼 필요가 있다. 그렇게 함으로써 신화의 배경이나 주인공, 그들의 성격을 파악할 수 있다. 또 특정 이야기의 전체적 줄거리와의 연계, 성과, 등장인물의 행동 동기를 잘 이해할 수 있게 될 것이다. 이 신화들이 에우리피데스, 소포클레스, 그 밖의 작가들이 만든 위대한 비극의 기초가 되기 때문에 신화를 잘 이해하면 그들의 희곡에 기초하여 만들어진 서구문화의 훌륭한 문학 작품들을 더욱 깊이 있게 감상할 수 있게 될 것이다.

오늘날에도 살아 숨쉬는 이야기

끝으로 신화는 그 내용이 강렬하고 오늘날 서구인의 의식 속에 매우 깊이 각인되어 있기 때문에 결코 사라진 이야기가 아니다. 신화는 르네상스 시대 이후 수많은 화가, 조각가, 작곡가, 작가에게 영감을 주었고, 고전시대 이후에 다시 새롭게 태어난 이야기가 되었다. 오늘날에도 고대 신들과 연관된 말이나 주제를 많이 쓰고 있지만, 어떤 경우에는 그 연관 내용을 제대로 알지 못한 채 쓰기도 한다. 이 책은 우리의 삶에 섞여 있는 신화와 연관된 내용들을 잘 설명해줄 것이다. 또한 전혀 생각지도 못한 색다른 내용도 있을 것이고, 그런 과정에서 고전시대에 대한 이해는 물론 오늘날의 세계에 대한 이해에도 깊이가 더해질 것이다.

이 책의 원전 자료는 호메로스와 베르길리우스의 작품으로부터 헤시오도스와 오비디우스까지의 서사시적 작품과 바킬리데스, 핀다로스 등과 같은 서정시적 작품, 오르페우스 찬가를 망라한다. 출생과 관련된 부분에서는 원전 상호간에도 일치하지 않는 부분이 상당히 있었으나 이야기의 줄거리가 잘 이어지는 쪽의 원전을 인용했다. 그러나 이 경우에도 서로 맞지 않는 이야기가 전개될 때도 있었다. 이 경우에는 좀더 알고 싶어하는 독자를 위해 차이가 있는 내용에 대해서는 그 내용을 덧붙였다. 특별히 언급하지 않은 경우 외에 모든 원전은 저자가 직접 번역했음을 밝힌다.

1

태초의 시간:
카오스부터 코스모스까지의 4단계

그리스와 로마인들에게 세상은 밝고 신선하고 새롭게 시작되었다. 새로 시작하는 단계였으므로 매우 무질서했지만 생명력과 힘이 넘쳐났다. 훗날 고전시대 사람들은 그런 황금시대는 끝났다고 생각했다. 그리고 젊은 활기가 줄어들어 비교적 우주에 질서가 잡혔다고 여겼다.

신화 탄생

로마인들은 어미 곰이 새끼 곰을 핥아서 모습을 만들어줄 때까지 갓 태어났을 때에는 형체가 없다고 믿었다. 이와 마찬가지로 호메로스와 베르길리우스가 단순하고 정리되지 않은 그리스·로마 신화를 오늘날 우리가 알고 있는 형태로 만들었다. 기원전 720년경에 헤시오도스가 천지창조 이야기를 지어냈다. 그는 《신통기Theogony》에서 우주창조를 설명했고, 그리스와 로마인들 모두 그의 이야기를 받아들였다.

제1단계
카오스 이론

땅과 바다와 세상 모든 것을 덮고 있는 하늘이 만들어지기 전에
모든 자연은 널리 퍼져 있는 하나의 물질로 구성되어 있었다.
그 물질은 카오스라 불렸다. 그것은 정제되지 못하고 뒤섞여 있었으며,
생명력과 움직임이 없었고, 모든 물질은 원자로 구성되어
조화롭지 못하게 섞여 하나의 큰 덩어리로 존재했다.

– 오비디우스, 《변신 이야기》, 1장 10절 –

태초에는 카오스만이 존재했다. 시간, 하늘, 땅, 창공, 물이 뒤섞여 있었고, 거기에는 이성理性도 질서도 없었다. 무한하고 어두운 카오스는 언젠가 이 세상을 거대한 수렁처럼 만들 뒤섞인 물질들을 집어삼키고 있었다. 카오스에는 아직 구체적인 모습을 갖추지는 못했지

만, 나중에 형태를 구성하게 될 모든 물질이 섞여 있었다. 그것은 먼 훗날 오르페우스 숭배자들이 표현한 '세상의 알the egg of the world'과 같은 것이었다. 시간이 존재하기 전 넓고 끝이 없는 공간인 우주에서 최초의 존재가 이 카오스에서 만들어졌다. 에로스, 가이아, 타르타로스, 닉스/에레보스의 네 존재가 그것이었다. 다음에 이어지는 매우 긴 시간에서 신성을 가진 모든 존재가 이 네 존재로부터 생기게 된다.

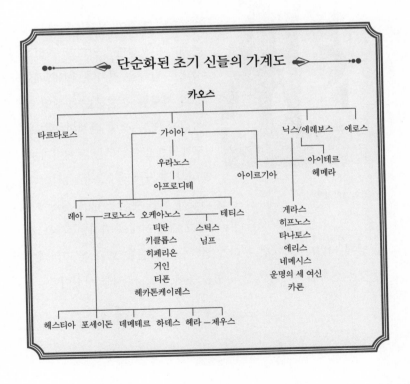

에로스와 그의 강력한 활

에로스

카오스에서 처음 생겨난 존재는 최초의 신 에로스(사랑)다. 에로스는 카오스에서 생겨난 존재 가운데 가장 강력한 힘을 지녔다. 에로스가 없었다면 같이 생겨난 다른 존재들은 스스로 변화할 힘이 없으므로 정적인 상태, 즉 불멸의 존재이거나 생명을 잉태할 수 없는 상태로 남았을 것이다. 이는 에로스가 사랑을 표현하는 존재일 뿐 아니라 모든 생명 탄생의 원리를 구체적으로 표현하는 존재이기 때문이다. 후세에 에로스는 자신의 역할 가운데 많은 부분을 다른 신들에게 나누어주고 로마 시대의 귀여운 큐피드로만 남게 되었다. 하지만 우리가 섬뜩한 신화들을 보며 꼭 기억해야 할 것은 신화의 세계가 사랑의 힘을 통해 창조되었다는 사실이다.

가이아

 에로스가 처음 신비한 능력을 발휘한 대상은 가이아(땅)였다. 가이아만이 스스로의 능력으로 자기 자신으로부터 새로운 존재를 생성시킬 수 있었다. 이는 고대 그리스인들과 현대인들에게 수정되지 않은 생식, 즉 '처녀 생식'이라고 알려져 있다. 헤시오도스에 의하면 가이아는 이렇게 '사랑이라는 달콤한 결합' 없이 스스로 하늘의 신 우라노스(로마의 카일루스)와 바다의 신 폰토스를 낳았다.

타르타로스

타르타로스는 가이아와 반대되는 어두운 존재다. 가이아가 비옥
하고 살아 있는 곳이라면 타르타로스는 황량하고 죽어 있는 곳이다.
후세에 타르타로스는 땅에 있기에는 너무 강력한 힘을 갖고 있거나
위험한 거인 또는 괴물(인간이거나 동물의 형상을 한 존재)을 가두는 감옥
이 되었다. 타르타로스는 후손을 두지 않았고 에로스조차 타르타로
스에게는 아무런 능력을 발휘할 수 없었다.

닉스

에로스는 닉스에게는 보다 쉽게 자신의 능력을 발휘했다. '검은
날개를 단 밤'이라는 뜻을 지닌 닉스는 그로부터 이미 에레보스, 즉
'타르타로스의 밤'이라는 별도의 존재를 자기로부터 분화시켜 두 개
의 존재가 하나의 모습으로 공존했다. 닉스와 에레보스는 에로스의
능력을 통해 새로운 존재를 만들어냈다. 여기서 탄생한 헤메라는 낮
이 되고, 아이테르는 하늘과 대기와 신들이 숨쉬는 높은 하늘이 되어
타르타로 스 및 가이아와 신들이 지내는 곳 사이의 경계가 되었다(아
이테르는 우주 최초의 구성체 가운데 하나였으나 특별히 생식 능력이 뛰어난 것
은 아니었다. 따라서 아이테르가 나중에 가이아와 결합하여 게으름의 여신 아이
르기아를 낳은 것은 그리 놀랄 만한 일이 아니다). 이런 초기의 탄생을 통해
우주의 기초가 완성되었다.

제2단계
대폭발 : 가이아와 우라노스의 후손

나는 가이아를 노래하리라, 만물의 어머니이고,
모든 것을 키우는 가장 우선시하는 존재이며, 그의 존재는 흔들림이 없다.

−《호메로스 찬가》, 30−

  초기 우주의 활동적인 두 존재는 가이아와 그녀의 '아들' 우라노스였다. 즉 땅과 하늘이었다. 다른 태초의 신처럼 가이아는 생각과 본성이 인간 같지 않았다. 각 신들의 힘은 서로에게 작용했으나 인간에게 적용되는 모자관계나 근친상간적인 개념은 존재하지 않았다. 남성적 존재인 우라노스가 매일 밤 반짝이는 위풍당당한 모습으로 여성적 존재인 가이아를 덮고 있었다는 사실만으로도 충분했다. 아직 '시간'이 탄생하지 않았기에 이런 변화가 일어난 시간은 측정할 수 없었고, 최초의 네 신을 생성한 카오스도 아직은 땅과 하늘 사이에 존재하고 있었다. 그리고 모두가 알고 있듯이 현재까지도 카오스는 사라지지 않고 존재하고 있다.

  | 오늘날의 가이아−너무나 많은 곳에 쓰이는 존재 |
  오늘날 가이아는 지구는 하나의 살아 있는 유기체라고 주장하는

가이아 가설Gaia hypothesis을 통해 가장 널리 알려졌다. 그 결과 가이아의 이름은 정부 프로그램에서부터 채식주의자용 소시지 상표에까지 다양하게 쓰이고 있다.

그러나 가이아는 사전적 의미로 Ge, 즉 지구라는 특징으로 가장 잘 설명된다(34쪽 '신들의 특성' 참조). '지구의 도표graph of Ge'라는 뜻으로 geography(지리)가 생겼고, geostatic satellite(지구정지궤도 인공위성), geophysical study(지구물리학)도 만들어졌다. Ge 내부에 대한 연구는 geology(지질학)가, Ge 측량은 geometry(기하학)를 쓴다. 땅을 가는 농부들에서 조지George(Ge-땅, Eurgos-일하다)라는 이름이 생겨났고, 미국의 조지아Georgia 주의 이름도 여기에서 비롯되었다.

│ 오늘날의 우라노스 │

우라노스는 태양계의 일곱 번째 행성인 천왕성으로 가장 잘 알려져 있다. 천왕성은 1781년에 처음 발견되었으므로 고대인들에게는 알려져 있지 않았다. 발견되었을 당시 천왕성의 영어 이름은 원래는 특별한 의미 없이 영국의 조지 왕의 이름을 따서 지었다. 앞에서 이미 살펴보았듯이 'George'라는 이름에는 우라노스의 배우자인 가이아의 의미가 포함되어 있다.

얼마 뒤 발견된 금속 원소 우라늄uranium과 천왕성 발견을 기념하기 위해 이름을 그렇게 지은 것이다. 당시 사람들이 천왕성을 태양계의 마지막 행성이라고 믿었듯이 우라늄도 한때는 최후의 원소라고 믿었다.

티탄족

가이아와 우라노스의 결합으로 풍성한 결실을 맺어 많은 피조물이 탄생했는데, 그들을 통틀어 티탄족이라 부른다. 티탄족은 다양한 모습으로 태어났다. 많은 티탄족은 괴물스러웠고 불멸의 존재였기에 후대에 인간에게 많은 고통을 주었다. 또 다른 티탄족은 태어난 뒤 저마다 각각의 모습을 갖추어 우리가 알고 있는 우주의 각 구성 요소로 통합되어 고유의 기능을 수행했다. 그들 가운데 하나인 오케아노스는 고대인들이 땅의 전체라고 여겼던 유라시아 대륙과 북아프리카 지역을 둘러싸고 흐르는 강, 즉 바다가 되었다. 뮤즈들의 어머니인 므네모시네, 헬리오스, 셀레네, 에오스를 탄생시킨 히페리온도 티탄족이다.

| 오늘날의 티탄족 |

티탄은 토성의 큰 위성 가운데 하나의 이름으로 쓰이고 있으며, '초인간적인 대단한 힘'이라는 의미의 명사 'titan', 형용사 'titanic'에 쓰인다. 티탄족의 강력한 힘에서 유래가 되어 매우 강한 금속에 티타늄titanium이라는 이름이 붙었고, 명성에 비해 그다지 튼튼하지 못해 침몰했던 유람선 타이타닉호의 이름으로 쓰였다. 또한 오랜 기간 동안 우주선 발사 로켓의 여러 시리즈의 이름으로도 사용되고 있다.

괴물의 형상을 한 피조물들

가이아와 우라노스 사이에서 태어난 또 다른 아들은 외눈박이 거인족 키클롭스와 거대하고 끔찍한 헤카톤케이레스가 있다. 헤카톤케이레스(100개의 손이라는 뜻이다)는 50개의 머리와 100개의 팔과 손을 가진 괴물이다. 키클롭스와 헤카톤케이레스는 말썽을 일으킬 위험이 컸기 때문에 몇몇 신화에 따르면 우라노스가 이를 걱정하여 그들을 타르타로스에 던져 가두었다고 한다. 또 다른 신화에 따르면 우라노스가 그들이 인간세계를 직접적으로 괴롭힐 수 없도록 땅속에 있는 가이아의 자궁에 가두어 출생 자체를 막았다고도 한다.

가이아는 우라노스가 그의 자식들을 이렇게 취급하는 데 대해 불만을 가졌고, 뭔가 조치를 취해야 할 시간이 되었다고 생각했다. 이 '시간'이라 함은 가이아의 막내아들 크로노스를 일컫는데, 그의 출생으로 오늘날 우리가 이해하는 시간의 개념이 우주에 창조되었다(그리스어에서 크로노스Cronos의 단어적 의미는 '시간'을 말한다–옮긴이). 쾌락 속에서 지내는 사람에게는 시간이 느껴지지 않고 빨리 지나가듯이 가이아와 동침하던 우라노스는 시간을 의식하지 못했다. 그사이에 크로노스는 어머니 가이아가 준 단단한 돌로 만든 낫으로 일격에 우라노스를 거세했다.

이때 잘린 성기가 바다로 떨어지면서 올림포스 신들 가운데 최초의 신인 아프로디테가 태어났다(82쪽 참조). 헤시오도스에 의하면 "아프로디테라는 이름은 그녀가 거품에서 태어난 데서 유래했다…

후대의 예술과 문명에 비친
아프로디테의 탄생

아프로디테(비너스)의 탄생 신화는 1480년대 르네상스 시대 회화 가운데 최고의 걸작으로 꼽을 수 있는 산드로 보티첼리의 〈비너스의 탄생Birth of Venus〉의 주제가 되었다 (르네상스 시대 이탈리아에서 조개껍질은 그림 속 비너스가 손으로 가리고 있는 신체의 부분을 은유적으로 상징했다). 이 그림은 비너스가 바다로부터 떠오르고 있는 것을 표현했다. '비너스'의 모델은 고급 창부 시모네타로 알려져 있다.

보티첼리, 〈비너스의 탄생〉, 1480년대

에로스가 마음씨 고운 데시레와 함께 아프로디테의 탄생을 도왔으며, 그녀를 신들이 사는 곳으로 데려갔다. 그리고 신들과 사람들의 수군거림, 미소, 속임수, 유쾌한 친밀감으로 가득 찬 그녀의 자리에 앉혔다."

밤의 자녀들

아프로디테의 탄생을 도왔던 마음씨 고운 데시레의 기원에 대한 궁금증은 다음 이야기에서 풀린다. 닉스는 많은 자녀를 낳았다. 게라

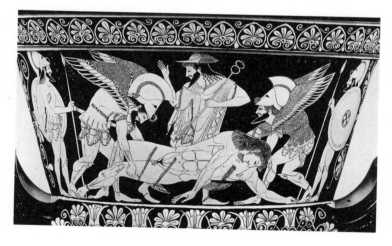

날개를 단 잠의 신과 죽음의 신이 치명상을 입은 영웅을 옮기고 있다.
아티카 양식의 화병, 기원전 510년경.

스(노령의 신), 히프노스(잠의 신), 타나토스(죽음의 신), 에리스(불화의 신), 네메시스(복수의 신), 무서운 모이라이(또는 운명의 세 여신 퓨리), 그리고 그들에 비해 비교적 마음씨 고운 데시레가 닉스로부터 태어난 신들이다. 그들 가운데 모이라이는 신들과 인간에게 똑같이 피할 수 없는 운명을 결정하는 역할을 담당했다.

제3단계
네오프톨레모스 원칙과 제우스의 탄생

네오프톨레모스 원칙Neoptolemus Principle이란 모든 사람은 자신이 행한 해악을 결국에는 되돌려받는다는 것이다. 그리스인들은 이를 자연법칙으로 받아들였고, 아킬레우스의 아들 가운데 한 명인 네오프톨레모스의 이름에서 따왔다(310쪽 참조). 네오프톨레모스가 많은 사람을 잔인하게 죽인 것처럼 그도 매우 잔인하게 살해당했다. 네오프톨레모스는 한참 뒤의 시대에 살았던 인물이지만, 그의 이름을 딴 원칙은 초기 단계에서의 크로노스가 아버지 우라노스의 생식기를 거세한 사건에도 적용된다. 이 사건 이후에도 가이아와 우라노스는 부부관계를 계속 유지했지만, 거세된 우라노스는 우주의 구성 요소인 생산활동을 중단하고 이후 기록에서 사라진다. 가이아도 뒤편으로 물러나고, 지금까지 모든 존재와 구성의 근원으로서의 역할만 하고 있다.

크로노스와 레아

크로노스는 누이동생 레아를 아내로 삼고 신들의 새로운 계보를 만들어갔다. 레아는 그리스 신화에서는 큰 역할을 하지 못하지만 로마 종교에서는 대모신Magna Mater으로 강력히 부활했다. 레아는 올림포스 신들의 어머니 또는 할머니였기 때문이다. 현대에서 레아는 토성의 가장 큰 위성의 이름으로 남아 있다. 로마에서는 크로노스가 일부 하데스의 특성이 더해져 농업의 신 사투르누스로 변형되었으므로 토성의 가장 큰 위성의 이름을 레아라고 지은 것은 적절하다. 사투르누스는 오늘날 토요일Saturday의 이름의 유래가 되는 신이다('Saturday'는 사투르누스의 날이라는 뜻을 가진 합성어다－옮긴이).

초기 로마 신화의 몇몇 중요한 여성의 이름에 레아가 쓰이고 있다. 레아 실바Rhea Silva는 로물루스와 레무스 형제의 어머니이며, 또 다른 레아는 헤라클레스와의 사이에서 아벤티누스를 낳았다. 로마의 아벤티노 구릉의 이름은 아벤티누스에서 유래했다.

가이아에게는 안된 일이지만 크로노스는 심사숙고 끝에 가이아의 괴물 자녀를 타르타로스에 가두어 격리시키기로 했다. 가혹한 결정이었지만 크로노스는 그 뜻을 굽히지 않았다. 크로노스는 아버지 우라노스를 거세한 행위로 인해 네메시스의 심판을 받게 될 것이며, 네오프톨레모스 원칙에 따라 자기 자신도 자녀 가운데 한 명에게 똑같은 일을 당하리라는 것을 잘 알고 있었다.

올림포스 신들의 출생

크로노스는 자신이 아버지를 공격한 것처럼 자식들로부터 당할 보복을 피하고 싶었다. 그러나 신들은 불멸의 존재이므로 자식들을 죽여 이 원죄로 인한 보복을 피할 방법이 없었다. 우라노스의 경험으로 비추어보아 자식들을 그들의 어머니 자궁에 가두는 것도 소용없을 것 같았다. 그리하여 크로노스는 이 문제를 스스로 해결하기로 했다. 그는 자식들이 태어나면 그들을 집어삼켜 자신의 몸속(위장)에 가두기로 했다. 이를 형이상학적으로 해석하면 시간이 지나면 영생하지 못하는 피조물(영생하는 신이 아닌 존재)은 죽어서 시간 속으로 삼켜진다(죽는다)는 뜻이다.

그러나 크로노스가 아버지의 잘못된 전철을 밟지 않기 위해 스스로 자식을 삼킨 일은 아내 레아의 모성적 본능을 헤아리지 못한 것으로 우라노스가 저지른 잘못을 똑같이 저질렀다. 레아도 가이아같이 자식들이 당한 운명에 대해 분노했고, 이에 대해 대응책을 마련했다.

제우스 대신 포대기에 싼 돌덩이를 받는 크로노스

제우스의 탄생

　모든 시대를 통틀어 그리스의 선량한 딸들이 그러하듯 레아는 이 어려운 문제를 어머니 가이아와 상의했다. 가이아는 레아를 자신의 집으로 오게 했고, 출산이 임박하자 땅, 즉 어머니 가이아에게로 피신시켰다. 제우스가 태어난 이곳이 릭토스, 이다 산, 또는 딕테 산이라고 하는 여러 설이 있으나, 크레타인 것만은 확실하다. 자식이 태어난 것을 알고 크로노스가 아기를 삼키려고 하자 레아는 크로노스에게 아기 제우스 대신 포대기에 싸인 돌덩이를 주었다. 크로노스는 새로 태어난 아이를 삼킨 것으로 믿고 돌아갔다. 가이아는 손자 제우스를 데리고 가서 야생 꿀과 아말테이아의 젖을 먹이며 몰래 키웠다. 아말테이아는 최초의 염소 가운데 하나다.

얕은 돌을새김으로 새겨진 고대 제단으로 아기 제우스가 아말테이아의 젖을 먹고 있다.

후대의 예술과 문명에 비친
제우스의 탄생

플랑드르 거장 루벤스의 많은 회화는 신화를 바탕으로 한다. 로마 신화에서 제우스(주피터)의 아버지 사투르누스는 제우스 이전에 낳은 자식들을 모두 삼켰다. 루벤스의 〈사투르누스〉(1636)에서는 한 남자가 어린 자식을 산 채로 이빨로 물어뜯는 무서운 장면을 묘사했다. 이 주제는 고야의 〈자식을 삼키는 사투르누스 Saturn Devouring One of his Sons〉(1820대)에서 매우 끔찍한 비이성적 내용으로 다루어졌다. 이와는 대조적으로 제우스의 탈출이라는 주제는 바로크 시대의 거장 잔 로렌초 베르니니의 작은 대리석 조각 〈어린 주피터 및 파우누스와 함께 있는 염소 아말테이아 The Goat Amalthea with the Infant Jupiter and a Faun〉(1615)에서 밝은 분위기로 묘사되었다.

고야가 상상한 크로노스의 무시무시한 모습

하늘의 전쟁 : 티탄족과의 투쟁

비록 제우스가 아버지의 눈을 피해 조용히 성장하며 힘을 기르고 있었지만, 크로노스의 힘은 막강했고 술책은 교묘했다. 제우스가 아버지를 제압하기 위해서는 동맹자들이 필요했다. 이에 가이아는 크로노스를 꾀어 그가 삼킨 제우스의 형제자매를 모두 토해내게 했다. 크로노스가 제우스라고 믿었던 돌덩이까지 모두 토해내자 전쟁이 시작되었다. 제우스는 타르타로스에 갇혀 있던 가이아의 자식들을 풀어주었고, 크로노스는 자신의 지배권을 지키기 위해 자신의 형제자매인 티탄족을 모았다. 하늘에서 격렬한 전쟁이 시작되었다. 헤시오도스에 의하면 "10년간의 전쟁 기간 내내 하늘의 지붕이 흔들리고 신음했으며, 땅과 넓은 바다에 그 소리가 울려 퍼졌다. 높은 올림포스 산이 뿌리까지 흔들리고 지진이 끊임없이 계속되었다." 그러나 결국 크로노스는 패배했고, 그와 함께 싸웠던 티탄족은 타르타로스에 갇혔다.

거인과의 전쟁

그러나 제우스는 우주의 지배자로서의 지위를 굳히기 전에 많은 어려움에 접하게 되는데, 그 첫 번째가 거인들과의 전쟁이었다. 우라노스의 생식기가 잘려 바다에 떨어지면서 아프로디테가 태어난 것같이 거인들은 우라노스의 잘린 생식기에서 땅에 떨어진 피로부터 태어났다. 제우스와 그의 형제들은 그리스 북쪽에 있는 올림포스 산에

니코스테네스의 꽃병에 새겨진 그림으로 신들이 거인과의 전쟁에 출전하고 있다.

집과 성채를 만들었다. 거인들은 그 성채를 차지하기 위해 아틀라스가 이끄는 대로 산 위에 산을 포개어 옮겨 올림포스 산에 접근해 공격했으나 실패했다.

무서운 티폰

제우스의 권위에 최종적이고 가장 위협적인 도전자는 티폰이었다. 티폰은 100개의 머리를 가진 괴물로 태풍을 일으키고 입에서 불을 내뿜는 능력을 지니고 있었다. 티폰은 가이아의 막내아들로 지상에 혼란과 어둠을 퍼뜨리는 데 거의 성공하는 듯했다. 그러나 제우스는 키클롭스가 그를 위해 만들어준 벼락을 익숙하게 다룰 수 있었고, 그것으로 티폰을 공격하여 굴복시켰다. 제우스는 티폰을 시칠리아 섬의 에트나 산 밑 땅속 깊숙이 가두었다. 그 이후로도 티폰은 여전히 무모한 분노에 사로잡혀 지금까지도 정기적으로 불을 내뿜고 있다.

후대의 예술과 문명에 비친
티탄족 및 거인과의 전쟁

티탄족이나 거인과 맞서 싸운 신들의 전쟁이라는 주제는 르네상스 시대와 계몽주의 시대의 예술가들에게 무지한 야만적 세상에 문명의 가치를 대비시키는 하나의 상징으로 사용되었다. 그들의 후원자들이 선전 목적으로 이 주제를 묘사한 예술 작품을 주문했다. 대표작으로는 줄리오 로마노의 〈올림포스 산에서 추락하는 거인들The Fall of the Gigants from Mount Olympus〉(1530~1532), 요아힘 브테바엘의 〈신들과 티탄족 간의 전투The Battle Between the God and the Titans〉(1600), 프란시스코 바예우이 수비아스의 〈올림포스 : 거인들의 추락Olympus : The Fall of the Giants〉(1764) 등이 있다.

줄리오 로마노의 프레스코 벽화, 하늘의 전쟁

제우스의 벼락에 맞은 티폰 (일부)

제4단계
캐스케이드 효과

　질서의 상징인 제우스가 올림포스 산에 있는 자신의 왕좌에서 세상을 다스릴 권능을 확실히 한 뒤에야 세상은 최종적인 모습을 갖추기 시작했다. 이때의 세상은 신들의 세상이었으며, 권능이 큰 신들과 권능이 작은 신들로 구성되었다. 각각의 신들에게는 세상이 완전해지기 위해 아직 창조되지 못한 일들을 나누어 마무리지을 책임이 맡겨졌다.

신들의 특성

신들은 자신에게 주어진 여러 가지 책임을 두 가지 방법으로 수행했다. 먼저 각 신들이 갖고 있는 능력에 따라 서로 다른 역할과 임무가 주어졌다. 제우스는 신들의 왕이기도 했으나 벼락의 주인이었고, 구름을 모으는 능력이 있었으며, 폭풍우의 신이었다. 그 밖에도 예언과 치유, 나그네를 보호하는 신이었다. 인간이 신에게 간청할 때는 특정 능력을 가진 신 앞에서 기원했으며, 만약 그 기원에 대해 확실한 응답을 받았을 때에는 해당 신의 신전을 짓기도 했다.

신들의 자손

신들은 자신이 맡은 책임의 일부를 자손에게 넘겨주기도 했다. 신들의 자손이 대를 이어 크게 늘어남에 따라 세상의 모든 분야에서 각자 자신의 고유 영역을 차지하게 되었다. 그로 인해 수없이 많은 신화가 생겨났다. 각각의 신이 이 세계의 한 영역을 담당하고, 그의 자손이 그 영역의 하위 역할들을 관장하는 식이었다. 예를 들면 가이아의 딸 테티스가 오케아노스의 배우자가 되어 그들의 자녀가 땅의 큰 강들이 되고, 큰 강들로부터 수천의 님프들이 생겨났으며, 각각의 님프는 각기 자신만의 동굴 또는 연못을 차지하게 되었다.

물의 신 폰토스는 예언 능력을 지닌 바다의 노인 네레우스(프로테우스라고도 불린다. 그는 어떤 과업도 능숙히 처리할 수 있고, 어떤 모습으로도 변신이 가능한 능력을 지녔으며, '변화무쌍한'이라는 뜻의 형용사 'protean'의 어원이 되었다)를 아들로 두었다. 폰토스는 그의 후손인 네레이스 Nereid(네레우스의 후손들이라는 뜻의 합성어-옮긴이)를 육지의 모든 만과 협곡에 살게 했다. 네레이스는 깊은 바다에서 살며 돌고래와 함께 지내기도 했다. 물을 담당하는 큰 신들이 작은 권능을 가진 신들을 낳고, 그들은 더 작은 권능을 가진 신들을 생산하여 각각 땅의 모든 지역을 차지하고 특정 역할을 담당하는 신으로 분화한 것처럼, 다른 신들도 수많은 자손을 낳아 나중에는 우주 속에 있는 모든 변화와 그 변화하

후대의 예술과 문명에 비친
가이아와 폰토스

가이아와 폰토스의 결합으로 네레우스, 타우마스, 포르키스, 케토, 에우리비아가 태어났다. 또한 플랑드르 화가 루벤스의 〈땅과 물의 만남Union of Earth and Water〉(1618경)이라는 걸작도 탄생했다. 이 그림에서 루벤스는 네덜란드인들이 셸드 강의 하구를 댐으로 막아 벨기에 안트베르펜의 해양 진출을 원천 봉쇄한 것을 신화 이야기를 빌려 상징적으로 표현했다. 또한 핀란드 작곡가 시벨리우스는 1913년부터 1914년 사이에 작곡한 교향시 〈대양의 여신 Oceanides〉(단어적 의미로 오케아니데스는 오케아노스의 후손이라는 뜻이다 -옮긴이)에서 테티스와 오케아노스의 자손에 대한 이야기를 주제로 삼았다.

는 원천인 각각의 힘을 담당하는 신으로서의 권능을 부여했다. 바람, 계절 등과 같이 원래 담당 신이 없는 부분을 자기의 자손들로 하여금 담당하게 하여 우주에는 담당하는 신이나 여신이 없는 자연의 힘은 하나도 남지 않게 되었다. 모든 추상적 개념(햇빛, 바람, 천둥번개, 비, 계절 등의 자연 현상을 뜻하며, 땅의 모든 곳은 각각의 신이 다스리게 되었다-옮긴이)은 이를 담당하는 신을 가졌으며, 그 개념들은 신 자체를 상징했다. 그리하여 모든 동굴에는 각각의 님프가 있게 되었고, 모든 숲에는 드리아드Dryad(나무숲의 요정-옮긴이)가 있게 되었다.

신들의 세계, 인간의 세계

새로이 창조된 세계는 신령적인 면과 인간적인 면이 뒤섞인 세계였다. 새로운 신들은 자연의 일부로 존재했다. 그들은 신령스러운 존재였으나 전능하지 못했고 항상 현명하지도 않았다. 그들은 인간과 똑같은 가치관과 야망, 결점을 지니고 있었다. 비록 신들의 음식은 암브로시아Ambrosia(먹으면 늙지도 죽지도 않는다는 신들의 음식-옮긴이)이고 신들의 피는 이코르Ichor(신들의 몸에 혈액처럼 흐른다는 신령한 액체-옮긴이)로 인간의 그것과는 달랐지만, 신들도 먹었고, 통증과 질투심, 분노를 느꼈으며, 상처를 입었을 때는 피를 흘렸다. 물론 인간과는 다르게 그리스인들이 자신들의 수호신이라고 여긴 권능이 큰 신들은 보통 때는 보이지 않지만 전능한 힘을 갖고 있었고, 먼 거리도 눈 깜짝할 사이에 이동할 수 있었다. 그러나 그들의 행동은 인간적으로 이해할 수 있었고, 항상 훌륭한 의도에서 비롯된 것만은 아니었다.

또한 신들도 자연세계의 한 부분을 구성하고 있었으므로 인간과 동물세계를 잇는 연장선상에 있었다. 따라서 신과 인간의 경계는 오늘날에도 그러하듯 구분이 확실하지 않았다.

인간을 창조한 이유와 방법에 관해서는 다음 장에서 따로 살펴보겠지만, 신과 인간 사이에는 다양한 형태의 무리가 존재한다. 예를 들어 사티로스는 신적인 특징을 지녔으나 인간보다 못한 존재라고 여겨졌다. 그 밖의 신들뿐 아니라 큰 신들도 인간과 관계하여 자식을 낳을 수 있었고, 심지어 그 일에 열성적이었다.

고전시대는 신령스러운 존재들이 가득했고, 디오니소스(158쪽 참조) 같은 큰 신을 포함한 새로운 신들이 계속 탄생하는 시기였다. 파우누스는 사티로스와 함께 숲 속 골짜기에서 뛰어놀았으며, 흡혈귀의 형상을 한 스트릭스가 밤의 세상에 출몰했다. 신분을 숨긴 신이나 반신반인의 존재, 신들의 자식들이 인간의 모습을 하고 돌아다니기도 했다. 인간과 신은 인간끼리 소통하는 방법과 똑같은 모든 방법을 통해 모든 단계의 신과 소통할 수 있었다. 자연적인 현상과 초자연적인 현상을 구분할 방법이 없었다. 초자연적인 것도 자연 현상의 일부였기 때문이다. 신화의 세계는 계속 그 모습을 완성해가고 있었다. 뒤에서 좀더 살펴보겠지만 인간이 그 완성과정에 깊이 관여하게 되었다. 우주의 질서가 완성되었고, 그것은 정돈된 단일체계였다. 그리스인들은 이를 '코스모스Cosmos'(천지만물 또는 질서와 조화라는 뜻이다-옮긴이)라고 불렀다.

2

판도라의 자식들 :
인간 창조 이야기

    신화의 세계에서 하나의 이야기는 독립하여 존재하지 못하고, 모든 이야기는 서로 다른 이야기의 부분을 구성한다. 그러므로 전체론적인 개념 아래서 접근해야 한다. 어떤 이야기를 풀어나갈 때 그 자체로 간단히 설명할 수 있는 내용의 이야기는 없다. 인간은 우주 형성의 초기 단계부터 등장하므로 인간과 신들의 이야기는 복잡한 태피스트리 문양같이 서로 얽혀 있다. 이 문양을 만들기 위해 쓰인 실들을 해체하여 다시 분류하고 가지런히 정리하기란 매우 힘들다. 하지만 인간과 신들 사이의 얽힌 관계를 이해하려면 어쩔 수 없다. 인간 창조는 어떤 신들의 탄생보다 앞섰으므로, 특정 신과 그에 관한 이야기를 전개하기 위해서는 우주에서 인간의 존재적 위치가 먼저 설명되어야 한다. 여러 이야기 속에서 인간은 특별히 중요한 요소를 구성하고 있기 때문이다.

제 1 부
인간의 시대

수레를 가득 채울 만한 두 개의 돌이 골짜기 가장자리에 놓여 있다.
진흙색을 띠고 있는 돌은 보통의 흙과 같은 진흙갈색이 아니라
골짜기나 모래 바닥 위를 흐르는 강가의 흙색이다.
그리고 그 돌들은 인간의 살내를 풍기고 있다.
그 지방 사람들의 말에 따르면
그 돌들은 프로메테우스가
진흙으로 사람을 빚을 때 쓰고 남은 것이라 한다.

-파우사니아스, 《그리스 안내》, 4장 1절-

모든 티탄족이 제우스와 대항하여 싸운 것은 아니었다. 티탄족 가운데 한 명이었던 프로메테우스(프로메테우스라는 이름은 '장래에 대비한 깊은 생각', '사전 계획' 등의 뜻을 갖고 있다)는 제우스 편에 섰다. 크로노스가 아직 하늘을 지배하고 있던 때 프로메테우스는 인간을 창조하여 땅에 살게 했다. 오비디우스가 그의 책《변신 이야기Metamorphoses》

에서 설명한 바에 따르면 "프로메테우스가 아직 하늘 세계의 물질이었던 빗물을 땅의 흙과 섞어 이전에 보지 못한 새로운 피조물을 만들었다. 그리하여 모든 동물은 아래의 땅을 처다보지만, 그의 피조물인 인간은 하늘의 별들을 향해 얼굴을 들어 만물의 주인인 신에게서 인간 자신의 모습을 본다." 인간은 단지 신의 겉모습만 닮은 것이 아니었다. 지금부터 그 이야기를 살펴보자.

황금시대

지금의 철기시대를 끝내고
[새로운] 황금시대를 맞이하자.

－베르길리우스, 《전원시》, 4장 9절－

초기의 인류는 모두 남자였다. 헤시오도스가 설명한 황금시대 Age of Gold에서 당시 인류는 독신남의 신분이었다. "그들은 걱정과 괴로움 없이 살았고… 그들이 즐긴 연회에는 사악한 기운이 전혀 없었다… 세상의 모든 좋은 것은 그들의 소유였다." 그 후 무슨 까닭으로 그들의 낙원생활이 끝나게 되었는지에 대해서는 많은 설이 있지만 확실히 알 수는 없다. 그러나 신들 사이의 인간에 대한 의견 차이와 그로 인한 충돌로 인간의 황금시대는 종말을 맞았고, 동시에 필연적으로 여자 창조가 뒤따랐다.

제우스 속이기

프로메테우스는 자신의 피조물인 인간에게 가장 좋은 것을 주고 싶어했고, 인간이 신에게 제물을 바쳐야 한다는 신들의 요구도 받아들였다. 교활한 티탄족 프로메테우스는 제우스의 저녁 만찬을 위해 황소 한 마리를 잡아 한쪽 제단 위에는 한 무더기의 뼈를 쌓고 그 위에 기름 덩어리를 보기 좋게 얹었다. 그리고 다른 쪽에는 살코기와 기름진 내장을 떼어 쌓은 다음 소의 위장을 잘라 아무렇게나 덮어놓았다. 프로메테우스는 제우스에게 이렇게 말했다. "위대한 제우스여, 이 두 제물 가운데 하나를 선택하소서. 그리고 남은 한쪽은 인간에게 돌리소서." 그러나 제우스는 프로메테우스의 속임수를 금방 알아채고 매우 화를 냈다.

어찌 되었든 제우스는 자신의 몫으로 뼈와 기름덩어리를 선택했고, 이후 신들에게 바치는 제물은 동물의 뼈와 기름덩어리로 정해졌다. 그러나 신들을 위한 제물이 인간이 갖는 것보다 못한 것은 신에 대한 모욕이었다. 더불어 프로메테우스의 주제넘은 행동에 대해 대가를 치르게 해야만 했다. 제우스는 프로메테우스가 아끼는 창조물인 인간에게 고통을 주는 벌을 내리기로 했다.

불을 훔친 프로메테우스

제우스는 인간에게는 신들의 세계에 비밀리에 감춰져 있는 불을 주지 않기로 선포했다. 불이 없으면 인간은 원시의 야만 상태를 벗어날 수도, 동물의 생활보다 더 나은 생활을 할 수도 없었다. 그러나 고집이 센 프로메테우스는 불을 훔쳐 갈대 줄기 속에 숨겨 인간에게 건네주었다. 나중에 제우스가 높은 곳에서 땅을 내려다보았을 때 인간들의 주거지에서 하늘에 반사되어 별처럼 빛나는 불을 보았다. 이에 그는 프로메테우스가 자신의 명령을 거역하고 반항한 것을 알아차렸다.

제우스는 격렬하게 분노했다. 그는 프로메테우스를 아주 먼 곳에

있는 카프카스 산 바위에 쇠사슬로 묶고 독수리를 보내 그의 간을 쪼아먹게 했다. 불멸의 존재였던 프로메테우스는 죽지 못하고, 쪼아먹힌 간은 밤사이에 다시 회복되어 다음 날 다시 쪼아먹히는 고통을 당하는 벌을 받았다.

제우스의 분노, 형벌로 극한의 고통을 받는
아틀라스와 프로메테우스

후대의 예술과 문명에 비친
프로메테우스

   프로메테우스에 관한 설화는 자기희생, 이타주의, 희생에 따른 고통, 구원 등과 관련된 강력한 주제를 포함하고 있으며, 이 주제는 예술의 모든 분야에서 폭넓게 다루어졌다. 퍼시 비시 셸리는 고대 그리스의 극작가 아이스킬로스의 《사슬에서 풀려난 프로메테우스 Prometheus Unbound》를 번안하여 극본과 시를 썼다. 20세기에 이르러 독일의 작곡가 루돌프 바그너-레제니는 〈프로메테우스〉라는 오페라를 만들었다.

   회화에서는 이 신화와 관련하여 많은 해석이 이루어졌는데, 피에로 디 코시모의 〈프로메테우스 신화Myth of Prometheus〉(1515)를 비롯하여 디르크 반 바뷔렌의 〈불카누스의 쇠사슬에 묶인 프로메테우스 Prometheus Being Chained by Vulcan〉(1623)에 이르기까지 다양한 작품이 있다. 귀스타브 모로는 19세기에 이 주제를 표현주의 화풍으로 다루었는데, 당시는 폴란드의 분할로 〈폴란드의 프로메테우스The Polish Prometheus〉(1831)라는 작품이 제작된 시기였다. 화가 오라스 베르네는 이 작품에서 폴란드를 러시아 독수리에게 물어뜯겨 누워 있는 병사로 묘사했다. 이 주제는 니콜라스-세바스티안 아담의 대리석 조각에 가장 잘 표현되어 있으며, 이 작품은 현재 루브르 박물관에 소장되어 있다.

니콜라스-세바스티안 아담, 〈쇠사슬에 묶인 프로메테우스〉, 1762년. 아담은 27년에 걸쳐 이 작품을 완성했다.

판도라

헤파이스토스는 제우스의 명을 받아 흙으로 여인의 몸을 빚었다.
아테나가 그녀에게 생명을 불어넣었고,
다른 신들도 각자 다양한 선물을 주었다.
이 선물 때문에 신들은 그 여인을 판도라(모든 것을 주는 자)라
이름지었다. 이 여인의 딸은 피라였다.

– 히기누스, 《우화집》, 142절 –

여전히 화가 풀리지 않은 제우스는 이제 그 화살을 직접 인간에게 겨누었다. 제우스는 인간에게 해를 끼칠 목적으로 '불의 축복을 상쇄할 아름다운 재앙'을 준비해 판도라라 이름 붙인 여자를 만들었다. 제우스의 동료 신들(여신들도 포함되어 있었다)은 제우스가 내리는 엄중한 징벌적 조치를 완화시키기 위한 여러 가지 선물을 헤파이스토스가 빚은 그 여인에게 주었다. 판도라가 받은 그 선물이 인간에게 이롭게 활용되기 위해서는 숙련과정이 필요했다. 그래서 그 선물들은 때가 될 때까지 큰 단지에 넣어 봉인해두었다. 그 단지는 후대에 '판도라의 상자'로 불렸다.

그러나 제우스는 판도라에게 다른 신들의 봉인을 풀 수 있는 '선물'을 하나 주었는데, 그것은 바로 참을 수 없는 호기심이었다. 판도라는 지상에 도착하자마자 단지 안에 무엇이 들어 있는지 확인하기 위해 뚜껑을 열었다. 그러자 단지 안에 있던 선물들이 튀어나왔다. 그것은 인간이 유용하게 쓰기에는 아직 길들여지지 않았기 때문에 오히려 인간을 괴롭히는 절망, 질투, 분노, 무수한 질병, 약점 등으로 바뀌었다. 그 가운데 튀어나오지 못한 선물이 딱 하나 있었는데, 바로 희망이었다. 희망은 단지 주둥이의 깨지지 않은 테 안에 갇혀 나오지 못하고 있었다. 인간은 이 선물을 잘 숙련시켜 친구로 삼을 수 있었다. 숙련되지 못한 채로 나와 인간에게 고통을 주고 있는 다른 '선물'도 원래의 의도대로였다면 인간에게 이로움을 줄 수 있게 계획된 것들이었다. 하지만 그 선물이 과연 무엇이었는지는 현재 우리로서는 결코 알 수 없다.

땅에서 솟아오르는 판도라

헤시오도스는 설명하기 힘들 정도로 괴팍하고 극단의 여성 혐오적 관점에서 판도라에 대해 이렇게 말한다. "그리하여 판도라로부터 남자에게 해를 끼치는 여자라는 후손이 생겨나 남자와 함께 살며 남

후대의 예술과 문명에 비친
판도라

　판도라의 이야기는 회화와 조각, 음악에서 수차례 언급되었다. 젠나로 우시노의 오페라 〈판도라Pandora〉(1690), 미국의 조각가 촌시 브래들리 아이브즈의 대리석 조각(1864), 장 쿠쟁의 회화(1550 경)에서 19세기 화가 로렌스 앨마 태디마, J. W. 워터하우스, 폴 세제르 개리엇 등의 작품까지, 그리고 그 밖에도 많은 현대 작품이 있다.

　판도라는 지명과 별 이름으로도 많이 쓰인다. 판도라는 토성 위성, 소행성, 미국 오하이오와 텍사스 주의 작은 마을, 캐나다령 북극해의 한 섬의 이름 등으로 쓰인다. 1779년부터 1942년 사이에 영국 해군 전함이나 박각시나방의 한 종류, 한 출판사의 이름으로도 쓰이고 있다. 판도라라는 이름으로부터 떠오르는 여러 이미지 때문에 팝음악과 책, 영화 제목(예를 들면 〈판도라의 상자〉, 〈판도라의 시계〉, 〈판도라의 사람들〉 등)으로 즐겨 사용되고 있다. 판도라라는 이름은 기술 혁신 프로젝트 명칭으로 공상과학소설의 이름으로도 종종 사용되며, 최근에는 공상과학영화 〈아바타〉에서 행성의 이름으로 쓰인 바 있다.

자들에게 고통을 안겨주게 되었다… 그리고 남자가 힘들여 얻은 결실로 자신들의 배를 채우는 존재가 되었다." 제우스는 매우 교묘하고 교활하여 '여자와 결혼하지 않는 남자는 혼자서 외롭게 가족도 없이 살아야 하는 가련한 인생'이 될 수밖에 없게 만들었다.

은시대

　판도라가 선물로 받은 단지를 성급히 열어 인간에게 재앙의 홍수를 가져온 '은시대Age of Silver'는, 황금시대에 비해 인류가 살아가는 데 더 불리한 시대였다. 아이들은 어머니에 의해 양육되었고, 성인이 되어 세상에 나가 독립할 때까지 어머니의 치마폭에 싸여 보호를 받았다. 어머니에게 양육되면서 유년 시절에 받은 과도한 여성적 영향으로 인해 그들은 인간 상호간의 관계나 신들과의 관계에서 신의를 지키지 못했다. 폭력, 무분별한 배신, 신성모독 등이 잇따라 일어났고, 성인이 되어 어머니 품을 떠나서는 오래 살지도 못했다. 결국 제우스는 이 시대의 인간들을 실패작이라 여기고 은시대의 인류를 지구상에서 아예 없애버렸다.

청동기시대

은시대 다음으로 청동기시대Age of Bronze가 뒤따랐는데, 이때는 전쟁의 시대였다. 전사들은 몸에서 청동 무기를 떼어놓지 않았고, 후대의 몇몇 시인들은 그들을 실제 청동으로 만든 사람들로 묘사했다. 전쟁과 전투가 끝없이 이어졌고, 전쟁의 신 아레스(141쪽 참조)조차 전쟁이 많이 일어나는 것이 좋지 않음을 인정하게 되었다. 다른 신들, 특히 위대한 제우스는 청동기시대에 염증을 느꼈다. 제우스가 그들을 직접 멸절시키기 전에 인간들 스스로가 끝까지 싸워 파멸할지도 모를 지경까지 이르렀다.

결국 인류는 파멸했다. 헤시오도스에 의하면 청동기시대의 인류는 결국 전쟁으로 인해 전멸했다. 다만 인류가 스스로 멸망했는데도 제우스가 왜 굳이 직접 인류를 한 번 더 멸절시켰는지에 대한 의문은 남아 있다. 모든 신화에서 공통적으로 신들의 왕이 큰 홍수를 내려 땅을 뒤덮고 땅에서 인간을 전멸시켰다고 하기 때문이다. 한 신화에 따르면 어떤 왕이 제우스를 기쁘게 하려고 자신의 아들을 제물로 바친 일이 오히려 제우스의 분노를 사 결국 인류를 멸망시킨 원인이 되었다고 한다. 이 설만이 그 의문에 대한 유일한 설명이 될지 모른다.

데우칼리온의 방주

　프로메테우스는 여전히 바위에 쇠사슬로 묶인 채 매일 독수리에게 간을 쪼아먹히는 고통에서 벗어나지 못했다. 하지만 그는 자신이 만든 인간들의 운명과 관련된 사건들은 잘 알고 있었다. 특히 자신의 아들 가운데 한 명인 데우칼리온을 눈여겨보고 있었다. 데우칼리온은 타는 듯한 불꽃 피부색을 지닌 판도라의 딸 피라와 결혼했다. 그들은 모두 신의 자식으로 장수했으며, 사악했던 은시대와 전쟁으로

고대와 현대의 시대 구분

　현대고고학자들이 주장하는 철기시대가 고대 그리스의 후기 철기시대(또는 초기 고전시대)와 거의 일치한다는 사실은 다행스러운 일이다. 고대 그리스의 초기 영웅시대는 현대고고학에서의 청동기시대에 해당한다. 그리고 신화에서 영웅들이 통제 불가능한 10대 청소년같이 행동하는 것으로 묘사되는 것은 실제로 그러했기 때문일 것이다. 고고학에 의해 밝혀진 바에 따르면 청동기시대의 귀족들은 신화 속 영웅들의 모습처럼 액션이 넘쳐나고 아슬아슬한 일이 많은 짧은 삶을 살았다고 한다. 때에 따라서는 60대까지 산 경우도 있겠지만, 대체로 그 이전에 여러 사건으로 죽는 것이 일반적이었다. 여자의 경우에는 보통 13세에 아이를 낳고, 20대에 할머니가 되었으며, 30대에 죽는 경우도 적지 않았다.

얼룩진 청동기시대를 살아남았다. 프로메테우스는 제우스가 내린 홍수에서 그들을 살리기 위해 데우칼리온에게 방주를 만들도록 했고, 그들은 대홍수에서도 살아남을 수 있었다. 시간이 흘러 물이 빠지자 데우칼리온과 피라를 태운 방주가 산 위에 닿았다. 그 산이 어디인지는 정확하지 않았으나 후대에 이르러 시칠리아, 칼키디키, 테살리아 지역 사람들은 자신들의 고장이 그 방주가 닿은 곳이라고 주장하고 있다. 그러나 일반적인 의견으로 방주가 땅에 닿은 곳은 델포이 부근의 파르나소스 산이다. 델포이는 아폴론이 여름에 머무르는 곳이며, 후대에 아폴론의 계시가 내려지는 신전이 지어지는 곳이다.

철기시대
—다시 태어난 인류—

　제우스는 홍수로 인류를 멸한 자기 행동의 극적인 결과를 보고 화를 누그러뜨렸고, 버림받은 데우칼리온과 피라 부부에게 신탁을 통해 메시지를 보냈다. "머리를 감싸고 어깨 너머로 너희 어미의 뼈를 던져라." 처음에 그들은 그 뜻을 알아차리지 못했다. 그들은 피라의 어머니 판도라가 나중에 어떻게 되었는지 알지 못했기 때문이다. 그러나 곧 제우스가 말하는 어머니가 대지의 여신 가이아라는 것과 그 어머니의 뼈가 흙 위에 널려 있는 돌멩이임을 깨닫게 되었다. 데우칼리온과 피라는 지시받은 대로 돌을 던졌고, 그것은 땅에 떨어지면서 부드러워지고 새로운 모습으로 변했다. 데우칼리온이 던진 돌은 남자로, 피라가 던진 돌은 여자로 바뀌었다. 그들이 철기시대 최초의 세대가 되었고, 영웅시대의 남자와 여자가 되었다. 또 그들의 삶과 행동이 신화 속 인간 모습의 기본 실체가 되었다.

영웅시대의 다음 시대는 신화를 최초로 엮은 이야기꾼들의 시대(호메로스와 헤시오도스가 살았던 시대)였다. 호메로스가 살았던 시대에서조차 여전히 청동을 주로 사용하고 있었기 때문에 철기시대의 상징인 '철'은 철제 도구의 발전과 연관 있기보다는 금, 은, 청동에 비해 철이 좀더 흔했음을 보여준다.

철기시대가 시작되고 수세기가 흐른 후기 철기시대(어느 고대 역사학자의 신랄한 표현에 따르면 '녹슨 철기시대'라고도 불린다)에 살았던 사람들은 자신들의 우주가 이제 완성되고 질서가 잡혔다고 여겼다. 마지막 남은 괴물들은 사라졌거나 영웅들에게 죽임을 당했다. 신들이나 초자연적 존재들은 여전히 인간의 일에 깊은 관심과 영향력을 미치고 있었으나, 직접적으로 개입하기보다는 인간이나 자연매체를 통해 영향력을 행사했다.

기원전 600년 이후의 세상 사람들은 성숙해지고 점잖아지기까지 했다. 철기시대 이후의 시대가 어떻게 될 것인가에 대해서는 굳이 추측하지 않아도 되었다. 적어도 그 당시 사람들은 철기시대 이후의 시대는 파멸과 종말의 시대가 올 것으로 여겼기 때문이다.

제 2 부
신화의 풍경

헬레니즘 세계에 대한 신화의 영향은 지도를 보면 확실히 이해할 수 있다. 'Hellenistic'(그리스 중심의-옮긴이)과 'atlas'(지도-옮긴이)는 그리스 신화에 등장하는 헬렌Hellen과 아틀라스Atlas의 이름에서 유래한다.

헬레네스

우리는 이미 최초의 남자 데우칼리온이 대홍수에서 살아남아 어떻게 세상에 인류를 번식시켰는지 살펴보았다. 헬렌은 데우칼리온의 아들이다. 헬렌의 자식들은 테살리아Thessaliy(그리스 올림포스 산 아래 동쪽 지역-옮긴이)에 정착했고 인근 전역에 퍼져서 살았다. 이곳은 오늘날 그리스인들이 헬라스Hellas라고 부르는 지역이다.

그리스의 다른 지역들 가운데 몇몇 지명은 데우칼리온의 손자들과 그 후손들이 정착한 지역의 이름에서 따왔다.

도로스는 남쪽으로 이동했으며, 후대의 스파르타인을 포함한 도리아인의 시조가 되었다(도리아라는 이름은 아테네의 파르테논 신전 건축의 기둥 양식의 이름인 '도리아 양식' 기둥에도 쓰이게 되었다).

크수토스는 이온을 낳았다(이 설에 따르면 아폴론이 크수토스의 아내 크레우사를 유혹하여 이온을 낳았고, 크수토스가 그를 아들로 삼았다고 한다). 이온은 아테네인들의 전쟁 지도자가 되었고, 그들은 뒤에 자신들을 스스로 이오니아인이라고 불렀다. 그리고 에게 해 지역 섬사람들과 소아시아의 그리스인들은 자신들이 사는 곳을 이오니아라고 불렀다.

태양의 신 포이보스[아폴론]여, 당신은 델로스에서 가장 기뻐하시니,
그곳에 긴 옷을 입은 이오니아인들이 그들의 수줍은 아내들, 아이들과 함께
당신을 찬양하기 위해 모였기 때문이라.

–《호메로스 찬가》, 〈아폴론〉, 2장 145절–

도리아가 도리아 기둥 양식의 이름으로 쓰인 것처럼 이오니아도 기둥 양식의 이름으로 쓰였다. 현재도 런던 대영박물관과 미국 워싱턴의 재무성 건물 등이 이오니아식 기둥 양식으로 만들어졌다. 그 밖에도 많은 웅장한 건축물의 기둥 양식으로 쓰이고 있다.

아카이오스는 아테네 서쪽, 아르고스Argos와 미케네Mycenae를 중심으로 하는 지역민들의 종족 이름으로 쓰였다. 호메로스가 트로이인과 싸우는 그리스인을 아카이오스인Achaean이라고 부른 이유가 여기에 있다. 훗날 아카이오스의 후손들은 헬렌의 또 다른 아들이었던

이오를 유괴하는 헤르메스, 그리스식 암포라, 기원전 6세기

아이올로스의 후손임을 자처하는 에톨리아인Aeotolian과 격렬한 전투를 벌였다. 그들은 테살리아 지방의 남쪽이자 그리스의 가장 동쪽에 위치한 지역에 정착했다.

이오의 자손

기억할 수도 없는 아주 오래전부터 그리스 문화는 지중해 동쪽 지역으로 넓게 퍼져나갔다. 오늘날에는 교역로 개설과 전쟁이 그 원인이었다고 보고 있으나, 고대 그리스인들은 아르고스의 아름다운 이오 공주 덕분이라고 여겼다. 신화에 따르면 이오의 자손들은 그리스

제우스와 이오

옛날 아름다운 공주에게는 위험이 따랐다. 그 가운데 하나는 아직도 사람이 많지 않아 알맞은 배우자를 찾기 쉽지 않았고, 제우스가 인류를 번식시키겠다는 사명감으로 특히 아름다운 공주에게 많은 관심을 갖고 기회를 엿보고 있다는 사실이었다. 제우스는 헤라가 눈치 채지 못하게 아르고스에 구름을 드리우고 이오를 겁탈했다. 제우스는 의심 많은 헤라가 이미 구름을 걷고 있다는 것을 알아채고는 재빨리 이오를 흰 암소로 변신시켰다. 그러나 헤라는 그 속임수에 넘어가지 않고 그 암소를 자기에게 선물해달라고 했다. 제우스는 비밀이 폭로될까 두려워 승낙하고 그 암소를 헤라에게 주었다. 헤라가 자초지종을 밝히고 있는 동안 100개의 눈을 가진 괴물 아르고스가 이오를 감시했다. 그러나 제우스의 명을 받은 헤르메스는 아르고스를 죽이고 이오를 되찾아왔다. 헤라는 죽은 아르고스의 눈을 자신을 상징하는 새인 공작의 꼬리에 달아주었다. 그리고 쇠파리 떼를 이오에게 보내 쉬지 못하게 괴롭혔다.

는 물론 많은 인근 지역 국가의 형성과 발전에 도움을 주었다. 이오의 자손들은 신화에서 매우 거대한 가계도를 형성하며, 또 다른 큰 가계도를 구성했던 아틀라스와 헬렌의 집안과 서로 밀접한 관계를 맺었다.

암소로 변한 이오는 보스포루스Bosporus 해협(보스포루스는 '소가 건

다나이스

　이오의 후손 가운데 한 명이었던 다나오스는 조상의 출생지인 그리스의 아르고스로 돌아가 그곳의 왕이 되었다. 다나오스의 자녀 50명은 전부 딸이었는데, 아이깁토스는 자신의 50명의 아들을 다나오스의 딸들과 결혼시켜 자기의 거대한 이집트 제국에 아르골리스 지방을 편입시키려는 계획을 세웠다. 다나오스는 먼저 아이깁토스의 계획에 동조하는 한편, 다른 음모를 꾸몄다. 다나오스의 딸들은 아버지의 음모에 따라 결혼 첫날밤에 남편들을 살해했다(히페르메스트라만 진실로 남편을 좋아하여 죽이지 않고 살려주었다). 그 뒤 다나오스의 딸들은 아르고스 청년들과 결혼했다. 그리하여 트로이 전쟁 당시에 다나오스인은 아르고스인과 똑같은 뜻으로 쓰였다. 이로 인해 현대사회에서는 트로이 목마 같은 선물에 빗대어 "선물을 갖고 오는 그리스인을 조심하라"라는 말이 생겼으며, 라틴 어로 "Timeo Danaos et dona ferentes"라고 한다. 이를 더욱 명확히 번역하면 이렇다. "그들이 설사 선물을 들고 찾아온다 하더라도 나는 다나오스의 자식들이 두렵다."

너가다'라는 뜻이다)을 헤엄쳐 소아시아로 건너갔다. 이오는 동쪽 지역에 정착하려다 실패하고 남쪽으로 내려가 제우스의 아들 아이깁토스를 낳았다. 아이깁토스는 이집트의 나라 이름이자 이오의 후손 가운데 한 종족의 이름이 되었다(이오가 제우스와의 사이에서 낳은 딸 에우로파Europa는 유럽 대륙 이름의 기원이 되었다).

트로이 전쟁(283쪽 참조) 당시 아르고스의 왕이었던 아가멤논도 이오의 후손이었으나, 할아버지는 펠롭스(115쪽 참조)였다. 펠롭스는 소아시아의 리디아Lydia에서 온 이주민이었으며, 그의 이름을 따 펠로폰네소스Peloponnese라는 지명이 생겼다.

이오의 후손 가운데에는 여러 명의 영웅이 있었는데, 페르세우스와 헤라클레스가 가장 많이 알려져 있다. 반신반인인 헤라클레스의 업적을 기리기 위해 여러 도시가 헤라클레아Heraclea라는 이름을 썼다. 헤르쿨라네움Herculaneum이라는 로마의 한 도시는 베수비오 화산 폭발로 폼페이가 화산재에 묻혀 사라졌을 당시 이류mudslide(화산 폭발로 인한 산사태 때 흘러내린 진흙의 흐름-옮긴이) 안에 묻혀 있다가 후대에 발굴되어 현재 원형이 잘 보존되어 있다.

트로이와 아시아

프로메테우스의 형제이자 티탄족이었던 아틀라스는 북아프리카에 있는 산맥과 그 산맥의 주봉인 큰 산 이름의 기원이 되었다. 아틀라스는 올림포스 신들과 거인들 사이의 전쟁(30쪽 참조)에서 거인들의 선봉에 서서 올림포스 신들을 공격했다. 제우스는 전쟁에서 진 아틀라스에게 하늘을 어깨에 짊어져야 하는 벌을 주었다.

하늘을 떠받치기 전에 아틀라스는 많은 자녀를 낳았는데, 플레이아데스(136쪽 참조)라 불렸던 일곱 자매와 또 다른 딸 디오네도 있었다. 일곱 명의 플레이아데스 가운데 한 명이었던 엘렉트라의 후손 다르다노스는 로마의 다르다니아Dardania라는 지명의 기원이 되었다. 그리고 다르다노스의 후손인 일로스는 오늘날 트로이로 알려진 일리움Ilium을 세웠다. 또한 제1차 세계대전의 격전지로 트로이 부근에 있는 다르다넬스Dardanelles의 지명도 다르다노스에서 유래되었다.

아가멤논의 조상인 펠롭스가 디오네의 후손임을 감안할 때 트로이 전쟁은 일종의 가족(매우 먼 친척 사이지만) 간의 분쟁이라고도 할 수 있다. 후대에 로마인들은 자신들의 근원이 트로이 출신이었던 아이네아스를 통해 그의 선조 다르다노스, 그리고 궁극적으로는 아틀라스로부터 비롯되었다고 여겼다. 아틀라스의 어머니는 클리메네, 다른 설로는 아시아로 알려져 있다. 지명으로서의 아시아는 당시 그리스인들에게는 현재 터키의 일부 지역을 일컬었으나, 지금은 지구상에서 가장 인구가 많은 아시아 대륙을 이른다.

파르네세 아틀라스, 로마

제 3 부
인간의 여정

로마인과 그리스인에게 인간의 영혼이란 신들의 영혼같이 불멸하고 파괴될 수 없는 것이었다. 그러나 다른 한편으로 인간의 육체는 비참하게도 소멸되는 것이었다. 인간의 육체가 신들에 의해 극적으로 짧은 삶을 살도록 운명 지어져 있지 않았다 하더라도 결국에는 죽음을 맞이하게 되고 썩어 없어지는 것이었다. 한편, 고대인들은 육체적 죽음은 영혼이 발전해나가는 또 다른 단계일 뿐이라고 생각했다. 이는 신화가 전통적 종교와 합쳐지는 부분이며, 고대 신학이 현재 신학과 비교해도 손색이 없을 정도로 명료하고 논리적인 체계를 갖추었음을 보여준다. 이것은 신화가 인간이 태어나 죽고, 그 이후의 또 다른 세계로 가는 여정을 보여줌으로써 더욱 확실해진다.

땅 위의 생명

고전 신화에 따르면 모든 살아 있는 생명은 태어나는 순간 신성한 영혼이 부여된다. 1세기의 로마 시인 베르길리우스의 서사시 《아이네이스Aeneid》를 보면 그런 내용이 매우 명확히 표현되어 있다.

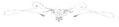

*인간, 동물, 새, 깊은 바닷속에 사는 괴물들을 포함한
모든 생명체는 우주를 움직이는 신령한 존재로부터
그 생명을 받아 태어난다.
각 생명체의 마음과 영혼의 힘은
저 불타는 하늘에서부터 비롯된다.*

－《아이네이스》, 6권 725절 －

　그러나 인간의 영혼이 하늘로부터 비롯되었을지라도 인간의 육체
는 프로메테우스가 땅의 진흙으로 빚은 것이었다. 육체는 인간이 땅
에서 생활하기 위해 꼭 필요한 것이기는 했지만, 영혼에게는 창 없는
감옥과 같은 것이기도 했다. 육체에 갇힌 영혼은 육체라는 조악한 여
과지를 통해서만 외적 현실을 체험할 수밖에 없었고, 흙으로 빚어진
육체의 거친 욕망과 거센 정열에 얽매일 수밖에 없었다. 플라톤이 매
우 적절히 표현한 바와 같이 우리가 현상을 인식하는 것은 마치 자연
의 진실된 현상이 햇빛을 받아 동굴 벽에 투영되는 그림자를 통해 인
식되는 것과 같다. 영혼은 육체에서 오염되었고, 지하세계에서 천천
히 정화되었다.
　지하세계는 고통과 처벌을 위해 존재하는 지옥이 아니다. 인간의
사후 삶은 지상에서의 선행된 삶과 인과관계가 있는 것은 확실하지

만, 대체로 고전시대의 세계에서는 그런 경향이 덜했다. 그리스의 운명과 관련된 신화가 그 이유다. 인간은 어머니의 모태에서 생명이 잉태될 때 모이라이 가운데 첫째인 클로토가 생명의 실을 짜고, 라케시스가 생명의 실 길이를 정한다(모이라이는 페이트Fate라고도 부르며, 닉스의 자녀들이다. 그리스어로는 무엇인가를 정하고 나누어주는 사람이라는 뜻이다). 모이라로 인해 인간의 생존 기간 중에 일어나게 될 일은 사전에 대충 결정되어 있다고 믿었으며, 중요한 것은 주어진 운명에 대해 인간의 영혼이 어떻게 대처했느냐 하는 점이었다.

그러나 이해하기 어려운 것은 인간의 성격도 태어날 때부터 미리 형성되어 있었다는 사실이다. 따라서 인간이 자신의 전 생애에 걸쳐 미리 정해진 행로에 어떻게 대응할지에 대해 운명의 여신들이 미리 방향을 결정할 수 있다는 것이다. 인간이 할 수 있는 최선의 선택은 자신이 선천적으로 고귀한 존재임을 믿고 성격을 시험당할 때 자신의 고귀한 본성에 알맞은 대응을 하는 것이다(특히 그리스 비극들에서 볼 수 있듯이 대부분의 영웅들은 혹독한 시련이 따르는 시험을 당했다). 요약하면 인간은 사는 동안 무엇을 이루었는지에 대해 심판받는 것이 아니라, 어떻게 운명에 맞서 고귀한 정신에 어울리는 도전을 했는가에 대해 심판받는 것이었다. 이런 관점에서 그리스인과 로마인은 인간이란 무엇인가라고 하는 데 대해 그 밖의 민족들과는 다른 생각을 갖고 있었다. 성공과 실패는 미리 정해져 있으며, 미리 정해진 운명은 열심히 신탁에 물어 확인하면 되었다. 중요한 것은 인간이 그것에 어떻게 대처하느냐였다.

고대인들에게 지상을 여행한다는 것은 마치 체육관에서 영혼을 단련시키는 것과 같았다. 이 극한의 단련을 통해 자신을 더 나은 인간으로 변화시키든지, 볼품없는 사람으로 남든지 결정했다. 인간은 정해진 수명이 다하면 떠나야 한다. 그리스 신화에 의하면 이는 운명의 여신 가운데 마지막 여신이 생명의 실을 끊고 삶을 끝냄을 의미했다. 세 번째 운명의 여신은 아트로포스로 '움직일 수 없는'이라는 뜻을 지녔는데, 가짓과 식물의 독인 아트로핀atropine의 기원이 되었다.

◆ 티토노스와 영생에 따르는 위험 ◆

죽음을 피하는 것은 인간에게는 매우 까다로운 일이었고, 대부분의 경우 그런 시도는 성공하지 못했다. 한 예로 새벽의 여신 에오스는 제우스에게 인간이었던 애인 티토노스를 죽지 않게 해달라고 간청했다. 그리하여 티토노스는 죽지 않게 되었는데, 나이가 들면서 늙어갔고 몸은 점차 말라비틀어져 오그라들었다. 결국 그는 최초의 메뚜기로 변하고 말았다. 티토노스는 죽지 않는 존재이기 때문에 지금도 어딘가에서 펄쩍펄쩍 뛰고 있을 것이다.

사후세계

영혼이 육체의 속박에서 풀려나는 길인 영원한 잠은
죽음의 신인 당신의 권능입니다.
남자든 여자든 아이든 누구든지
당신이 부르면 영원한 잠을 피할 수 없습니다.
젊다고 해서 자비를 베풀지 않으며
힘과 정열도 결국에는 굴복하게 됩니다.
자연이 빚은 생명에는 끝이 있으며
당신은 어김없이 모두에게 영원한 잠의 판결을 내립니다.
열심히 기도하는 자도 그 심판을 가볍게 할 수 없고
어떤 서원을 하더라도 당신의 뜻을 돌릴 수 없습니다.

-《오르페우스 죽음의 신에게 올리는 찬가》, 86절-

    그리스와 로마인에게 죽음은 새로운 시작이었다. 죽은 자의 가족
이 필요한 사후 조치를 하고 적절한 장례의식을 마친 뒤에는 삶과 죽
음의 경계를 넘나드는 신 헤르메스가 그들을 데리러 온다. 헤르메스
는 죽은 자들을 지하세계 경계에 있는 강변 언덕까지 데려다주었다.
죽은 자들은 그 강을 건너야 한다.

한 사공이 이 강을 지키고 있다. 그 사공의 이름은 카론이다.

그는 헝클어진 머리에 추악한 생김새를 하고 있다.

턱에는 흰 수염이 뒤엉킨 채 달랑거리고,

어깨에는 누더기 같은 옷을 걸쳤다.

나이가 들어 겉모습은 늙었으나 그는 신이기 때문에

여전히 활기차고 생동감이 넘친다.

이글거리는 그의 눈동자에서 광채가 난다.

그는 삿대질하며 배를 움직이고 모두의 영혼을 강 건너로 데려간다.

－베르길리우스, 《아이네이스》, 6권 290절－

뱃사공 카론은 밤의 신 에레보스와 닉스(18쪽 참조) 사이에서 태어났다. 따라서 카론도 신이었다. 그는 제우스의 형제인 하데스의 하인이었다. 헤라클레스가 죽지 않고 산 채로 뱃사공 카론을 협박해 강을 건넜을 때, 이 일로 몹시 화가 난 하데스가 벌로 카론을 1년간 쇠사슬로 묶어두었다. 카론은 뱃삯을 받았는데, 장례의식을 제대로 치루지 못해 뱃삯을 낼 동전이 없어 강을 건너지 못하는 죽은 자들의 영혼이 언덕에 가득했다(그리스인들에게 뱃삯은 은화 한 닢으로 얼마 안 되는 금액이었는데, 죽은 자의 입속이나 눈꺼풀 위에 놓았다). 카론이 뱃삯을 받아 어디에 썼는지는 알 수 없지만, 배를 관리하거나 개인적인 몸치장을 하

후대의 예술과 문명에 비친
카론

시스티나 예배당에 있는 미켈란젤로의 〈최후의 심판〉
(1537~1541)에 그려진 카론의 모습은 너무나 강렬하다. 그 그림은
단테의《신곡》〈지옥편〉에 쓰인 내용과 비슷하며, 기독교적인 시
각에서 고대의 지하세계로의 여정을 표현한 것이다. 피에르 쉬블
레라스의 〈죽은 자의 영혼을 실어 나르는 카론Charon Ferrying the
Shades〉(1730대)과 마드리드 프라도 미술관에 있는 요아힘 파티니
르가 1515년에서 1524년에 그린 걸작에 카론의 모습이 특색 있게
묘사되어 있다. 그러나 현대에서 카론이 가장 널리 알려진 것은
크리스 드 버그의 팝송 〈뱃삯을 주지 마세요Don't pay the ferryman〉
(1982)를 통해서일 것이다.

카론, 미켈란젤로의 〈최후의 심판〉에 묘사된 유일한 그리스 신화 인물이다.

는 등 제대로 쓰이지 않는 것만은 확실하다.

　대부분의 사람들은 지하세계와 경계하고 있는 이 강의 이름이 삼도천을 일컫는 스틱스Styx('증오스러운'이라는 뜻)라고 믿었으나, 일부 사람들은 그리스 서북지역에 있는 아케론 강이라고 여겼다. 강물이 강 상류 근처에 있는 험준한 협곡들을 통과하면서 급격히 굽이쳐 내려와 사람들은 그 강이 지하세계로 흘러간다고 믿었다. 고대인들은 이 강물 일부가 지하세계로 곧장 흘러 들어가고, 나머지는 굽이굽이 평화롭게 흘러 바다로 간다고 믿었다.

　살아 있는 인간이 지하세계로 들어가기란 매우 어려웠다. 지하세계로 들어가는 입구에는 머리가 셋 달린 커다란 문지기 개 케르베로스가 지키고 있었다. 살아 있는 인간이 그 문을 넘으면 케르베로스가 그를 죽은 자처럼 처참한 모습으로 만들어 남은 여정을 계속하게 했다.

죽은 자들의 영혼

　에우로파의 아들 미노스 왕(56쪽 참조)은 살아 있을 때 입법자로서 이름을 날렸고, 지하세계(저승)에서는 죽은 자를 심판하는 재판관이 되었다. 죽은 자들 사이에서 일어나는 저승에서의 분쟁은 주로 그가 조정하여 해결했으며, 죽은 자가 저승에 도착하여 받게 되는 깐깐한 분류 심사에도 참여했다. 죽은 자 모두가 하데스의 지하세계로 들어오는 것은 아니었다. 어떤 자들은 축복받은 자들의 섬인 엘리시온

Elysian Fields(선량한 사람들이 죽은 뒤 사는 곳-옮긴이)으로 갔다. 그곳은 삶이 탁월한 행동이나 고귀함으로 채워졌던 영혼에게 주어지는 장소로 그렇지 못한 삶을 산 영혼들이 가게 되는 죽은 자의 거처와는 달랐다. 이는 신이 되는 것 다음으로 인간이 바랄 수 있는 최선의 장소였다.

한편, 인간이 죽어서 가는 저승에도 갈 수 없는 타락한 자의 영혼도 있었다. 신들의 영혼과 마찬가지로 인간의 영혼도 의도적으로 파괴하여 사라지게 할 수 없었다. 대신 타락한 자의 영혼은 우주의 쓰레기통이라 할 수 있는 지하 타르타로스로 보내졌다. 그곳에서 그 영혼들은 거인들과 티탄족, 그리고 다시는 생명의 어머니인 가이아(땅)에게로 돌아갈 수 없는 타락한 존재들과 함께 갇혔다.

죽은 뒤에 대부분의 인간은 종착지인 지하세계에서 망령으로 변했다. 망령은 죽은 자의 살아 있을 때의 생김새와 비슷하나 훨씬 길쭉한 형태의 모습이었다. 망령은 살아 있는 동안 삶에서의 격렬했던 느낌들과 열정들을 기억했고, 그것들을 진정으로 갈망했다. 그러나 적절한 의식을 거치면 망령들을 지하세계에서 불러내 살아 있는 자와 이야기를 나누게 하는 것도 가능했다. 실제로 오디세우스는 땅에 조그마한 구덩이를 파고 그곳에 제물의 피를 부어 망령들에게 먹인 다음 그들로부터 조언을 구하기도 했다(326쪽 참조).

나는 양을 잡아 목을 딴 뒤

그 구덩이 속에 검은 피를 부었다.

그러자 그곳으로 많은 망령이 모여들었다.

새 신부로 죽은 망령, 결혼도 못 하고 젊은 나이에 죽은 망령,

평생 일만 하다가 늙어 죽은 망령,

그리고 아직 슬픔도 경험해보지 못한 어린 소녀의 망령이었다.

－호메로스, 《오디세이아》, 11권 20절－

죽은 자의 조언은 효과가 별로 없었다. 망령의 모습이 길쭉하게 찌그러졌듯이 그들의 지혜도 마찬가지였기 때문이다. 그러나 그들의 기억만큼은 또렷했다. 아킬레우스처럼 살아 있을 때 매우 격렬한 삶을 살았던 망령에게는 무미건조한 지하세계의 울타리 속에 갇힌 생활이 매우 고통스러웠다. 오디세우스가 지하세계에서 만난 아킬레우스가 한 한탄은 유명하다. "나는 죽어서 지하세계의 왕 노릇을 하는 것보다는 차라리 살아서 이루 말할 수 없이 가난한 하인의 종이 되는 것이 낫겠다."

지하세계에서 망령이 머무는 기간은 일정하지 않았다. 몇몇 철학자는 영혼이 육체에 머물면서 쌓은 세속적 갈망과 인간적 열정의 욕망을 말끔히 지우려면 1,000년 정도의 세월이 필요하다고 했다. 영혼

을 정화하는 데 드는 시간은 살아 있을 때 인간이 어떻게 살았느냐 하는 삶의 질에 달려 있었다.

타락한 자의 영혼은 삶의 잔재가 영혼으로부터 깨끗이 걸러질 때까지 매우 오랜 기간이 필요했다. 하지만 금욕과 절제된 생활을 한 자의 영혼은 몸을 잠깐 동안 씻는 영혼 정화의식만 거치면 되었다. 그러나 모든 영혼은 육체를 입고 이 세상에서 사는 기간보다 지하세계에서 보내는 기간이 훨씬 길었기 때문에, 실제로 인간의 진정한 거처는 이 세상이 아닌 하데스의 왕국인 지하세계라고 해야 할 것이다.

지하세계의 오르페우스

오르페우스는 서사시를 담당하는 아홉 뮤즈 가운데 한 명인 칼리오페의 아들이었다. 그는 아폴론(125쪽 참조)으로부터 리라를 배웠는데, 리라를 켜는 그의 솜씨는 신이 내렸다고 할 만큼 매우 뛰어났다. 그가 리라를 켤 때는 옆에 있는 바위와 나무까지도 그의 연주에 귀를 기울였다고 한다. 그는 아내 에우리디케를 끔찍이 사랑했는데, 그녀가 죽었을 때 너무나 큰 충격을 받아 그녀를 다시 이 세상으로 데려오기 위해 지하세계로 내려갔다. 그는 자신의 리라 연주로 뱃사공 카론과 문지기 개 케르베로스를 유혹한 뒤 지하세계로 들어갔다. 그러고는 하데스와 페르세포네에게 자신의 소원을 노래로 만들어 들려주었다.

하데스와 페르세포네는 노래에 감동하여 에우리디케에게 오르페

오르페우스가 사나운 문지기 개 케르베로스를 유혹하고 있다.

우스를 따라 지하세계를 떠나도 좋다고 허락했다. 다만 오르페우스에게 단 한순간이라도 절대로 뒤를 돌아보아서는 안 된다고 일러주었다. 그러나 지하세계를 떠나려고 하는 순간 오르페우스는 문득 자기만 조용히 쫓아내려는 속임수일지도 모른다는 생각이 들었다. 그는 에우리디케가 정말 자신을 따라오고 있는지 확인하고 싶어 뒤를 돌아보았다. 에우리디케는 조용히 따라오고 있었다. 하지만 오르페우스는 이미 약속을 어긴 셈이 되었다. 질투심 많은 하데스는 에우리디케를 다시 지하세계로 데려갔다. 그 후 오르페우스는 다시는 에우리디케를 보지 못했다.

오르페우스의 이야기는 후대에 오르페우스교Orphism의 핵심 교리가 되었다. 오르페우스교 신도들은 신에게 헌정한 감동적인 찬양시를 많이 남겼다.

오, 여신이시여.
밤낮으로 그대에게 기도하는 탄원자의 목소리를 들으소서.
지금 이 순간 저에게 평화와 건강을 주소서.
그리고 복된 삶과 제가 바라는 재물을 주소서.
푸른 눈을 가진 처녀신이며, 예술의 수호자인 여신이여,
무엇보다 큰 우리의 바람은
그대가 우리와 함께 있어주는 것입니다.
-〈아테나 여신에 대한 오르페우스교 찬양시〉, 31편-

후대의 예술과 문명에 비친
오르페우스

프랑스 작곡가 오펜바흐가 어찌 이런 오르페우스 같은 음악가의 이야기를 작품화하지 않을 수 있었겠는가. 오페라 〈지옥의 오르페우스Orpheus in the Underworld〉(1850대)는 프랑스풍으로 가볍게 만들어졌다. 이 작품에서 파리 사람들에게 처음 다리를 높이 쳐들어 올리는 캉캉을 선보였다. 이탈리아 작곡가 몬테베르디의 오페라 〈오르페우스의 전설Legend of Orpheus〉(1607)의 대사와 의도가 원래의 신화 내용에 보다 충실한 편이다. 조각에서는 안토니오 카노바가 1775년에 제작한 작품과 플로렌스에 있는 르네상스 시대의 조각가 바초 반디넬리의 〈오르페우스〉에서 오르페우스와 에우리디케의 이야기를 다루었다. 회화에서는 니콜라 푸생의 걸작 〈오르페우스와 에우리디케〉(1650~1653)가 오르페우스 신화를 주제로 제작되었다. 1640년경에 알버트 코이프는 오르페우스가 음악으로 야수들을 감동시킨 내용을 주제로 작품을 남겼다.

푸생, 〈오르페우스와 에우리디케〉, 1650~1653년

환생

당신이 지하세계의 왕인 하데스의 집 왼쪽에 있는 샘에 이르렀을 때
그곳 사람들에게 이렇게 말하라.
"나는 땅과 별이 반짝이는 하늘의 기운을 받고 태어났다.
그러나 나의 계보는 신들로부터 이어진 것이다.
빨리 나로 하여금 저 흐르는 차가운 샘물을 마시게 해다오."
―이탈리아 페텔리아에 있는 묘비명의 일부―

죽은 자의 망령은 결국 지하세계 저편으로 간다. 그곳에는 망각의
강이라고 불리는 조그만 시내가 바위 위를 흐르고 있고, 밤의 여신
닉스가 살고 있다.

플라톤이 상상한 바에 따르면 그곳은 스핑크스가 다스리고 있고,
영혼이 다시 육체를 입고 환생하는 곳이다. 환생은 개인의 뜻이나 희
망이 아니라 주어지는 것이기 때문에 우리는 이를 운명이라고 말한
다. 이는 복권 또는 심지 뽑기로 당첨되거나 일이 결정되는 것과 같
다. 모든 영혼이 환생한 뒤의 삶에 만족할 수는 없었다. 지상에서 동
물로 살다가 죽은 영혼은 다음 생애에서는 좀더 편안한 삶이 보장된
존재로 태어날 수 있었고(우리는 윤회를 통해 이 과정을 적어도 한 번은 경
험했다), 사람으로 살다가 죽은 영혼은 목가적인 삶을 살 수 있도록 목

망각

레테는 에리스(183쪽 참고)의 딸로 의인화되었다. 모든 것을 잊게 만드는 망각의 여신 레테의 강한 이미지는 현대 시에서도 자주 인용된다. 유기화학물인 에테르ether가 마취제로 처음 쓰였을 때에는 레테론Letheron이라 불렀다.

− 레테 칵테일 만드는 방법 −

1단계

진 60mL
딸기주스 30mL
오렌지주스 15mL
파인애플주스 15mL
고운 설탕 1ts

2단계

셰이커에 얼음을 넣고 충분히 흔든 후 칵테일잔에 따라 마신다.

3단계

당신의 이름을 기억하지 못할 때까지,
또는 취해서 더 이상 칵테일잔을 들 수 없을 때까지 계속 마셔라.
그러나 너무 과하게 마시는 애주가는
진짜로 지하세계의 망각의 강물을 마시게 될 수도 있음을 유념하라.

장에서 평화롭게 풀을 뜯는 소로 환생하게 되는 것이다.

환생하여 새로운 인간으로 태어날 영혼 가운데 일부는 왕이나 폭군이 되어 삶의 즐거움을 만끽하기를 원하기도 하고, 어떤 영혼은 고통과 즐거움, 정신적 성취감으로 가득 찬 짧고 굵은 삶을 원하기도 했다. 플라톤에 의하면 이승에서 우여곡절이 많은 삶을 살았던 오디세우스는 다음 세상에서는 평탄한 보통 사람의 삶이 적힌 심지를 뽑기 원했다고 한다.

지하세계의 끝에 이른 모든 영혼은 망각의 강물을 마셨다. 그 즉시 그들은 전생에서의 기억을 잃었다. 그들은 모두 새로운 영혼이 되어 전생의 정욕과 잘못을 모두 씻고 과거를 잊었다. 그러나 과거의 삶의 경험에서 형성된 성격은 그대로 갖고 있었다. 영혼들은 누워 잠이 들었다. 그들은 자신이 뽑은 운명을 지닌 아기의 몸으로 다시 잠을 깨고 새로운 삶의 여정을 시작했다.

한 그리스 신앙에 의하면 영혼이 망각의 강물 대신 근처에 있는 기억의 강물을 마시면, 환생할 때 살아 있을 동안의 기억을 온전히 갖고 태어날 수 있다고 알려주었다.

3

위대한 신들: 제1세대 신

　고대의 위대한 신들을 한 명씩 살펴보기 전에 그들이 어떤 존재였는지를 정확히 이해할 필요가 있다. 신들이 충동을 잘 억제하지 못하고 짓궂고 악의로 가득한 초월적 존재라고만 알고 있다면 신화의 본질은 제대로 이해하지 못할 것이다. 신들을 초월적 능력을 지닌 인간으로 이해해서는 안 된다. 고대인들이 믿었던 것처럼 인간의 모습을 한 자연의 힘으로 이해해야 한다. 각각의 신들은 각기 다양한 자연의 힘 가운데 하나 또는 몇 개의 힘을 행사하거나 그 힘들을 의인화한 존재들이다. 이런 신들의 본질을 먼저 이해한 다음 관련 내용을 자세히 검토한 후에 제1세대의 올림포스 신들을 한 명씩 만나보자.

신들의 본질

그리스와 로마인들에게 신을 믿지 않는다고 하는 말은, 마치 사람이 높은 곳에서 낮은 곳으로 떨어지면서도 중력이 존재하지 않는다고 믿는 것처럼 우스꽝스럽고 논점을 벗어난 허황된 말이나 다름없었다. 사람들이 믿든 안 믿든 신은 그 자체로 확실한 존재였다.

예를 들어 씨앗을 촉촉하고 따뜻한 땅에 심으면 싹이 나고, 토양과 기후 조건이 맞으면 잘 자라 좋은 결실을 맺는다는 것은 모두가 다 아는 사실이다. 오늘날 이런 과정을 '유전자 프로그래밍genetic programming'이라고 한다. 고대 그리스에서는 이를 데메테르Demeter(로마의 케레스에 해당하며, 추수 또는 수확의 의미를 지닌다-옮긴이)라고 불렀다. 사람들이 데메테르 또는 케레스의 존재를 믿든 안 믿든 상관없이 식물이 자란다는 사실은 변함이 없다.

이와 비슷한 사례로 사계절을 지나면서 해가 바뀐다는 시간의 흐름도 우리의 생각이나 믿음과는 관계없이 진행된다. 그리스인들에게 이런 질서 유지는 제우스의 역할 가운데 가장 중요한 것이었다(자연에 존재하는 모든 것의 생성, 운행, 변화 등 모든 과정의 질서를 담당하는 힘이 제우스로 의인화된 것이다-옮긴이). 방을 깨끗이 치우고 물건들을 반듯하게 정리하는 것, 즉 방의 원래 모습을 유지하는 것도 제우스의 계획과 힘으로 이루어지는 것이다.

누군가가 악몽에서 깨어나면 조금 전에 꿈에서 본 끔찍한 환상은 결코 현실로 나타나지 않으리라고 생각하거나 당장 위험이 닥치지는 않으리라고 스스로에게 말할 것이다. 그리스인의 방식대로 하면 악몽을 꾼 사람은 합리적 사고를 담당하는 여신 아테나에게 간절히 기원한다. 반대로 누군가가 합리적인 사고를 포기하고 미친 듯이 사랑에 빠진다면 고대인들은 이를 아프로디테의 힘이 작용해서 그런 것이라고 믿었다.

다시 말해 그리스와 로마 신들에 의해 대표되는 힘은 실제로 존재하고 있었다는 것이다. 다만 한 가지 의문점은 신들에게 자각 능력과 지성이 있었는지, 신들이 인간의 일에 관심을 갖고 있는지인데, 고대 철학자들도 여기에 의문을 가졌다. 지금 그 문제를 굳이 더 연구할 필요는 없다. 하지만 주요 종교들에서는 각자의 신들이 자각 능력과 지성을 갖고 있고, 인간의 일에 관심이 있다고 믿고 있다. 이와 마찬가지로 그리스의 고전시대에서도 신들이 그러하다고 생각했다는 사실은 기억해두어야 한다.

따라서 우리는 그리스·로마 신화를 잡다한 미신을 모아놓은 이야기책이나 만화책 속 초능력자 이야기 모음으로 여겨서는 안 된다. 오히려 끊임없이 신을 이해하고 신과 소통하고자 하는 다른 종교에서의 믿음과 마찬가지로 그리스적인 종교적 믿음을 체계화한 것으로 생각해야 한다(예를 들어 《구약성서》의 특색 있는 많은 사건도 믿지 않는 사람들의 관점에서 본다면 그 역시 이상야릇한 이야기일 수밖에 없다).

신화의 모순

그렇다면 신화에서 위대한 올림포스 신들의 역할을 어떻게 이해해야 할까? 고전시대 신화에서의 신들은 우주에 존재하는 자연을 움직이는 원천적 힘을 의인화한 것이다. 태양이 떠오르고 강물이 흐르는 것은 그 원천적 힘, 즉 신들의 힘에 의해 이루어지는 것이다. 만물이 신들에 의해 질서를 지키며 합리적으로 움직이는 것이다. 그런데 고전시대 신화에서 신들은 때로는 어리석고, 다투기도 하며, 서로 간에 그리워하고, 인간에게 잔인한 속임수를 쓰며, 복수심에 사로잡혀 원수가 되기도 한다.

모순 해결

앞에서 살펴본 신들의 일관성 없는 모습들에서 왜 공정하고 사랑이 넘치는 신이 착한 인간에게 나쁜 일이 일어나도록 내버려두느냐하는 오래된 의문에 대한 답을 찾을 수 있다.

일부 그리스와 로마인들은 단순하게 신들에게는 인간에 대한 사랑의 감정이 없다고 단정함으로써 그 의문의 일부를 해결했다(물론 예외적으로 제우스는 여러 여자를 사랑했다). 나아가 제2장에서 살펴본 바와 같이 인간에게 닥친 운명은 일반적인 신들의 힘에 의한 것이 아니다. 운명의 세 여신이 정한 운명에 의해 결정되는 것이라고 믿었다.

고대인들은 인간의 삶이 맹목적이고 바꿀 수 없는 힘에 의해 지배된다는 것을 인정하기보다는 신들이 그때나 지금이나 자격이 있는

제우스와 세멜레

세멜레는 제우스 신전의 여사제였다. 매혹적인 그녀의 모습에 푹 빠진 제우스는 인간의 모습으로 변신하여 세멜레 앞에 나타났다. 제우스의 아이를 임신한 세멜레는 뒤늦게 달콤한 말로 유혹하는 바람둥이의 꾐에 넘어간 것이 아닌지 의심하게 되었다. 이에 제우스는 세멜레가 원하는 모든 소원을 들어주겠다고 약속했고, 세멜레는 제우스에게 본모습으로 나타나달라고 했다. 마지못해 세멜레의 소원을 들어준 제우스는 휘황찬란한 광채를 띤 모습으로 나타났고, 세멜레는 제우스의 번쩍이는 빛에 타서 재로 변했다.

디오니소스가 어머니 세멜레와 함께 포도주를 나누어 마시고 있다.

인간에게는 무자비한 자연법칙을 완화하여 그들이 운명을 바꿀 수 있게 한다고 믿고 싶어했다.

이미 우리는 신들이 지닌 특정 능력, 특히 다른 신들과 구분되는 능력을 보았다. 신들은 인간을 다스리기 위해 인간의 특성을 갖게 되었고, 그럼으로써 인간처럼 바람직하지 못한 모습을 보일 때가 있었다. 제우스가 인간으로 세멜레 앞에 나타났을 때의 그 모습이 본래의 제우스가 아니듯이, 여러 신이 인간으로 변해 나타난 모습이 신들의 본모습을 모두 보여주는 것은 아니었다. 나중에 다시 설명하겠지만 세멜레는 제우스의 참모습을 보고 죽을 운명이었고, 세멜레가 죽음으로써 디오니소스가 세 번의 출생과정을 거쳐 태어났다(158쪽 참조).

신들의 사랑, 질투, 사소한 불화, 선호보다 고대의 신들에 대해 알아야 할 것들이 많다. 하지만 우리는 인간이기 때문에 신들의 이런

후대의 예술과 문명에 비친 제우스와 세멜레

귀스타브 모로는 〈주피터와 세멜레Jupiter and Semele〉(1894~1895)를, 루벤스는 〈세멜레의 죽음The Death of Semele〉(1636)을 그렸다. 헨델은 3막으로 구성된 오라토리오 〈세멜레〉를 작곡했고, 1744년 런던에서 초연되었다.

인간적인 면에 흥미와 관심을 갖는다. 슬프지만 어쩔 수 없는 인간의 삶의 한 부분인 절제할 수 없는 욕정이 신들에게도 있고, 선조들은 신들의 이런 면들을 비난했다.

이처럼 위대한 신들은 매우 흥미로운 특성을 지니고 있다. 이제 한 명씩 만나보자.

아프로디테(비너스)
─뇌쇄적 매력을 지닌 여신─

부모 : 우라노스(아버지)와 금강석으로 만든 낫

배우자 : 헤파이스토스(불카누스)

주요 연인 : 아레스(마르스), 헤르메스(메르쿠리우스), 아도니스, 안키세스

자녀 : 아이네아스, 하르모니아, 데이모스, 포보스, 헤르마프로디토스, 프리아
포스, 베로에

주 특성 : 사랑과 성애의 여신

부가 특성 : 조난당한 선원 구출, 수목의 수호자, 혼인과 조화로운 시민생활의
수호자, 창녀들의 수호자

상징(물) : 은매화, 백조, 비둘기

사원, 신탁소, 성상의 소재지 : 아프로디시아(소아시아에 있는 아프로디테 시), 코
린토스의 아크로폴리스, 로마의 게네트릭스 비너스 사원과 로마의 비너스
사원 등

아프로디테의 힘은 거역할 수 없으니…
그 여신은 공기 속을 날아서 오고
바다의 파도를 타고 오며, 대지에 수목의 씨앗을 뿌리고,
우리를 이 세상에 태어나게 해주는 사랑을 몰고 다닌다.

―에우리피데스, 《히폴리투스》, 445절―

출생 계보상 아프로디테는 제우스보다 앞선 세대의 신이다(제우스의 아버지 크로노스와 같이 우라노스의 자녀다). 모든 신이(뒤에서 자세히 살펴볼 세 명의 신만 제외) 인간들처럼 아프로디테의 영향을 받았다. 잘못 맺어졌거나 불운한 운명을 맞은 연인들에서 볼 수 있듯이 아프로디테는 그녀의 힘을 짓궂게 또는 악의적으로 사용했다.

아프로디테의 허리띠를 띠는 사람은 원하는 모든 사람을 유혹하여 꼼짝 못 하게 할 수 있었다. 조그만 십자가 모양의 손잡이가 달린 아프로디테의 손거울은 여성들의 상징물이 되었다. 그리스·로마 신화에 따르면 아프로디테의 존재와 영향력이 온 세상에 미쳐 제우스까지도 여성 편력의 탓을 그녀에게 돌렸다(그와는 달리 로마의 신 주피터는 행동에서 제우스보다는 사려가 깊다). 2,000년의 시간을 건너뛰어 루브르 박물관에서 〈밀로의 비너스〉로 알려진 아프로디테의 조각상을 볼 수 있다.

오늘날에도 아프로디테의 자취를 여러 곳에서 찾을 수 있는데, 밤

하늘에 빛나는 금성 비너스가 바로 아프로디테다. 아프로디테가 로마에 와서는 다산과 풍요를 상징하는 토착신으로 바뀌어 별 이름과 성행위로 전염되는 각종 성병들을 이르는 이름으로 자리 잡았다(중요성이 조금 떨어지는 여신 비너스로 바뀌었다). 육체적 사랑을 의인화시킨 이름 포르네Porne로서 아프로디테의 모습들Porne graphe(포르네의 그림이라는 뜻으로 포르노그래피Pornography의 어원이 되었다)은 오래전부터 검열관들의 은밀한 호기심을 자극해왔다. 그리고 굴처럼 성욕을 높여주는 음식들은 '애프러디지액aphrodisiacs'(최음제)이라고 한다. 그 밖에도 아프로디테와 관련 있는 이름은 여러 곳에서 찾아볼 수 있다.

아프로디테는 사랑한 미소년 아도니스가 사냥 중에 죽자 그의 피로 붉은 아네모네를 만들었다(아네모네anemone는 '바람의 딸'이라는 뜻이며, 이는 아프로디테를 상징하는 많은 이름 가운데 하나다─옮긴이). 베로에Beroe는 아도니스와 아프로디테 사이에서 태어난 딸로 베이루트

〈밀로의 비너스〉

Beryut(오늘날 레바논의 수도 베이루트Beirut)로 바뀌었다.

아프로디테는 전쟁의 신 아레스(사랑과 전쟁은 종종 쌍을 이루어 쓰인다)와 부정한 관계로 데이모스Deimos와 포보스Phobos(공포와 불안을 뜻하는 단어의 어원)를 낳았다. 이 두 아들은 지금도 하늘에 있는 아버지 아레스, 또는 로마인들이 마르스라고 부르는 별인 화성의 주위를 맴돌고 있다. 포보스라는 이름은 수많은 단어와 합쳐져 합성어로 쓰인다. 목욕공포증ablutophobia(목욕을 뜻하는 'abluto'와 공포를 뜻하는 'phobia'의 합성어-옮긴이)과 동물공포증zoophobia(동물을 뜻하는 'zoo'와 공포를 뜻하는 'phobia'의 합성어-옮긴이)이 그 예다.

아프로디테는 헤르메스(로마에서는 메르쿠리우스로 불린다)와의 사이에서도 아이를 낳았는데, 부모의 이름을 붙여 헤르마프로디토스Hermaphroditus라고 했다(155쪽 참조). 그리고 아버지가 불분명한 불행한 삶을 살았던 아들도 낳았는데, 그가 바로 프리아포스(153쪽 참조)였다. 그는 결코 충족할 수 없는 넘치는 정력을 갖고 있었다. 그의 남근은 모양이 흉하고 크며 항상 발기해 있었다. 그는 로토스라는 님프를 사랑하여 열심히 쫓아다녔으나 신들이 그 님프를 로토스Lotus라는 이름의 꽃으로 바꾸었다.

트로이 전쟁이 일어난 원인 가운데 일부분은 아프로디테에게 있다. 아프로디테가 파리스와 헬레네의 사랑을 부추겼기 때문이다(276쪽 참조). 안키세스와 아프로디테 사이에서 태어난 아이네아스가 트로이의 전사로 전쟁에 참가하여 아프로디테가 트로이 측을 적극 도왔다. 나중에 그리스군이 트로이 전쟁에서 이긴 후 아이네아스는 불타는 트로이를 탈출했다. 그의 후손들이 로마를 세웠고, 안키세스와 아프로디테의 직계 후손들 가운데에는 여러 황제를 배출한 율리아누스 가문도 있다(율리우스 카이사르도 그 가운데 한 명이다-옮긴이).

후대의 예술과 문명에 비친 아프로디테(비너스)

비너스(아프로디테)는 많은 예술가가 관심을 가질 만한 주제다. 그 가운데 아프로디테와 인간 아도니스의 사랑을 다룬 유명한 두 작품이 있다. 하나는 티치아노의 〈비너스와 아도니스Venus and Adonis〉(1560경)고, 다른 하나는 루벤스의 〈비너스와 아도니스〉(1630대)다. 보티첼리의 〈비너스와 마르스Venus and Mars〉(1485경)에서 재미있는 장면을 볼 수 있다. 옷을 입은 비너스가 쳐다보고 있는 동안 작은 사티로스들이 곤히 잠들어 있는 마르스의 창으로 장난을 치고 있다. 비너스와 마르스는 피에로 디 코시모의 〈비너스와 마르스, 큐피드Venus, Mars and Cupid〉(1490)에도 등장하고 루이 장 프랑수아 라그르네의 〈마르스와 비너스〉, 〈평화의 풍유 Allegory of Peace〉(1770)에도 등장한다. 또 다른 작품인 요아힘 브테바엘의 〈신들의 출현에 놀란 마르스와 비너스Mars and Venus Surprised by the Gods〉(1610~1614)와 파올로 베로네세의 〈사랑의 행위로 맺어진 마르스와 비너스Mars and Venus United by Love〉(1570대) 등은 좀더 노골적으로 표현되었다.

헤스티아(베스타)
―가정의 여신―

부모 : 크로노스(아버지), 레아(어머니)

배우자 : 없음

주요 연인 : 없음

자녀 : 없음

주 특성 : 아궁이, 난로

부가 특성 : 가정의 행복

상징(물) : 과일, 기름, 포도주, 1년된 암소

사원, 신탁소, 성상의 소재지 : 각 가정의 부엌, 그리스 도시의 시민 집합소, 로마의 베스타 성지

헤스티아 여신이여, 영생하는 신들과 땅 위를 걷는 인간들이
모여 사는 곳에 영원한 거처와 가장 큰 영광의 위치를
당신이 차지하고 있습니다. 당신의 역할과 권능은 영광스럽습니다.
당신 없이는 인간은 연회를 열 수도 없습니다.
연회를 연다 해도 인간은 그대 헤스티아 여신에게
처음과 마지막의 감미로운 포도주잔을 올릴 수 없기 때문입니다.

―《호메로스의 헤스티아 찬가》, 2장 1~6절―

헤스티아는 크로노스의 첫아이였다. 그러나 역설적이게도 가장 어렸다. 크로노스가 삼킨 자식들을 다시 토해낼 때 맨 마지막에 나왔기 때문이다. 그리스와 로마인들에게는 '헤스티아에게 가장 먼저'가 하나의 규칙이었다. 가장 먼저 태어난 헤스티아는 신들에게 바치는 제물을 다른 신들보다 먼저 받았다. 헤스티아가 가정과 가족을 보호하는 여신이었기 때문이다.

헤스티아는 평화와 타협을 상징하는 신으로서 올림포스에 사는 신의 숫자를 신성한 의미의 12로 정할 때 자기 자리를 다른 신에게 양보했다. 일반적으로는 디오니소스에게 자리를 양보했다고 하지만, 그리스와 로마의 모든 판테온에 모신 올림포스 신들이 모두 똑같이 구성되어 있지는 않다(우연히 12라는 신성한 숫자는 유럽연합의 깃발에 있는 별의 숫자이기도 하다). 헤스티아는 신화에서보다는 민간신앙에서 더 중요한 위치를 차지했다. 부엌과 화덕의 여신이 집 밖으로 잘 나가지 않았기 때문이다. 모든 그리스의 도시가 새로운 식민지를 건설할 때마다 그들은 새로운 집에서 오랫동안 쓰고 보존하게 될 헤스티아의 불씨를 가장 먼저 챙겨갔다.

로마에서는 헤스티아를 베스타로 불렀는데, 잘못해서 불이 집 밖으로 나가 도시 전체에 불

헤스티아(베스타)

이 옮겨 붙어 큰 불행이 닥치는 일이 없게 각 가정의 불씨를 지키는 역할을 했다. 로마에서는 처녀들로 구성된 베스타 제녀Vestal Virgin가 베스타에 대한 숭배의식을 치르고, 신전에서 성스러운 불이 꺼지지 않게 지키는 역할을 맡았다.

미국 이민 초기 도시 건설자들은 행복한 가정을 지켜주는 베스타를 도시 이름으로 사용하고 도시의 발전과 평화를 기원했다. 또한 불과 관계있는 베스타는 유명한 성냥 브랜드로도 쓰이고 있다.

제우스(주피터)
─신들의 왕─

부모 : 크로노스(아버지), 레아(어머니)

배우자 : 헤라

주요 연인 : 레토, 레다, 마이아, 세멜레, 이오, 에우로파, 데메테르, 메티스, 가니메데스, 다나에, 므네모시네, 테미스, 알크메네외 다수

자녀 : (일부 출중한 자녀만 선택) 아테나(미네르바), 페르세포네, 오리온, 뮤즈, 아레스(마르스), 아폴론, 아르테미스(디아나), 헤라클레스, 디오니소스(바쿠스), 청춘의 여신 헤베, 페르세우스, 디오스쿠로이, 크레타 섬의 미노스 왕

주 특성 : 신들의 왕

부가 특성 : 폭풍우의 신, 구름을 모으는 신, 여행자를 보호하는 신, 서원의 엄정함을 담보하는 신, 거짓말을 하는 자를 벌하는 신, 로마의 수호신, 징조를

보내는 신, 군대의 수호신

상징(물): 번개, 독수리, 떡갈나무

사원, 신탁소, 성상의 소재지: 로마 카피톨리나의 주피터 신전, 올림포스의 제
우스 신전, 도도나Dodona의 제우스 신탁소

나의 아들아,
무서운 천둥번개를 일으키는 제우스 신이
그 손에 세상만사의 결정권을 쥐고 있다.
자기 뜻대로 모든 일을 결정한다.
우리 인간은 하루하루를 운명대로 살아갈 뿐이고,
제우스의 손이 펼칠 세상의 조화를 전혀 알 수 없구나.

−아모르고스의 세모니데스, 《서정시》, 2장 1절−

제우스가 올림포스 신들의 아버지라는 표현은 부분적으로는 맞
다. 제우스가 가족의 가장 어른이라는 가부paterfamilias의 의미에서는
옳은 표현이다. 그는 다른 신들, 그의 아내 헤라(주노), 포세이돈(넵투
누스), 하데스(플루토스) 등과는 형제자매였다. 포세이돈과 하데스는
동생 제우스를 별로 존경한 것 같지는 않다. 포세이돈이 지적한 것처
럼 제비뽑기로 세 명의 신이 자신의 영역을 나누었기 때문이다.

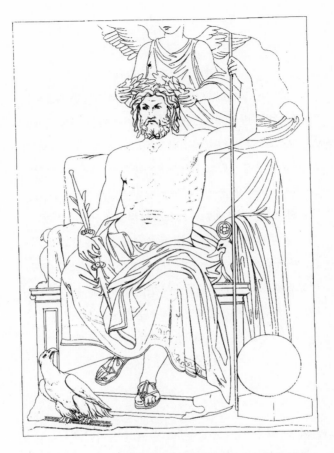

승리의 왕관을 쓴 장대한 제우스가 손에 번개를 든 채 독수리 앞에 앉아 있다.

제우스의 힘은 강하다.

그러나 그가 나 포세이돈을 폭력으로 위협할 때 보면

형제 사이의 반열임에도 불구하고 그는 너무 자기를 내세운다.

레아가 크로노스와의 사이에서 낳은 우리 삼형제(제우스와 나, 하데스)는

하늘과 땅이 카오스로부터 나뉠 때 똑같이 나누어 받았다.

우리는 제비를 뽑았고 나는 바닷속에 있는 지금의 거처를,

하데스는 지하세계를, 제우스는 하늘과 구름을 받았다.

땅과 강대한 올림포스는 우리 셋이 공유하게 되었다.

따라서 제우스는 나에게 이래라 저래라 지시할 수 없다.

어떻게 제우스가 나를 하찮게 여겨 감히 위협할 수 있단 말이냐.

허풍을 치고 싶으면 자기 아들딸에게나 하라지.

그들은 자식이니까 복종할 수밖에 없겠지.

－호메로스, 《일리아스》, 15권 191절－

하늘의 신 제우스는 오래전부터 날씨의 신이었다. 그의 별칭 '구름을 모으는 자'는 고전시대까지도 두루 쓰였다. 제우스는 크로노스에 대한 신들의 반란의 지도자였기 때문에 신들의 왕으로 인정되었다. 하지만 하데스와 포세이돈은 어쩔 수 없이 받아들인 것뿐이었다. 그리하여 제우스가 올림포스의 질서를 유지하는 역할, 나아가 전 우

주의 질서를 책임지는 위치를 차지하게 되었다.

고대 도시는 주기적으로 무질서에 빠져 혼란을 겪었다. 그래서 도시의 지배자들은 수호신 제우스 폴레이오스Zeus Poleius에게 항상 도시의 안녕과 질서 유지를 간절히 기도했다. 일상생활에서 제우스는 친절과 접대의 신이었고, 여행자와 낯선 자에 대한 환대는 제우스의 이름으로 이루어졌다. 기강과 질서를 엄격히 지키는 로마인들은 누구보다 더 열심히 신들의 왕인 제우스를 숭배했다. 로마인들에게 제우스는 가장 위대하고 막강한 주피터였으며, 우주에 있는 모든 선하고 숭배받을 가치가 있는 존재를 대표하는 신이었다. 로마의 군대는 주피터의 독수리를 수놓은 군기를 들고 지중해와 그 너머까지 로마의 문명을 널리 전했다. 태양계에 속한 위성 가운데 가장 큰 별인 목성의 이름을 신들 가운데 가장 강력한 신인 주피터의 이름을 딴 것은 매우 적합하다.

헤라 앞에서의 제우스

그리스와 로마인들의 결혼 풍습과 마찬가지로 신들의 세계에서도 결혼제도는 일부다처제가 아니었다. 남성 신들은 결혼의 순수성을 자기들보다는 여성 신 쪽에서 지켜야 한다고 믿었다. 제우스가 헤라와 결혼한 시점에는 이미 많은 여성(여신과 사람)과 관계를 맺어 굉장히 많은 자녀를 낳았을 때였다. 헤라가 최선을 다했는데도 제우스의 난잡한 여성 편력은 결혼 후에도 줄어들지 않았다.

제우스는 처음 지혜의 여신 **메티스**와 관계했다. 그러고는 자신도 네오프톨레모스 원칙에 따라 자식들에게 거세당하고 추방당하는 것을 막기 위해 열심히 노력했다(29, 121쪽 참조). 다음으로 관계한 상대는 전통과 선행의 여신 **테미스**였다. 테미스와의 사이에서 태어난 딸들 가운데에는 평화의 여신 에이레네가 있다. **에우리노메**와의 사이에서는 세 명의 카리테스 또는 그레이스(아글라이아(빛), 에우프로시메(축제), 탈레이아(쾌활))를 낳았다.

다음으로는 제우스의 누이동생 **데메테르**와 관계를 맺었으며, 그녀와의 사이에서 페르세포네를 낳았다.

그 다음은 티탄족 출신의 기억의 화신 **므네모시네**와의 사이에서

올림포스 신들의 구애방식 –
제우스와 사랑에 빠진 여성

아홉 명의 뮤즈를 낳았다. 춤과 연극, 시를 담당하는 뮤즈는 인간의 창작활동을 관장했다. 예술의 화신 뮤즈에게 바친 사원 뮤지엄 museum에는 뮤즈로부터 영감을 받은 예술 작품이 전시되어 있다.

제우스가 **레토**Leto('숨겨진 사람'이라는 뜻이며, 그녀에 대해서는 알려진 것이 별로 없다)와 놀아나기 시작했을 때는 **헤라**와 결혼하기 전이었지만, 헤라는 제우스의 자유분방한 여성 편력에 민감하게 반응했다. 레토가 제우스의 아이를 임신하자 화가 난 헤라는 레토가 땅에서도 바다에서도 출산하지 못하게 막았다. 하지만 그녀는 출산할 수 있는 알맞은 피난처를 찾았다. 그곳은 땅도 바다도 아닌 에게 해의 떠도는 섬인 신성한 델로스Delos였다. 그곳에서 올림포스의 신 아폴론을 낳

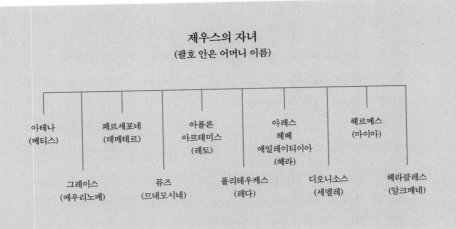

제우스의 자녀
(괄호 안은 어머니 이름)

| 아테나
(메티스) | 페르세포네
(데메테르) | 아폴론
아르테미스
(레토) | 아레스
헤베
에일레이티이아
(헤라) | 헤르메스
(마이아) |
| 그레이스
(에우리노메) | 뮤즈
(므네모시네) | 폴리테우케스
(레다) | 디오니소스
(세멜레) | 헤라클레스
(알크메네) |

어머니 레토(왼쪽)와 누이동생 아르테미스(오른쪽) 사이에서 아폴론이 손에 리라를 들고 서 있다.

았다. 또 레토는 제우스와의 사이에서 사냥을 담당하는 처녀 여신 아르테미스(디아나)를 낳았다. 레토가 제우스와의 사이에서 올림포스의 신이 된 자식을 둘이나 낳았다는 사실이 헤라를 더욱 화나게 했다. 헤라에게는 거만하고 피에 굶주린 전쟁의 신 아레스밖에 올림포스의 신이 된 자식이 없었기 때문이다.

　제우스의 여성 편력은 더욱 심해졌고, 제우스는 주변에 모인 여성들 때문에 결혼생활을 하면서 수없이 많은 괴로운 일을 겪었다. 제우스가 여색을 탐하는 행각과 그에 따른 헤라의 보복에 관련된 사건들은 신화에서 많이 다루어졌는데, 이는 오늘날에도 인간 삶의 한 단면으로 그대로 이어지고 있다.

헤라(주노)
─아름다운 여신─

부모 : 크로노스(아버지), 레아(어머니)

배우자 : 제우스(주피터)

주요 연인 : 없음

자녀 : 아레스(마르스), 헤파이스토스, 에일레이티이아, 헤베

주 특성 : 제우스의 배우자

부가 특성 : 결혼의 보호자, 여자의 수호신, 위험을 미리 알려주는 여신 주노

상징(물) : 공작새, 비둘기, 석류

사원, 신탁소, 성상의 소재지 : 아르고스 부근의 헤라 신전, 시칠리아 섬의 아
그리젠토에 있는 헤라 신전, 로마의 주노 모네타 신전

헤라는 하늘의 여왕이고 강대한 크로노스의 딸이다.

─호메로스, 《일리아스》, 5권─

    헤라는 남편 제우스의 끊임없는 외도 때문에 늘 고통받았다. 하지
만 신들의 왕인 제우스의 불륜에 대해 직접 보복할 수도, 반항할 수
도 없었던 탓에 제우스와 놀아난 불운한 상대 여성들에게 화풀이를

엄숙한 얼굴의 헤라

했다. 이는 인간세계에서도 흔히 일어나는 일로 남녀 간의 성 불평등에서 비롯된다고 할 수 있다. 예를 들어 주인들이 집안에서 강압적으로 여성 노예들을 겁탈하면 죄 없는 여성 노예는 질투에 가득 찬 주인 여자로부터 화풀이를 당한다. 주인 여자나 여성 노예 모두 힘이 없어 겪는 고통이다.

헤라는 일반적으로 '귀부인Lady'이라고 번역하는데, 이는 남성형인 '영웅hero'에서 비롯되었을 것이다. 헤라는 신들의 여왕이다. 제우스의 상징은 독수리, 헤라의 상징은 공작새인데, 이는 각각 긍지와 과시를 나타낸다. 헤라는 최고의 여신이라는 지위에도 제우스에게 매우 순종적이었다. 한번은 제우스가 알크메네와의 사이에서 낳은 헤라클레스를 복수심에 불타 학대한 적이 있었는데, 화가 난 제우스가 헤라의 발목에 여러 개의 무거운 쇳덩이를 묶어 하늘의 천장에 매다는 형벌을 내렸다.

아티카Attica에서 사용되던 아티카의 가멜리온Gamelion 달은 제우스의 왕비 헤라에게 성스러운 달이었다. 고대 아테네에서는 그 달에 결혼식을 많이 했다. 후에 로마 여신 주노가 되는 헤라는 주노의 이름을 딴 6월June에 결혼하는 신부에게 축복을 내려주었다고 한다. 헤라는 제우스에게 충실한 배우자였고, 헤라를 유혹하는 모든 자는 피 흘

헤라를 유혹하다

헤라는 펠로폰네소스 반도에 있는 아르고스의 수호신이었다. 전설에 따르면 제우스는 그 도시 부근 숲 속에서 처음 헤라를 유혹했다. 제우스는 날씨의 신으로서의 권능을 행사하여 소나기를 갑작스럽게 내린 뒤 헤라 앞에 비에 흠뻑 젖어 넋을 놓은 새끼 비둘기로 변신하여 나타났다. 헤라는 이 불쌍한 새끼 비둘기를 가슴에 품어 온기를 전했다. 그러자 헤라의 품에 안긴 제우스가 본모습으로 변하여 자신의 욕망을 채웠다. 그러나 아르고스인들의 전설에 의하면 헤라는 근처 성스러운 샘에서 목욕한 후 처녀성을 되찾았고, 해마다 그곳을 찾아 목욕했다고 한다.

리는 최후를 맞았다. 제우스와의 결혼생활이 원만하지 못했는데도 헤라는 결혼을 굳건히 지켜나갔기에 결혼의 수호신이 되었다. 그리스와 로마 신부는 헤라가 결혼식에서 할머니 가이아로부터 받은 황금 사과를 상징하는 사과나 헤라와 연관이 있다고 알려진 석류를 선물로 받았다. 처녀, 결혼한 부인, 미망인이 가져야 할 덕목을 모두 갖춘 헤라는 고대 그리스 여성의 표상이었으며, 모든 여성의 수호신으로 추앙받았다.

제우스는 여전히 여색을 밝혔고 헤라는 더욱 철저히 감시했다. 어느 날 제우스는 헤라를 따돌리고 바람을 피우러 나가기 위해 꾀를 냈다. 님프가 헤라에게 재미있는 이야기를 하는 동안 제우스에게 신경을 쓰지 못하게 하여 그사이에 바람을 피웠다. 헤라는 제우스의 고약한 꾀에 넘어간 것을 알고 아무 죄도 없는 님프를 저주했다. 그리하여 그 님프는 스스로 남에게 아무 이야기도 할 수 없고 오로지 들리는 소리만 반복해서 말하는 불운한 신세가 되었다. 그 님프가 바로 에코였다. 그 후 에코는 지금도 들려오는 말이나 소리만 되돌려 보내고 있다.

◆ 은하수가 생긴 이유 ◆

모든 신은 자기 이름을 붙인 별이나 별자리를 갖고 있다. 그러나 유독 헤라만이 우주의 넓은 면적을 차지하고 있다. 헤라클레스는 제우스가 바람을 피워 낳은 자식이다. 제우스가 헤라의 분노를 가라앉히기 위해 아이의 이름을 헤라클레스Heracles(헤라의 영광이라는 뜻이다)라고 지었지만, 사그라들지 않은 헤라의 분노 때문에 헤라클레스는 혹독한 시련을 겪었다. 한 신화에 따르면 제우스는 헤라에게 속임수를 써서 헤라클레스가 신 같은 당당한 풍채를 지닐 수 있게 그를 직접 기르게 했다. 헤라는 나중에 속은 것을 알고 젖을 먹이고 있던 헤라클레스를 밀치고는 남은 젖을 하늘에 뿌렸다. 이로 인해 은하수가 생기게 되었다. 이 이야기는 루벤스의 〈은하수의 생성The Birth of the Milky Way〉(1637경)에 잘 표현되어 있다.

헤라가 제우스와의 사이에서 낳은 자녀는 올림포스 신 가운데 한 명인 전쟁의 신 아레스 외에 청춘의 여신 헤베와 출산의 여신 에일레이티이아가 있다. 전쟁과 출산을 상징하는 아레스와 에일레이티이아는 균형을 이루고 있다. 남자들이 아레스의 방패를 들고 싸움터에 나가는 것과 출산의 여신 에일레이티이아의 관할 아래 여자가 임신과 출산을 하는 것 모두 똑같은 고통과 죽음의 위험을 안고 있기 때문이다. 헤라는 남성과의 육체적 관계없이 스스로 잉태하고 출산한 자식도 있다. 바로 헤파이스토스다. 그는 대장장이의 신이고 솜씨 좋은 기능공의 신이다. 그러나 묘하게도 생김새가 추했으며 절름발이였다. 그래서 우아하고 아름다운 어머니 헤라로부터 멸시를 받았다. 그러나 헤파이스토스는 교활하고 강인한 성격을 이용하여 결코 부족한 존재가 아님을 보여주었다.

트로이 전쟁 중 헤라는 한결같이 그리스군 편에 섰고, 심지어는 강력한 제우스에게 도전하기도 했다. 나중에는 트로이 장수로서 트로이를 탈출한 아이네아스를 집요하게 핍박했고, 살아남은 백성들까지도 괴롭혔다. 나중에 헤라의 화가 진정된 뒤에야 아이네아스와 트로이 유민들은 이탈리아에 정착하여 로마 민족을 형성할 수 있게 허락받았다. 주노로 이름이 바뀐 헤라는 주피터의 배우자이자 로마의 최고 여신으로서 캄피톨리오 언덕의 신전 주노 모네타Juno Moneta에 모셔졌다. 그곳에서 화폐를 만들었고 돈money이라는 단어도 생겨났다.

포세이돈(넵투누스)
─지진을 일으키는 신─

부모 : 크로노스(아버지), 레아(어머니)

배우자 : 암피트리테

주요 연인 : 카이니스, 아이트라, 데메테르(케레스), 알로페, 테오파네, 티로, 메두사, 아미모네

자녀 : 트리톤, 테세우스, 펠리아스, 네레우스, 노플리오스, 아리온, 폴리페모스

주 특성 : 바다의 신

부가 특성 : 지진을 일으키는 신, 말의 수호자

상징(물) : 말

사원, 신탁소, 성상의 소재지 : 아테네 부근 수니온에 있는 포세이돈 신전, 포세이도니아(오늘날 파이스툼으로 이탈리아 남부 루카니아에 있다─옮긴이)에 위치한 포세이돈 신전, 로마의 플라미니우스 원형 광장에 있는 넵투누스 제단

대지와 거친 바다를 흔들어 움직이는 위대한 신 포세이돈이시여,
신들이 당신에게 두 가지 임무를 맡겼으니,
말을 길들이는 일과 위험에 빠진 뱃사람을 구하는 일입니다.

─《호메로스 찬가》, 2장 1절─

포세이돈이 아테네의 수호자가 되기 위해 아테나와 겨루고 있다.

포세이돈은 제우스를 제외한 다른 형제자매들과 마찬가지로 태어
나는 즉시 크로노스의 뱃속으로 삼켜졌을 것이다. 그러나 다른 신화
에서는 제우스와 마찬가지로 포세이돈도 크로노스에게 먹히는 대신
비밀리에 다른 곳에서 양육되었다고 한다. 이 설에 따르면 레아가 제
우스 대신 돌멩이를 포대기에 싸서 크로노스에게 먹이고 제우스를
크레타 섬으로 보내 비밀리에 키운 것처럼, 포세이돈 대신 망아지를
삼키게 하고 로데스 섬에서 길렀다. 그 후 성장하여 제우스가 아버지
크로노스에게 반란을 일으킬 때 제우스 편에 섰다.

포세이돈은 바다의 여신 암피트리테를 아내로 맞이했고, 깊은 바다 밑에 황금과 보석으로 왕궁을 짓는 등 바다의 신으로서의 역할을 충실히 수행했다. 날이 세 갈래로 갈린 삼지창trident(세 개의 이빨이라는 뜻)이 그의 상징인데, 이것은 원래 키클롭스가 자신의 상징으로 만든 고기잡이용 창이었다. 포세이돈은 위엄이 넘치고 무섭고 존경심을 자아냈고, 또 다른 면에서는 난폭하고 변덕스러웠다. 이것은 바다의 특성과 일치한다고 할 수 있다. 그는 자기 영역을 다른 신들의 간섭으로부터 경계심을 갖고 지켰으며, 누구의 참견도 용납하지 않았다. 심지어 어쩔 수 없이 그 권위를 인정한 제우스의 간섭도 자기 영역에서만큼은 거부했다. 포세이돈은 트로이인들을 미워했는데도 헤라가 자신의 고유 영역을 침범하여 트로이인들의 배를 침몰시키려고 했을 때는 그녀를 막았다.

포세이돈은 코린토스뿐 아니라 서쪽 이오니아 해와 동쪽 에게 해가 만나는 지협 부근의 모든 지역의 수호신이 되었으나, 아르고스의 수호신 자리는 헤라에게 빼앗겼다. 포세이돈은 아테네의 수호신 자리를 놓친 것과 더불어 아르고스의 수호신 자리마저 잃은 데 대해 크게 마음이 상했다. 아르고스는 포세이돈이 님프 아미모네와의 사이에서 낳은 아들 노플리오스가 세운 도시였기 때문이다. 포세이돈의 많은 아들 가운데에는 괴물 미노타우로스를 죽인 테세우스와 오디세우스에게 눈을 찔려 앞을 못 보게 된 외눈박이 키클롭스인 폴리페모스도 있다.

다른 남성 신들처럼 포세이돈도 대단한 정력을 소유했고 난잡한 애정 행각을 벌였다. 괴물 메두사도 원래는 예뻤지만, 아테네 신전에

◆ 아테네 수호신 지위를 위한 경쟁 ◆

아테네 시민들이 도시의 수호신을 결정할 때 포세이돈은 아테나와 그 자리를 놓고 다투었다. 아테나는 시민들에게 올리브나무와 그 경작기술을 제시했고, 포세이돈은 삼지창으로 바위를 쳐서 샘이 흐르게 했다. 그러나 바다의 신이었던 탓에 샘에서 나오는 물은 짠물이었고 쓸모가 없었다. 아테네의 남자들은 포세이돈이 아테나에게 졌을 경우 그가 부릴 행패가 두려워 포세이돈을 더 좋아했으나, 여자들이 아테나를 강력히 지지했다. 그 결과 아테나가 아테네의 수호신이 되었다. 남자들이 미리 예견한 대로 경쟁에서 탈락했다는 소식을 들은 포세이돈은 아테네에 심한 홍수를 내려 그 도시를 벌했다.

서 포세이돈과 동침하고 난 뒤에 화가 난 아테나가 괴물로 만들었다. 다른 연인인 테오파네는 양으로 변한 포세이돈의 유혹을 받고 출산했으나 황금 털을 가진 양을 낳았다(209쪽 참조). 바다의 자의적이고 통제 불능적인 특성을 반영하듯 포세이돈은 금기시되고 화가 따르는 근친상간이나 강간 등도 제멋대로 저질렀다. 한때 그는 자기의 친손녀와도 관계했고, 카이니스라는 예쁜 처녀도 강간했다(카이니스는 다시는 그런 일이 없게 남자가 되게 해달라고 포세이돈에게 청하여 남자가 되었다). 그는 근친상간과 강간을 동시에 저지르기도 했다. 그의 여자 형제 데메테르는 강제로 범하려는 포세이돈을 피하려고 암말로 변해 말 떼 속으로 숨었으나, 포세이돈이 수말로 변해 데메테르를 강간했다.

포세이돈 이야기에는 말이 자주 등장한다. 그래서 사람들은 그를 '말의 포세이돈'이라고도 불렀다. 그리스인들이 로마인들은 바다에서 말을 제물로 바치는 것이 포세이돈의 환심을 사는 가장 확실한 방법이라고 여겼다. 포세이돈은 바다를 다스리는 신일 뿐 아니라, 땅을 흔들어 지진을 일으키는 신이었다. 그렇기 때문에 포세이돈의 호의를 얻는 일이 매우 중요했다. 가끔 그는 한 도시를 격렬한 지진으로 파괴하고, 해일을 일으켜 쓰나미로 도시를 쓸어버리거나 모든 주민을 말살시키기도 했다.

로마인들은 포세이돈을 에트루리아인들의 바다 신인 네툰스와 하나로 묶어 넵투누스로 만들었다. 현대에는 그의 이름을 태양계의 한 행성에 붙여 해왕성Neptune으로 부르게 되었다. 그러나 그의 형제 하데스(플루톤)의 이름을 붙인 명왕성Pluto은 행성의 지위가 낮아져 소행성이 되었다. 명왕성은 태양계의 가장 바깥쪽을 돌고 있는 별이다. 넵투누스와 암피트리테 사이에서 태어난 아들 트리톤은 그림처럼 물고기 모양의 꼬리가 있으며, 해왕성의 여러 위성 가운데 한 위성의 이름이 되었다.

하데스(플루톤)
─죽은 자들을 다스리는 신─

부모 : 크로노스(아버지), 레아(어머니)

배우자 : 페르세포네

주요 연인 : 민테, 레우케

자녀 : 세 명의 복수의 여신(퓨리)

주 특성 : 지하세계를 다스리는 신

부가 특성 : 보이지 않는 자, 부자, 모든 것을 받아들이는 자

상징(물) : 검은 양, 사이프러스나무, 수선화

사원, 신탁소, 성상의 소재지 : 엘리스의 하데스 신전, 두가(지금의 튀니지)의 플루톤 신전, 그리스 북서부 아케론 강가의 네크로만테이온Necromanteion(죽은 자의 신탁소)

대중의 지배자이자 지하세계의 엄숙한 통치자인 하데스

그리고 넓은 평원의 땅은 하품을 하며 크게 갈라졌다.
대중의 지배자 크로노스의 아들이며, 수많은 이름을 가진 하데스가
불멸의 생명을 가진 그의 말들과 함께 갈라진 틈으로부터 솟아올랐다.

–《호메로스의 데메테르 찬가》, 2장 15절 –

　하데스는 자신의 이름을 따서 지은 지하세계의 왕국 하데스를 다스리는 신이다. 하데스는 '보이지 않는 자'라는 뜻인데, 그는 자신을 보이지 않게 만드는 투구를 갖고 있었다. 이것을 쓰면 아버지 크로노스에게도 보이지 않게 할 수 있었다. 하데스는 이 투구로 제우스가 아버지 크로노스로부터 통치권을 빼앗아오는 데 결정적인 도움을 줄 수 있었다. 하데스는 지하세계를 다스렸지만 죽음의 신 타나토스는 아니었다. 타나토스는 닉스의 자식들 가운데 한 명이었다(24쪽 참조).

　하데스를 모시는 신전은 별로 없으며 그를 숭배하는 사람도 많지 않다. 하데스도 살아 있는 자에게 별 관심이 없었다. 왕이든 가난한 농부든, 무신론자든 유신론자든, 어떤 경우든 결국에는 그들을 지하세계로 받아들여 다스리는 것뿐이었다.

　하데스를 지하의 신이라고 부른 이유는 그의 왕국을 '지하'라고 하는 것처럼 땅속에 있는 것은 아닐지라도 그의 왕국에 가려면 확실히 지하를 거쳐야 했다. 하데스의 성격은 냉정할 정도로 공평했으며, 부당하거나 사악하지는 않았다(그리스의 신령Daimon도 막강한 능력을 가졌으나, 오늘날 우리가 알고 있는 악마Demon와는 성격이 다른 것처럼 하데스의 성격도 그랬다). 하데스는 우리가 알고 있는 지옥도 아니고, 타르타로스 자체도 아니다. 타르타로스는 밝은 땅 가이아와 반대되는 어두운 땅이다. 하데스가 제우스와 싸워서 진 티탄족과 극악무도한 짓을 많이 해서 특별히 취급해야 할 영혼들을 따로 가두기 위해 지하세계 밑에 별도로 바닥없는 어두운 곳을 만들어 타르타로스라 했다(18쪽 참조).

사람들이 하데스의 이름을 들먹여 하데스가 그들에게 관심을 갖게 되면 이는 매우 불행한 일이 될 것이다. 따라서 죽은 자의 왕인 하데스가 주인공인 신화는 거의 없다.

하데스는 새까만 말들이 끄는 전차에 타고 있는, 검은 머리에 엄격하고 나이 든 모습으로 묘사되었다. 하데스가 데메테르의 딸 페르세포네를 유괴한 신화가 그가 등장하는 가장 잘 알려진 신화다. 그 후 페르세포네는 지하세계의 왕 하데스의 왕비가 되어 1년의 몇 달은

페르세포네의 유괴, 로마, 알바니 소재 저택의 부조

지하세계에서 하데스와 함께 지냈다. 페르세포네가 하데스의 왕비로 지하세계에 머무는 동안 페르세포네의 어머니이고 모든 곡식의 여신인 데메테르는 아무 일도 하지 않았다. 들판에는 곡식이 자라지 않았고 비도 내리지 않았다. 하데스는 로마에서 하데스와 동일시되는 사투르누스처럼 날씨와 곡식 수확에 큰 영향력을 미쳤다. 곡식들에는 님프 민테의 영향으로 별도의 풍미가 더해졌다. 하데스는 님프 민테를 사랑했고 질투가 난 페르세포네는 그녀를 톡 쏘는 향이 나는 민트 mint(민테Minthe의 이름에서 유래했다)로 변신시켰다.

하데스는 사람들이 거의 기원할 일이 없는 무서운 신이다. 하지만 하데스에게 빌 일이 생기면 사람들은 손바닥으로 땅을 쳐서 하데스를 만나 소원을 말했다. 결국 모든 사람의 영혼이 하데스의 영역으로 들어가게 되고, 그런 이유로 미신을 잘 믿는 로마인들이 그를 은유적으로 표현하여 플루톤(부자라는 뜻)이라고 불렀다. 현대에 와서 플루톤은 행성 이름으로 사용되었고, 엉뚱하게도 만화에 등장하는 우스꽝스럽게 생긴 개 이름으로도 쓰였다.

오늘날 하데스는 하데스의 로마식 이름 플루톤에서 유래한 금속 플루토늄으로 가장 잘 알려지게 되었다. 처음 발견한 사람이 붙인 플루토늄은 가장 위험한 물질 가운데 하나일 뿐 아니라, 가이아를 또 다른 타르타로스로 만들 수도 있는 무서운 물질이다.

데메테르(케레스)
—녹색 생명의 여신—

부모 : 크로노스(아버지), 레아(어머니)

배우자 : 없음

주요 연인 : 포세이돈, 제우스, 이아시온

자녀 : 페르세포네, 아리온, 플루토스, 부테스(필로멜로스)

주 특성 : 과실나무와 과일

부가 특성 : 농업, 풍요, 신혼부부 담당

상징(물) : 곡물, 돼지, 과일, 양귀비꽃

사원, 신탁소, 성상의 소재지 : 엘레우시스 신비의식 터, 파이스톰에 있는 케레
스 사원, 낙소스의 데메테르 사원

머리숱이 풍성한 데메테르 여신이여,

황금칼을 차고 인간에게 풍성한 과일을 주는 여신이여!

−《호메로스의 데메테르 여신 찬가》, 2장 2절−

데메테르는 올림포스 12신이 정해지기 이전부터 있었던 오래된
여신이다. 데메테르의 이름은 '땅'과 '어머니'의 합성어로 만들어졌

손에는 왕비의 홀을 들고 곡식으로 만든 관을 쓴 데메테르

고, 헤스티아와 함께 크로노스의 딸이다. 데메테르는 고대 신들 가운데 비중이 큰 여신이면서 올림포스의 신이지만, 그녀는 올림포스에 머물기보다는 세상 유람을 더 좋아했다. 데메테르는 온몸에서 찬란한 빛을 발하는 모습으로 용이 끄는 마차를 타고 다녔다. 이런 그녀의 공식적 차림이 눈에 너무 띠었던 탓에 그녀는 다른 여러 모습으로 변장하고 세상을 돌아다녔다.

데메테르가 맡은 특별한 분야 가운데 하나는 싹이 자라서 잘 여문 곡식으로 수확할 수 있을 때까지 책임지는 것이었다. 잘 익은 밀처럼 황금색 머리칼을 가진 그녀는 딱 한 번 인간과 로맨스를 가졌다. 농사가 잘된 밭에서 이루어진 로맨스로 생긴 자녀 가운데 한 명은 하늘에 올라 목동자리Boötes(원래는 농부라는 뜻이다)가 되었다.

아테네 부근의 데메테르의 엘레우시스 신비의식Eleusinian Mysteries이 치러졌고, 이 의식에 참가한 사람들은 자기가 본 것을 일체 입 밖에 내지 못하게 되어 있었다.

아테네와 시칠리아인들은 각각 자기들이 처음으로 데메테르에게 곡식 재배법을 전수받았다고 주장했다. 데메테르는 특별히 아테네인들에게 무화과나무를 선물했다. 고대세계에서 아테네의 무화과는 세계 어떤 곳에서 생산되는 무화과보다 품질이 뛰어났다. 로마인들은 데메테르를 케레스로 이름을 바꾸어 불렀다. 오늘날 수많은 사람이 매일 아침 식사 때 우유를 부어먹는 시리얼cereal(곡물이라는 뜻의 'Ceres'에서 유래했다)로 케레스 여신과 교감을 나누고 있다.

별자리에서도 사위 별인 명왕성과 마찬가지로 케레스 별도 소행성이지만, 화성Mars과 목성Jupiter 사이에 있는 소행성들 가운데에서는 가장 크다. 케레스의 상징물은 케레스의 관할 분야와 잘 어울리는 곡식을 베는 낫이다.

데메테르와 관련된 신화 가운데 가장 잘 알려진 것은 하데스가 납치한 딸 페르세포네(로마의 프로세피나)를 찾아 나서는 이야기다. 데메테르가 자신의 딸을 찾아다니는 여정에서 일어나는 많은 사건을 다

저주받은 탄탈로스 일가

탄탈로스와 그의 후손에 관한 여러 이야기는 영웅시대를 다룬 그리스 신화 가운데 대표적인 비극이다. 탄탈로스는 오늘날 터키의 서부 해안지대에 위치한 리디아 왕국의 왕이었다. 탄탈로스는 올림포스 신들을 위해 베푼 연회에서 용서받을 수 없는 죄를 지었다. 그리스에서 아들을 죽여서 만든 요리를 식탁에 올리는 것은 매우 기이한 일이었다. 실수였거나 고기가 부족해 아들의 살점으로 만든 주요리는 맛이 없었다. 페르세포네를 잃은 슬픔에 잠긴 데메테르가 무심코 그의 아들 펠롭스의 어깨살을 먹었다. 펠롭스는 다시 살아나 예전 모습을 찾았으나 데메테르가 먹은 어깨 부분은 상아로 만들어 붙였다.

이런 반역적 행위에 대한 벌로 탄탈로스는 영원히 배고픔과 목마름을 느끼며 타르타로스에 갇혔다. 가슴까지 차는 물속에 서 있었지만 물을 마시려 하면 물이 쑥 내려갔고, 코앞에 포도가 있었으나 먹으려 하면 손이 닿지 않는 벌을 받았다. 여기에서 '애타게 하면서 괴롭히다'라는 뜻의 'tantalize'가 유래되었다.

펠롭스는 리디아 왕국을 상속받아 왕이 되었다. 그러나 이웃에 일리온Ilion(트로이)이라는 도시를 세운 일로스 왕에 의해 리디아 왕위에서 쫓겨나 그리스로 도망갔다. 그곳에서 일로스 왕과 겨룬 전차 경주에서 이겨 그의 딸 히포데미아를 얻었다. 펠롭스는 왕의 전차 진로를 방해해 왕이 전차에서 튕겨나가 죽게 함으로써 그 경주에서 이겼다. 펠롭스는 왕의 전차의 마부였던 헤르메스의 아들을 매수하여 왕이 탄 마차가 장해물에 충돌하게 만들었던 것이다. 그 후 펠롭스는 보상은커녕 마부를 죽였다. 그런데도 그는 헤파이스토스에게 죄 씻김 은사를 받고 그리스 남쪽 대부분을 차지했다. 그곳을 펠로폰네소스라 부르게 되었다. 그러나 헤르메스의 적의는 무섭게 타올라 펠롭스의 후손들인 아들 아트레우스(근친상간, 형제 살인, 동족상잔), 아가멤논(살인, 간통, 살해), 메넬라오스(헬레네의 불륜과 그에 따르는 트로이 전쟁의 발발), 증손 오레스테스(어머니 살해)의 삶을 어둡게 만들었다.

룬 여러 신화가 있는데, 그 가운데는 말로 변한 포세이돈에게 강간당한 일을 다룬 이야기도 있다(106쪽 참조). 이 유괴 사건은 데메테르의 힘이 얼마나 막강한가를 보여준다. 데메테르가 딸을 찾아 방랑하는 동안에 농작물에 관심을 갖지 않아 아무것도 자라지 못하면 인류는 죽을 것이고, 그로 인해 신들도 제물을 받지 못하게 되는 것이다. 이런 능력을 무기로 하여 데메테르는 결국 제우스로 하여금 타협하게 만들어 하데스가 페르세포네를 풀어주게 만들었다.

그러나 하데스는 누구든지 자기 영역인 지하세계로 들어온 이상 다시 밖으로 내보내는 경우는 거의 없었다. 더욱이 본인 의사와는 상관없이 납치되어왔지만 결국 하데스의 아내가 된 아름다운 페르세포네를 쉽게 보내줄 리는 더더욱 없었다. 하데스는 꾀를 부려 페르세포네가 보기 좋은 석류를 맛보게 했다. 누구든지 하데스의 왕궁에서 음식을 먹은 자는 지하세계에서 영원히 머물도록 운명 지어지기 때문이었다. 결국 최종적으로 타협이 이루어져서 1년 중 얼마 동안은 하데스와 함께 지하세계에서 지내고, 나머지 기간은 지상에서 어머니 데메테르와 함께 지내게 되었다.

데메테르는 페르세포네가 하데스에게 끌려가 곁에 없는 동안 자신의 역할을 하지 않았다. 그래서 땅은 건조해지고 식물은 자라지 못했다. 하지만 페르세포네가 돌아오면 데메테르는 비를 내려 꽃이 만발하고, 땅이 비옥해지며, 씨앗이 땅에 뿌리를 내려 열매를 맺게 했다.

후대의 예술과 문명에 비친
페르세포네

    스트라빈스키는 1933년에 페르세포네 이야기를 주제로 〈페르세포네Persephone〉를 작곡했다. 16세기 니콜로 델아바테의 〈페르세포네의 겁탈The Rape of Proserpina〉에서도 이 주제를 다루었다. 단테 가브리엘 로세티는 〈페르세포네〉(1874)에서 페르세포네가 석류를 먹고 있는 모습을 그렸다. 프레더릭 레이턴의 〈페르세포네의 귀환The Return of Persephone〉(1891)도 있다. 베르니니는 대리석으로 〈하데스와 페르세포네Pluto and Proserpina〉(1621~1622)라는 조각 작품을 만들었다. 이 작품은 현재 로마의 보르게세 갤러리에서 볼 수 있다.

단테 가브리엘 로세티, 〈페르세포네〉, 1874년
진정한 지하세계의 여왕

올림포스 신 :
차세대의 신

　고대 작가들이나 이보다 더 신뢰성이 떨어지는 현대 민족학자의 주장, 언어고고학자의 추측 등으로 미루어볼 때 올림포스 12신에 선정된 신들은 각각 특색 있고 다양했음이 확실하다. 제3장에서는 아프로디테, 제우스, 헤라, 포세이돈, 데메테르, 하데스 등 올림포스의 제1세대 신들의 개별적 배경에 대해 살펴보았다(그리스와 로마인들 가운데 많은 이는 하데스를 올림포스 신에서 제외시키는 것을 더 편안하게 생각했다). 나머지 올림포스 신들은 제2세대 신으로서 제1세대 신들의 자녀들이다. 특히 제우스의 다양하고 부지런한 애정 행각의 결실이다. 이제 이 제2세대 신들의 삶과 그와 관련된 신화를 살펴보자.

아테나(미네르바)
─회색 눈을 가진 여신─

부모 : 제우스(아버지), 메티스(어머니)

배우자 : 없음

주요 연인 : 없음

자녀 : 없음

주 특성 : 이성reason의 신

부가 특성 : 전투의 여신, 기술과 근면의 여신Athena Ergane(그리스어로 ergon(일)에서 유래한 별명으로 여기에서 ergonomics(인간공학)가 생겨났다─옮긴이)

상징(물) : 올리브, 부엉이, 거위(여기에서 영국 동화 《마더 구스Mother Goose》가 생겼다.)

사원, 신탁소, 성상의 소재지 : 아테네의 아크로폴리스에 위치한 파르테논 신전, 로도스 섬에 있는 아테나 폴리아스(아테나 도시의 수호자), 로마의 캄피톨리오 언덕 위의 세 신전(주피터, 주노, 미네르바)

아테나가 베틀에 앉아 자신의 모습을 베로 짜고 있었다.
방패와 긴 창을 쥐고 있는 자세로… 그 창을 기름진 땅에 꽂았다.
그러자 그 창대에서 올리브나무 가지가 나왔다.

─오비디우스, 《변신 이야기》, 〈베틀에 앉은 아테나〉, 6권 ─

회색 눈을 가진 지혜와 전쟁의 여신 아테나

아테나는 모든 신 가운데 가장 지혜롭고 이성적이다. 다른 신들은 무자비한 자연의 힘이나 억누를 수 없는 열정을 상징하지만, 아테나는 주로 사람의 마음과 문명화된 존재 사이에 존재한다. 비록 인간적인 면에서는 편파성과 질투심이 있지만 아테나는 논리와 합리성을 상징한다. 아테나는 정숙한 헤스티아를 닮았고, 욕정을 물씬 풍기는 아프로디테와는 근본이 달랐다.

아테나의 어머니 메티스는 오케아노스(34쪽 참조)의 딸이었다. 그녀는 순수관념적 사고라는 개념을 상징하는 여신이었다. 메티스와 제우스가 관계를 맺어 자식이 태어나면 그 아이는 메티스로부터 관념적 사고 능력을, 제우스로부터 그것을 현실에서 응용할 수 있는 힘을 물려받아 전 우주를 지배할 수 있는 능력을 갖게 되는 것이다. 그러나 제우스가 그 생각을 했을 때는 이미 메티스가 임신을 한 뒤였다. 생명을 잉태한 후에는 신성시되고, 따라서 임의로 없앨 수 없었다. 제우스는 메티스와의 사이에서 태어날 자식에 의해 자리에서 쫓겨나지 않으려고 아버지 크로노스가 자식들을 삼켜 뱃속에 가둔 것처럼 그 아이를 통째로 집어삼켰다. 제우스의 몸속으로 들어간 아테나는 '이성'이 자리한 뇌 속에 자리를 잡았다. 아테나는 제우스의 뇌를 뒤흔들어 머리가 깨질 듯한 두통을 느끼게 했다. 머리가 깨질 듯한 두통이라는 표현은 매우 적절했다. 제우스의 아들 헤파이스토스는 제우스의 통증 원인을 찾아내었고 도끼로 제우스의 머리를 쪼개 열었다. 쪼개진 머리 앞쪽에서 아테나가 나왔다. 어떤 사람들은 아테나가 갑옷을 입고 다 자란 성인의 모습이었다고 하는가 하면, 다른 사람들은 어린아이로 태어나 포세이돈의 아들 트리톤에 의해 양육되었다고도 한다.

후에 아테나는 근면을 상징하는 여신으로, 헤파이스토스는 장인들의 수호신으로 좋은 유대를 맺고 지냈다. 다른 남신들은 감히 아테나에게 가까이 가지 못했으나, 헤파이스토스가 그녀의 허벅지에 자신의 정액을 떨어뜨렸다. 아테나가 다른 여신이나 인간 여성보다 순결을 잘 지키고 있는지 시험해보고 싶어서였다. 아테나는 이를 알고 경멸하듯 닦아냈고, 땅에 떨어진 정액은 아테네인들의 조상이 되었다(적어도 아테네인들은 그렇게 주장한다). 다른 남신들은 누구도 헤파이스토스만큼 용기 있게 자신의 운을 시험해보지 못했다. 아테나 프로

아테나의 탄생, 기원전 6세기경 화병에 그려진 그림

마코스Athena Promachos라는 이름에 걸맞게 전투에 임하면 무서운 힘을 발휘했기 때문이다. 헤파이스토스가 테두리에 금술과 금테를 두른 아이기스Aegis라는 방패와 염소가죽으로 만든 흉갑을 아테나에게 주었는데, 아테나는 이것을 갖고 전쟁터에 나가면 지는 법이 없었다. 심지어 제우스조차도 아주 급할 때는 아이기스 방패를 빌려 썼다. 아테나의 성격은 악의가 없었다(악의를 갖는 것은 비이성적이다). 그리고 매우 끈질기고 참을성이 강했다. 패배를 모르는 아테나에게는 승리의 여신이라는 뜻의 니케가 별명으로 붙어 있기도 했다. 나이키라는 브랜드의 스포츠용품 애호가들은 항상 승리의 여신 니케를 마음속으로 열렬히 흠모한다. 또 다른 이야기에 의하면 팔라스라는 티탄족

아테나 여신과 아라크네

신들은 대부분 매우 급하고 자의적인 경우가 많으나, 아테나는 화를 내기 전에 이성적 판단을 했다. 소아시아에 사는 한 여자가 자신이 아테나보다 베를 훨씬 더 잘 짠다고 주장했다. 베 짜는 기술을 발명한 아테나는 그 여인이 주제넘은 말을 하지 못하게 했으나 그 여인은 자신의 주장을 굽히지 않았다. 결국 아테나는 그 여인과 베 짜기 시합을 할 수밖에 없었다. 그 여인이 짠 베는 품질이 매우 훌륭했으나 옷감의 그림 내용이 문제가 되었다. 음탕하고 무질서한 행동을 하는 올림포스 신들의 타락한 모습을 담고 있었던 것이다. 이는 아테나뿐 아니라 신들 전체에 대한 도전이고 모독이었다. 대담한 여인 아라크네는 신들을 모독한 죄로 거미로 변했다. 그러나 아테나는 아라크네의 뛰어난 솜씨를 인정할 수밖에 없었다. 그리하여 많은 이성적인 사람들과 마찬가지로 아테나에게는 거미공포증arachnophobia이 있었다.

이 아테나와 니케를 딸로 두어 아버지의 이름이나 자매의 이름을 붙여 아테나 팔라스Athena Pallas나 아테나 니케Athena Nike라고 불렀다고 한다.

아테네 시민들이 도시의 수호신을 정할 때 포세이돈의 작품인 짠물이 솟는 샘보다는 아테나가 선물한 올리브나무를 더 좋아함으로써 아테나가 수호신으로 뽑혔다(105쪽 참조). 후에 아테네 시민들은 수호

후대의 예술과 문명에 비친
아테나(미네르바)

아테나가 아라크네와 벌인 베 짜기 시합의 주제는 많은 작가가 관심을 가졌다. 벨라스케스는 〈실 잣는 여인들Las Hilanderas〉(1657)에서 이 주제를 다루었다. 아테나를 회화 주제로 다룬 작품들은 프란스 플로리스의 〈아테나Athena〉(1560경), 파리스 보르도네의 〈헤파이스토스를 경멸하는 아테나Athena Scorning the Advances of Hephaestus〉(1555~1560), 구스타프 클림트의 〈팔라스 아테나Pallas Athena〉(1898)와 자크루이 다비드의 〈마르스와 미네르바의 전투The Combat of Mars and Minerva〉(1771) 등이 있다. 조각 작품으로는 미국 테네시 주 네시빌에 모작으로 건축된 파르테논 신전에 있는 아테나의 파르테논이 대표적이다.

자크루이 다비드, 〈마르스와 미네르바의 전투〉, 1771년
아테나가 마르스를 굴복시키고 있다.

신 아테나의 도움으로 올리브나무 외에 다른 작물들도 잘 재배하게
되었다. 여신과 시민들은 서로 잘 지냈다. 지혜와 이성의 여신인 아
테나의 도움으로 아테네가 그리스를 대표하여 세계에 지성과 이성을
널리 보급할 수 있게 되었으며, 아테네 시민들은 아크로폴리스 언덕
에 아름다운 아테나 파르테논 신전을 세웠다.

포이보스 아폴론
-빛나는 신-

부모 : 제우스(아버지), 레토(어머니)

배우자 : 없음

주요 연인 : 시노페, 코로니스, 마르페사, 히아신스, 다프네

자녀 : 아스클레피오스, 밀레토스, 리노스

주 특성 : 예언의 신

부가 특성 : 악과 치유의 신, 가축의 보호신, 새로운 도시의 보호신

상징(물) : 독수리, 뱀, 까마귀, 매미, 늑대, 돌고래, 리라, 월계수, 숫자 7(아폴론
의 생일에서 유래)

사원, 신탁소, 성상의 소재지 : 델포이의 신탁소, 로마 팔라티노 언덕의 아폴론
사원, 성스러운 델로스 섬(출생지)

"리라와 휘어진 활은 내가 가장 아끼는 것이며,

나는 이제 인간들에게 변하지 않는 제우스의 뜻을 전하노라."

멀리서 활을 쏘고 머리칼 길게 휘날리는 포이보스 아폴론이 말했다.

그러고는 땅 위의 넓은 길을 걸어가기 시작했고,

모든 여신이 놀라 황홀한 듯 쳐다보았다.

─《호메로스의 아폴로 찬가》, 2장 133~139절 ─

벨베데레 아폴론 조각상,
유명한 고전주의 조각품의 걸작이다.

앞에서 이야기한 것처럼(95쪽 참조) 아폴론은 델로스 섬에서 아르테미스와 함께 쌍둥이로 태어났고, 그들 모두 활쏘기를 매우 좋아했다. 아폴론은 자신을 거스르는 자를 잔인하게 없애버리는 특성을 지니고 있었다. 여러 가지 면에서 아폴론은 인간과 비슷한 성정을 가졌다. 그는 많은 재주를 타고났으나 불행했고, 세련되었으나 매우 야만적인 면도 있었다. 다양한 능력을 가진 아폴론은 예언의 신이고, 예술의 수호신이며, 치료의 신이었지만 그의 화살은 역병을 일으켜 수많은 사람의 생명을 앗아가기도 했다.

아폴론과 아르테미스는 자라면서 헤라의 분노를 피해 도망간 어머니 레토의 자취를 찾아다녔다. 그러면서 그들은 불쌍한 레토에게 피신처를 제공하지 않은 자들에게 헤라가 마음에 품었던 불쾌감보다도 더 고통스러운 앙갚음을 해주었다. 피톤이라는 용이 헤라의 분노를 피해 도망가는 레토에게 모욕을 준 적이 있었다. 이 일로 아폴론은 피톤을 따라가 파르나소스 산 동굴에 있는 그 용의 잠자리를 찾아내 그 자리에서 칼로 베어 죽였다. 그러고는 피톤이라는 이름을 뱀에게 주었다. 원래 동굴 속에서 예언하는 피톤의 습관을 아폴론이 빼앗은 후 아폴론 성전이 중요한 예언의 성소가 되었다. 파르나소스 산 델포이에 있는 자신의 성전에 사제들이 필요했다. 그는 물고기 형상으로 변하여 신에게 바친 경건한 사람들을 싣고 크레타 섬을 출발한 배를 납치해 델포이로 향하게 했다. 아폴론의 신령이 떠난 물고기 형상의 존재는 납치한 배의 목적지인 델피니움Delphinium을 이름으로 받았고, 이는 'Dolphin(돌고래)'의 유래가 되었다.

아폴론은 예술의 수호신으로서의 직무를 매우 성실히 수행했다. 그는 아홉 명의 뮤즈를 자신 아래에 두고 예술을 지원했다. 오늘날 많은 도시의 음악당들에는 아폴론의 성상들이 있으며, 이것은 원래 사원에서 음악이 연주되고 연극이 공연된 데서 유래되었다.

◈ 아폴론과 마르시아스 ◈

한때 아테나는 피리 연주를 한 적이 있었으나, 피리를 연주하면 볼이 볼품없이 부풀어 그만두었다. 마르시아스라는 이름의 숲의 신 사티로스는 술의 신 디오니소스를 섬겼는데, 상반신은 사람이고 하반신은 염소의 모습이었다. 마르시아스는 아테나가 버린 피리를 주워 열심히 연습하여 피리 연주의 달인이 되었다. 자만심이 넘친 마르시아스는 음악의 신 아폴론에게 도전하여 피리 불기 내기를 제안했다. 아폴론과 마르시아스 모두 연주를 잘했지만, 아폴론이 승자로 판정되었다. 아폴론은 피리를 자유자재로 잡고 연주했고, 동시에 노래도 부를 수 있었다. 하지만 이 판정에는 약간의 편파가 있었는데, 미다스 왕(161쪽 참조)을 제외하고는 모두 아폴론 밑에 있는 뮤즈들이 심판이었기 때문이다. 미다스 왕은 다수 의견에 맞서 마르시아스의 승리로 판정했지만, 화가 난 아폴론은 머리에 당나귀 귀가 달리는 혹독한 벌을 주었다. 그뿐 아니라 아폴론은 마르시아스의 교만을 벌하고자 산 채로 그의 피부를 벗겼는데, 헤로도토스에 의하면 이 가죽은 피리 불기 시합이 열렸던 프리기아 지방의 카타락테스Cataraktes 강변에서 볼 수 있었다고 한다.

사랑에 빠진 아폴론

다프네 아폴론을 가볍게 여길 수 없듯이 또 다른 활의 신 에로스도 가볍게 다룰 수 없는 존재다. 아폴론은 사랑을 맺어주는 에로스의 연약한 화살을 업신여긴 죄로 에로스가 쏜 황금 화살에 심장이 꿰뚫렸고, 아폴론은 님프인 다프네와 열정적인 사랑에 빠지게 되었다. 그러나 에로스는 다프네의 심장에는 납 화살을 쏘았다. 다프네는 아폴론의 접근을 거부한 채 달아났고, 더 도망칠 데 없는 막다른 곳에 다다르자 스스로 월계수 나무로 변했다. 원래 다프네의 다른 이름은 월계수Laurel였다. 월계수나무는 리라나 화살 재료로 쓰여 음악과 활쏘기의 신인 아폴론은 여전히 다프네와 함께하고 있는 셈이다. 그러나 월계수 나뭇잎으로 만든 월계관은 승리자의 머리에 씌워주고, 이것을 쓴 승리자는 아폴론과는 달리 월계수나무 위에서 편히 쉴 수 있다.

카산드라 에로스는 아폴론에게 계속 앙심을 품었고, 아폴론의 사랑은 번번이 어긋났다. 아폴론은 트로이의 여인 카산드라에게 예언 능력을 주었으나 카산드라는 아폴론을 거부했다. 사랑을 거부당한 아폴론은 화가 나서 카산드라에게 준 예언 능력을 바꾸었다. 카산드라는 항상 진실을 말하지만 아무도 그 말을 믿어주지 않았다.

시노페 시노페는 아폴론이 소원을 묻지 않고 먼저 들어주면 그와 동침을 하거나, 아니면 처녀로 남겠다고 했다. 또 다른 설에 따르면 나중에 마음을 바꾸고 아폴론과 동침하여 시로스를 낳았다고 한다. 시로스는 시리아 종족의 시조가 되었다(터키 북쪽의 흑해 연안에 시노페의 이름을 딴 도시 '시노프'가 있다—옮긴이).

마르페사 이 인간 여자는 신과의 사랑에 얽혀 위험한 삶을 살기보다는 인간 남자를 배우자로 택했다.

코로니스 아폴론은 인간 여자 코로니스와 동침했지만 코로니스는 다른 사람과 결혼했다. 화가 난 아폴론은 사랑했던 코로니스를 죽였으나 그녀의 뱃속에 든 아이가 자기 아이인 것을 알게 되었다. 아폴론의 특별한 노력으로 아이는 살아났고, 이 아이는 자라서 의술의 신인 아스클레피오스가 되었다(176쪽 참조).

히아킨토스 아폴론은 히아킨토스라는 아름다운 소년을 사랑했으나 좋은 결말을 맺지 못했다. 히아킨토스는 아폴론이 잘못 던진 원반에 맞아 죽었는데, 그때 흘린 피에서 핀 꽃의 이름을 히아신스라고 했다.

그 밖의 여인들 아폴론의 다른 애인들은 세계 각지에 각자의 발자취를 남겼다. 아폴론이 사랑한 여자 사냥꾼 키레네는 고대 리비아에 자신의 이름으로 된 큰 도시를 세웠다. 또 다른 로맨스로 태어난 밀레투스는 자신의 이름을 딴 유명한 도시 밀레투스를 소아시아에 만

후대의 예술과 문명에 비친
아폴론(포이보스)

　아폴론은 그림에 자주 등장한다. 루카스 크라나흐의 〈아폴론과 디아나〉(1526경), 티치아노가 그린 무시무시한 내용의 〈마르시아스의 가죽을 벗기는 아폴론〉(1570~1576), 니콜라 푸생의 〈파르나소스 산의 아폴론과 뮤즈〉 등이 있다. 아폴론을 피해 도망치다 월계수나무로 변한 다프네 이야기는 많은 화가의 작품 소재가 되었다. 조반니 바티스타 티에폴로의 〈다프네를 쫓는 아폴론〉(1755/1760), 로베르 르페브르의 〈아폴론을 피해 도망가는 다프네〉(1810), 귀스타브 모로의 〈아폴론과 아홉 명의 뮤즈〉(1856)와 J. W. 워터하우스의 〈아폴론과 다프네〉(1908) 등이 있다.

　아폴론과 사티로스인 마르시아스와의 피리 불기 시합의 소재는 요한 제바스티안 바흐에게 감동을 주어 〈포이보스와 판의 대결〉이라는 매우 경쾌한 음악을 작곡했다. 1767년 열한 살의 신동 모차르트는 〈아폴론과 히아킨토스〉라는 소품으로 그의 본격적 음악활동의 첫 작품을 만들었다.

티치아노가 마르시아스의 가죽을 벗기는 모습을 묘사했다.

들었다. 아폴론과 뮤즈와의 사이에서 태어난 리노스는 자신의 이름을 다양한 인물에게 나누어주었다. 그리하여 두 번째 교황의 이름과 만화 주인공의 이름, 잘 알려진 컴퓨터 운영 시스템 창안자의 이름으로 쓰였다. 현대에 이르러 아폴론의 이름을 붙인 11번째 우주선이 달 착륙에 성공함으로써 아폴론은 에로스의 허락 아래 달의 여신 셀레네를 정복했다고 할 수 있다.

<h2 style="text-align:center">아르테미스(디아나)
―동물의 여신―</h2>

부모:제우스(아버지), 레토(어머니)

배우자:없음

주요 연인:없음

자녀:없음

주 특성:야생 동물의 여신

부가 특성:수렵의 여신, 달의 여신 셀레네 및 마녀의 여신 헤카테와 밀접하게 연관되어 있음

상징(물):사슴, 사이프러스나무, 달

사원, 신탁소, 성상의 소재지:에페소스에 있는 아르테미스 사원, 이탈리아 바이아에 있는 디아나 신전, 야생 목초지

처녀 시절의 모습으로 동물의 여신 디아나가
활을 들고 서 있다.

날쌘 추격자이며, 무서운 활솜씨의 여신, 밤의 방랑자,

목초지를 사랑하고, 남자같이 키가 크고 당당하며,

마음이 너그럽고, 존경받는 여신이며, 인간을 키우는 여신이고,

불멸의 여신이나 인간과 같은 성품을 가졌으며,

나쁜 괴물에게는 파멸을 가져다주는 여신 아르테미스.

축복받은 처녀 여신이여, 나무가 우거진 언덕이 그대가 사는 곳이 되소서.

－《오르페우스의 아르테미스 찬가》, 36장 －

그리스와 로마에서 사냥은 매우 중요했다. 도시 외곽지역의 대부분이 미경작지였으며, 야생 동물은 사람과 농작물에게 큰 위험이었다. 사냥은 운동경기와 유해 동물 퇴치, 육류를 공급하는 목적이 모두 합쳐진 것이었고, 시골에 사는 거의 대부분의 사람들은 일상생활의 일부로 사냥을 했다. 여기에는 상당한 위험이 따랐다. 곰이나 멧돼지처럼 사냥꾼 한 사람이 감당할 수 없는 동물과 상대해야 하는 경우 외에도 사냥감 몰이에서 창을 잘못 던지거나 활을 잘못 쏘아 사람을 죽이거나 다치게 했다. 그래서 사냥꾼을 보호하는 신이 필요했는데, 모든 야생 동물을 다스리는 처녀 여신 아르테미스가 그 임무를 맡았다.

아르테미스와 아폴론이 니오베에게 신들을 우습게 보고 조롱해서는 안 된다는 것을 보여주고 있다.

아르테미스와 악타이온

아르테미스는 다른 신들에 비해 제대로 된 대우를 받지 못해 모욕에 대해 매우 민감하게 반응했다(헤라가 아르테미스의 귀를 세게 때려 화살을 화살집에서 쏟은 적도 있었다). 테베의 왕자 악타이온은 숲으로 사냥을 갔다가 연못에서 목욕하고 있는 아르테미스를 보았다. 아르테미스는 누군가 자신을 훔쳐보고 있다는 사실을 알고 화가 나 왕자를 사슴으로 변신시켰다. 그때 악타이온은 사냥개들을 데리고 숲에서 사냥을 하고 있었는데, 주인이 사슴으로 변한지 모르는 개들은 그를 갈기갈기 물어뜯어 죽였다.

자신의 사냥개에게 물려 죽은 악타이온, 5세기 꽃병

아르테미스는 아폴론의 쌍둥이 누나다. 어린 시절에 아르테미스는 아버지 제우스에게 평생 처녀로 지내면서 님프들과 사냥개들을 데리고 들을 누비며 살게 해달라고 했다. 그녀는 아폴론같이 활을 무기로 쓰면서(키클롭스가 은으로 만든 활이었다) 아폴론과 함께 어머니 레토를 모욕한 자들에게 복수했다.

니오베는 아르테미스와 아폴론이 헤라를 피해 도망가는 레토에게 피난처를 제공하지 않았던 자들에게 보복한다는 사실을 듣지 못했다. 일곱 아들과 일곱 딸이 있던 그녀는 남매밖에 없는 레토보다 일곱 배나 훨씬 낫다고 자랑했다. 하지만 아르테미스와 아폴론이 니오베의 자식들을 모두 죽여버리자 니오베의 자랑은 한순간에 사라졌고, 외톨이가 되었다.

화려한 추종자 : 플레이아데스, 칼리스토, 오리온

플레이아데스 아르테미스의 친구들은 아틀라스의 일곱 딸인 플레이아데스였다. 그들은 자신들의 리더인 아르테미스와는 다르게 처녀성을 지키지 못했다. 정도의 차이는 있었지만 거의 모두가 다른 신들과 관계를 맺었다. 플레이아데스의 맏이 마이아는 제우스와의 사이에서 헤르메스를 낳았다. '밝다'라는 뜻을 가진 엘렉트라는 고대인들이 스파크를 일으키기 위해 사용한 호박돌amber(그리스어로 'electron')에서 유래된 이름으로 여전히 우리가 사는 세상에 존재감을 드러내고 있다.

칼리스토 아르테미스의 또 다른 친한 친구 칼리스토도 애정 행각이 복잡한 플레이아데스 자매들처럼 제우스에게 유혹당했다. 그 후에 칼리스토는 곰으로 모습이 바뀌었다. 이에 대해 아르테미스나 질투심 많은 헤라는 기분이 썩 좋지 않았다. 제우스가 칼리스토와 그의 아들에게 하늘에서 지낼 곳을 마련해준 덕택에 칼리스토는 큰곰자리Ursa Major, 아들은 작은곰자리Ursa Minor가 되어 밤마다 반짝이고 있다. 제우스(주피터)가 유혹하고 나중에 하늘의 별로 만들었던 이오, 에우로파, 가니메데스 등과 같이 칼리스토라는 이름도 목성의 제4위성의 이름이 되었다.

오리온 아르테미스는 야생 동물의 보호자이며 열성적인 사냥꾼이었다. 그녀의 다른 동료는 매우 힘이 센 사냥꾼 오리온이었다. 오리온은 공공연하게 야생 동물을 지구상에서 멸종시키겠다고 큰소리쳤다. 이런 오리온의 호언장담은 야생 동물을 보호하는 아르테미스의 역할과 열성적인 사냥꾼 역할을 서로 어긋나게 만들었다. 결국 오리온은 전갈에 물려 죽었다. 의심을 받을 만한 원인이 많지만, 그 가운데에는 아르테미스도 포함되어 있다. 오리온도 플레이아데스의 구혼자였고, 칼리스토나 플레이아데스처럼 하늘로 올라가 별이 되었다. 오리온 별자리의 세 별은 하늘의 뭇 별자리 가운데 가장 잘 보이는 별자리가 되었고, 지금도 밤하늘에서 플레이아데스 성단(묘성)을 뒤쫓는 별자리가 되었다.

트로이 전쟁(8장 참조)에서는 동생 아폴론과 함께 트로이의 지지자

후대의 예술과 문명에 비친
아르테미스(디아나)와 악타이온

악타이온 이야기는 저명한 작가들의 관심을 끌었다. 유명한 작품으로는 티치아노의 〈디아나와 악타이온Diana and Actaeon〉(1556~1559), 주세페 체사리의 〈디아나와 악타이온〉(1603~1606), 프랑수아 부셰의 〈목욕 장소를 떠나는 디아나Diana Leaving her Bath〉(1742) 등이 있다.

티치아노는 악타이온이 목욕하는 아르테미스를 발견한 장면을 묘사했다.

였던 아르테미스에게 아카이아의 왕이자 그리스 동맹군의 우두머리였던 아가멤논이 여러 가지의 무례한 행동을 했다. 화난 아르테미스는 그리스군을 태운 배가 트로이로 가는 데 필요한 순풍을 허락하지 않았으나, 아가멤논이 자신의 딸 이피게네이아를 제물로 바치자 마지못해 항해에 필요한 순풍을 허락했다. 아가멤논이 딸을 제물로 바치려고 하자 아르테미스는 마지막 순간에 이피게네이아 대신 사슴을 제물로 취했고 그녀를 보호하면서 자신 밑에 두었다.

로마인들에게 아르테미스는 디아나였고 에페소스에 있는 아르테미스 신전은 세계 7대 유산 가운데 하나다. 여신이 태어난 섬의 이름을 인용하여 아르테미스는 '델로스의 아르테미스'라고도 부르며, 또는 델로스 섬의 여성형 이름을 따 그냥 '델리아Delia'라고도 한다. 아르테미스의 로마 이름인 디아나는 아직도 여자들이 좋아하는 이름이지만, 한때 자주 쓰이던 포이베(아폴론 별명 가운데 하나인 포이보스의 여성형 이름)는 지금은 별로 쓰이지 않는다.

아레스(마르스)
―전쟁의 신―

부모: 제우스(아버지), 헤라(어머니)
배우자: 없음
주요 연인: 아프로디테, 피레네, 레아 실비아, 에오스(여명의 여신)

자녀 : 데이모스, 포보스, 키크노스, 스파르타의 용, 디오메데스, 익시온, 하르

모니아, 로물루스와 레무스 형제

주 특성 : 전쟁의 신

부가 특성 : 없음

상징(물) : 창, 딱따구리, 독수리, 개

사원, 신탁소, 성상의 소재지 : 로마에 있는 아우구스투스 광장의 마르스 사원,

아테네에 있는 아레스 사원, 전쟁터

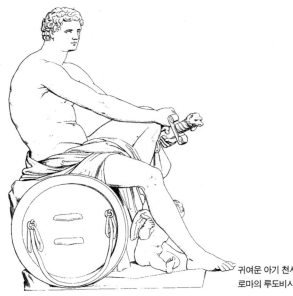

귀여운 아기 천사와 함께 있는 마르스 신,
로마의 루도비시 저택에 있는 조각상의 스케치

나는 아레스의 심복 부하일지라도
뮤즈 예술학교에서 훈련을 받았고
뮤즈들을 섬기고 있다.

−아르킬로코스, 용병이자 시인, 기원전 7세기경에 쓰인 찬양시 일부−

아레스와 아테나는 모두 전쟁의 신이다. 아테나는 차분한 전략을 추구하는 반면, 아레스는 맹목적인 힘과 폭력을 추구한다. 트로이 전쟁 당시 아테나와 아레스는 두 번 부딪친 적이 있는데, 두 번 모두 아테나의 일방적인 승리로 끝이 났다. 두 신이 추구하는 전쟁방식에서 아테나가 우월했던 것이다. 아레스는 트로이를 도왔다. 그러나 아레스에게는 누가 나중에 승리하는가 하는 것보다 전투와 그에 따르는 대량 살육이 더 중요했다. 그러므로 나중에는 그리스 동맹군을 도와 트로이의 대패와 대량 살육을 이루어냈다. 이런 태도 때문에 아레스는 신들 사이에서나 인간에게 모두 환영받지 못했다. 아레스는 남쪽 그리스의 문명화된 민족보다는 전투적이고 야만적인 트라키아Thracia 민족에게 더 친근감을 느꼈다. 제우스마저도 헤라와의 사이에서 태어난 아레스를 멀리했다.

전투적인 성향의 스파르타인들이 어떤 신보다도 아레스를 좋아한 것은 지극히 당연했고, 그들은 스스로를 아레스의 아들들 가운데 한

아테나와 카드모스가 거대한 물뱀을 죽이고 있다.

명의 후손이라고 생각했다. 그 아들은 거대한 물뱀이었고, 영웅 카드
모스에게 죽임을 당했다. 죽은 물뱀의 이빨을 땅에 묻었더니 거기에
서 완전 무장한 스파르타의 조상들이 태어났다. 카드모스는 아레스
와 화해하고 아레스의 딸 하르모니아와 결혼했으며, 물뱀이 살해된
부근에 테베를 세웠다(신화 내용과 일치하는 것은 아니지만 선사시대에 그
부근에 호수가 있었다).

아레스의 자녀들 가운데에는 포보스(두려움, 혐오), 데이모스(끔찍함,
무시무시함)와 같은 험악한 딸들이 있었는데, 그 가운데 온화한 성격
의 하르모니아(화합) 같은 딸이 있다는 것이 의아하다(85쪽 참조). 그러
나 하르모니아의 어머니 아프로디테는 아레스에게 마음이 강하게 끌

려 하르모니아를 낳았다는 면에서 보면 하르모니아의 온화하고 화합적 성격이 이해될 수도 있다. 나중에 설명하겠지만 아프로디테의 남편 헤파이스토스(149쪽 참조)는 아레스와 아프로디테와의 불륜을 매우 못마땅하게 여겨 그들에게 모욕을 줄 방법을 찾았다. 하르모니아와 카드모스 사이에서 딸 세멜레가 태어났는데, 제우스가 실수로 불태워 죽였다(80쪽 참조). 새벽의 여신 에오스도 아레스의 여러 연인 가운데 한 명이었다. 이에 질투가 난 아프로디테는 에오스로 하여금 항상 다른 상대와 사랑에 빠져 헤어 나오지 못하는 벌을 주었다.

아레스의 재판에 얽힌 특별한 경우가 있었다. 포세이돈 아들이 아레스의 딸을 겁탈하려 하자 아레스가 포세이돈의 아들을 죽이고 딸을 구한 사건이었다. 살인 사건에 관해 최초로 열린 재판에서 아레스는 재판관이 된 신들에게 자신의 살인행위에 관한 정당성을 인정받았다. 이 재판이 열린 언덕은 후에 아테네 시 일부로 편입되었고, 아레오파고스Areopagus(아레스의 언덕이라는 뜻)라고 불렀다. 따라서 아테네에서 살인 사건이 일어나면 아레오파고스에서 재판이 열렸다. 나중에는 사도 바울로가 아레스와 같은 그리스-로마의 다신교 신들을 부정하는 유명한 연설을 아레오파고스에서 하기도 했다.

비록 그리스인들에게 그들의 전쟁 신인 아레스는 호감도 면에서 양면가치적인 존재였지만, 로마에서는 열렬히 환영받았다. 로마에서 아레스는 여러 다른 전쟁 신과 합쳐져 마르스로 다시 태어났다. 마르스는 잘 알려진 대로 베스타 신전의 여사제이자 왕실의 상속자인 레아 실비아를 임신시켜 로마의 건국자인 로물루스와 레무스 형제를

아레스에게 상처를 입힌
헤라클레스

아레스에게는 나쁜 짓을 일삼는 키크노스라는 아들이 있었다. 그의 취미는 길가는 사람을 잡아 죽이고 그들의 해골과 뼈로 아레스를 위한 신전을 만드는 것이었다. 어느 날 키크노스는 나그네를 잘못 만났는데, 그는 다름 아닌 헤라클레스였다. 어머니 헤라로부터 헤라클레스에 대한 증오심을 물려받은 아레스는 즉시 아들을 구하러 갔다. 이때 아테나가 헤라클레스를 돕기 위해 나타났다. 헤라클레스와 키크노스가 한참 싸우고 있는 중에 아레스가 뒤에서 헤라클레스를 내려치려는 순간 아테나가 재빨리 아레스의 공격을 막았다. 위협을 느낀 헤라클레스는 아레스를 공격하여 허벅지에 상처를 냈다. 전쟁의 신 아레스는 즉시 올림포스 산으로 후퇴해 상처와 상한 자존심을 다스렸고, 헤라클레스는 이제 아무런 방해도 받지 않고 피에 굶주린 키크노스를 처치했다.

낳았다. 아우구스투스 황제는 아폴론의 세련된 예술을 숭배했지만, 로마에 새로 조성한 광장에 마르스 신전을 건축했다. 그리고 황제는 그 신전의 이름을 복수하는 마르스의 신전이라고 이름지었다. 아우구스투스 황제는 양아버지 율리우스 카이사르를 암살한 자들과 벌인 전투에서 마르스의 허락으로 승리할 수 있었다고 믿었기 때문이다.

아레스는 로마식 이름인 마르스라는 이름으로 현대인의 인식 속에 붉은 별(화성)로, 그리고 통상 군대의 출전이 3월에 시작된다는 뜻에서 3월의 라틴어식 이름인 'March'로 남아 있게 되었다. 'Martial(군신 마르스라는 뜻의 라틴어)'은 '군대 또는 군대에 관한'이라는 뜻의 'military'와 같은 의미로 쓰인다. 또한 동사 'mar'(망쳐놓다)는 전쟁이 땅에 남긴 황폐의 뜻에서 그 어원을 찾을 수 있다. 그리스의 장갑 보병의 방패와 그 뒤의 창이 마르스와 남성의 상징으로 남아 있다. 이는 아프로디테의 손거울이 여성의 상징으로 쓰이는 것과 같다.

헤파이스토스(불카누스)
—교활한 장인—

부모 : 헤라(어머니)

배우자 : 아프로디테

주요 연인 : 아티스, 아글라이아, 아테나(헤파이스토스의 짝사랑)

자녀 : 판도라(배우자 없이 헤파이스토스가 만듦), 에리크토니오스, 페리페테스

주 특성 : 공예에 능한 신

부가 특성 : 특히 야장의 신, 불과 화산의 신

상징(물) : 쇠망치, 모루와 부젓가락, 도끼

사원, 신탁소, 성상의 소재지 : 아테네에 있는 헤파이스타이온, 렘노스 섬(섬에 건설된 현대식 국제공항의 이름이 헤파이스토스 공항임), 시칠리아의 아그리젠토에 있는 불카누스 사원

오, 뮤즈들이여, 그대들의 청아한 목소리로
헤파이스토스의 위대한 창의력을 노래하라.
혜안을 가진 아테나와 함께 그는 자신이 인간에게 준 놀라운 선물들을
사용하는 방법을 세상 구석구석까지 널리 알렸다.
헤파이스토스의 기술을 인간들이 배우기까지
인간들은 산속 동굴에서 야생 동물과 같은 삶을 살았다.

－《호메로스의 헤파이스토스 찬양시》, 2장 1~7절 －

무엇보다도 헤파이스토스는 대장장이였다. 그는 보통의 인간 대
장장이가 고대 그리스에서 했던 것과 같은 역할을 신들의 거처인 올
림포스 산에서도 했을 것으로 여겨진다. 따돌림받았던 헤파이스토스
는 가끔 조롱을 받기도 했으나, 그의 불가사의한 기술 때문에 다른
신들은 그를 무서워하기도 했다. 고대의 많은 대장장이처럼 그 역시
절름발이였다. 고대에는 구리 광석을 제련하는 과정에서 유황 성분
의 불순물을 제거하기 위해 비소를 섞기도 했다. 이때 대장장이는 용
광로에서 발생하는 비소 가스를 마셔 그것이 몸속에 쌓여 비소 중독
증에 걸리게 되고, 이로 인해 발을 절게 되었다. 그러나 그리스인들
은 이것이 헤라가 바람둥이 남편과 관계하지 않고 혼자 힘으로 자식
을 낳으려 한 결과, 완전하지 못한 출생과정에서 생긴 결함으로 아이

가 절름발이로 태어나게 되었다고 믿었다. 결과에 화가 난 헤라는 헤파이스토스를 하늘에서 땅으로 던졌다. 그는 바다에 떨어졌고 바다의 요정 테티스가 그를 돌보았다. 나중에 테티스는 펠레우스와의 사이에서 아킬레우스를 낳았다.

헤파이스토스는 렘노스 섬에서 양육되었고, 이 섬은 헤파이스토스를 숭배하는 중심지가 되었다. 이곳에서 그는 대장기술을 배워 뛰어난 대장장이가 되었다. 그가 만든 물건들 가운데에는 헤르메스가 신는 날개 달린 샌들 외에도 많은 신의 신발들이 있었는데, 특별히 어머니 헤라를 위해 금강석으로 만든 신발도 있었다. 헤라가 이 신발을 신고 걷는 연습을 하다가 앞으로 넘어져 얼굴을 땅에 부딪기도 했다. 또 헤파이스토스는 헤라에게 금으로 만든 의자를 선물하기도 했다. 헤라는 그녀가 경멸하는 자식이 만든 의자에 숨겨진 흉계를 몰랐든지, 또는 그 의자가 헤파이스토스가 만든 것인지를 몰랐든지 그 의자에 앉았다. 그녀가 의자에 앉자마자 금으로 만든 고리가 의자에서 튀어나와 헤라를 의자에 묶어버렸다. 그런 다음 헤파이스토스는 이를 무기로 삼아 신들과 협상하여 다시 올림포스 신들의 거처로 복귀를

아킬레우스의 무기를 손에 든
헤파이스토스와 테티스

허용받고 아름다운 아프로디테를 아내로 얻을 수 있었다. 그러고도 헤라를 계속 의자에 묶어놓고 추가적으로 요구를 하려 하자 디오니소스가 나서서 헤파이스토스에게 술을 먹여 취하게 하고는 헤라를 풀어줄 열쇠를 빼앗았다.

하늘에서 헤파이스토스의 쓰임새가 컸던 만큼 그는 땅에서도 판도라(38쪽 참조)를 탄생시키고 프로메테우스(42쪽 참조)를 바위에 묶은 쇠사슬을 만드는 등 많은 일을 했다. 아테나가 제우스의 머리에서 태어날 때 도끼로 제우스의 머리를 쪼개고 아테나를 꺼낸 것도 헤파이스토스였다. 그러나 헤파이스토스는 또다시 하늘에서 추방되었다.

이번에는 어머니 헤라와 그녀의 남편 제우스와의 잦은 다툼에서 어머니 편을 든 것이 그 이유였다. 헤라가 끊임없이 헤라클레스를 구박하자 화가 난 제우스는 헤라에게 매우 고통스러운 벌을 내리려 했고, 이에 헤파이스토스는 강력히 항의했다. 또 어떤 설에 의하면 자신의 몸을 던져 어머니 헤라를 보호한 적도 있다고 한다. 하늘에서 던져진 헤파이스토스는 하루 온종일 떨어져서야 겨우 땅에 닿았다. 땅에 내려온 헤파이스토스는 활화산인 시칠리아 섬의 에트나 산 아래에 대장간을 차렸다. 이곳에서 그는 유명한 걸어 다니는 삼발이 의자나 놋쇠로 만든 기계 인간 같은 경탄할 만한 걸작들을 만들었다. 로마인들은 헤파이스토스의 아내 비너스(아프로디테)가 땅으로 추방된 남편에게 불충한 일을 벌일 때마다 에트나 산이 화산 폭발을 일으킨다고 믿었다. 그러나 헤파이스토스도 땅에서 미의 세 여신 가운데 한 명인 아글라이아와 애정 행각을 벌인 것으로 알려져 있다.

헤파이스토스,
바람난 여자의 남편

　헤파이스토스의 아내 아프로디테는 행복한 신부가 아니었기에 곧 기세 좋게 접근하는 아레스와 정분이 났다. 대부분의 신들이 헤파이스토스로부터 선물이나 긴요하게 쓰이는 도구들을 제공받았기 때문에 신들은 헤파이스토스에게 호의적이었다. 그래서 그들의 관계는 매우 위험했다. 심지어 아프로디테의 유명한 허리띠도 헤파이스토스가 만든 것이었다. 태양신 헬리오스의 마차도 헤파이스토스에게 부탁하여 만든 것이었다.

　헬리오스가 하늘에서 순회를 하던 중 두 연인이 부둥켜안고 있는 모습을 보았고, 즉시 이 사실을 헤파이스토스에게 알렸다. 아레스도 헬리오스가 자신들의 밀회를 보게 되면 헤파이스토스에게 알려줄 것이라는 사실을 알고 있었기에 한 젊은 청년에게 망을 보게 했다. 그러나 그가 실수로 임무를 충실히 이행하지 못해 나중에 아레스와 아프로디테가 헤파이스토스로부터 큰 봉변을 당했고, 그에 대한 벌로 아레스는 그 청년을 수평아리로 만들었다. 그 후로 수평아리는 아침 해가 뜰 때마다 울음소리를 내게 되었다.

　헤파이스토스는 이 두 남녀에게 복수하기 위해 세밀하고 매우 질긴 올로 짠 그물을 침대 위에 설치했다. 그러고는 두 남녀가 황홀한 사랑을 나누려는 순간 그물이 두 남녀 위에 떨어져 그들을 꼼짝 못 하게 가두었다. 헤파이스토스는 다른 신들을 대거 초청하여 그 모습을 보여주었다. 그리하여 남신들은 육체적 사랑을 의인화한 아프로디테의 육체를 감상하는 즐거움을 누렸다.

로마인들에게 헤파이스토스는 불카누스가 되었다. 불카누스라는 이름과 화산이라는 단어의 유사성으로 미루어보면, 그리스 신 헤파이스토스가 로마 신 불카누스로 바뀔 때 초기 로마 불의 신의 특성까지도 물려받은 것으로 보인다. 물고기는 불카누스 신이 좋아하는 제물이었고, 특히 8월에 열리는 축제인 불카니아 축제 때에는 모닥불을 피운다. 특히 이때의 제물로는 물고기를 선호했다. 헤파이스토스는 합리적이고 문제점을 해결하는 데 열중하는 신이다. 미국의 장기 인기 TV 시리즈물인 〈스타 트랙〉에서 외계인 불카누스가 헤파이스토스의 특징을 그대로 이어받았다고 할 수 있다. 자동차 바퀴인 타이어는 생고무에 유황을 넣고 가열한 후 경화시키는 공법인 가황 vulcanization과정을 거친 고무를 사용해 만든다.

후대의 예술과 문명에 비친 헤파이스토스(불카누스)

벨라스케스의 〈불카누스의 대장간The Forge of Vulcan〉(1630)이 헤파이스토스를 주제로 그린 가장 유명한 그림이고, 여기에서 영감을 얻은 르냉 형제의 〈불카누스 대장간의 비너스Venus at the Forge of Vulcan〉(1641)가 있다. 1555년에 틴토레토가 그린 〈불카누스 때문에 놀란 마르스와 비너스Mars and Venus Surprised by Vulcan〉가 있다. 이 그림에서는 의자 아래 숨는 마르스의 모습이 볼 만하다.

헤르메스(메르쿠리우스)
—문지기 신—

부모 : 제우스(아버지), 헤라(어머니)

배우자 : 없음

주요 연인 : 드리오페, 아프로디테

자녀 : 판, 헤르마프로디토스, 아우톨리코스, 프리아포스, 에반데르

주 특성 : 신들의 심부름꾼

부가 특성 : 꿈을 꾸게 하는 신, 체육 선수, 여행자, 거짓말쟁이, 매춘부, 국경을 넘나드는 여행자들을 보호하는 신, 통찰력(문장 해석학을 뜻하는 'hermeneutics'는 헤르메스에서 유래)과 웅변의 신

상징(물) : 카두케우스, 날개 달린 투구, 날개 달린 샌들, 수탉, 거북이

사원, 신탁소, 성상의 소재지 : 폼페이 소재 메르쿠리우스 사원, 사모스 섬의 헤르메스와 아프로디테 사원

메르쿠리우스를 묘사한 보석(메르쿠리우스를 상징하는 보석은 전통적으로 에메랄드다)

오! 강대한 헤르메스 신이여,
우리의 기도에 자비를 베푸소서.
인간에 대해 가장 우호적이고 관대한 신이시여,
우리에게 은혜를 베푸소서.

−아리스토파네스, 《평화》, 385절 −
헤르메스에게 드리는 간원 중에서

　헤르메스는 신들 가운데 성격이 가장 자유분방했고 매춘부, 도둑, 사기꾼, 그리고 사회에서 통상적으로 인정되는 관습의 경계를 허무는 자들까지도 보호했다. 이것은 로마인들이 메르쿠리우스라고 이름 지은 신의 진정한 역할이었다. 그는 선과 악 사이의 경계에 서 있었고, 이 경계를 넘나드는 모든 자를 도왔다. 여행을 떠나는 사람은 자신을 잘 인도해주도록 헤르메스에게 기원했고, 인생의 길고 복잡한 여정을 마치고 종착점에 도달한 사람들은 그들을 지하세계로 안전하게 인도하기 위해 기다리고 있는 헤르메스를 만났다. 헤르메스는 페르세포네, 마녀의 여왕 헤카테(180쪽 참조)와 함께 하데스의 어두운 영역에 자유롭게 드나들 수 있는 몇 안 되는 신들 가운데 하나였다. 이런 이유로 납치당한 페르세포네를 애타게 찾는 그녀의 어머니 데메테르에게로 다시 데려다주기도 했다.

　경기에 져서 쓰러진 검투사들을 죽은 자의 문을 통해 밖으로 끌고 나오는 것도 헤르메스의 복장을 한 경기 보조원들의 역할이었다.

헤르메스는 아폴론으로부터 그의 황금 지팡이인 카두케우스 caduceus를 받았다. 카두케우스에는 서로 싸우고 있는 두 마리의 뱀과 날개가 달려 있다. 이 지팡이는 헤르메스의 역할을 잘 상징하고 있다. 그는 싸우는 양측 사이에서 조정자의 역할을 하며, 외교 사절과 그의 거처를 보호하는 역할을 맡았다. 이 일들은 경계에 있는 신으로서의 특성에 잘 맞았다.

헤르메스는 헤파이스토스가 만들어준 날개 달린 샌들과 날개 달린 투구를 쓰고 하늘과 땅, 지하세계를 자유롭게 여행할 수 있었을 뿐 아니라, 매우 빠른 속도로 움직일 수 있었다. 당연히 헤르메스는 신들의 전령이 되었고, 오늘날에도 여러 신문과 통신사들, 영국 육군 통신대의 표상으로 쓰이고 있다. 뱀과 아스클레피오스의 지팡이가 겨루어 만들어진(177쪽 참조) 헤르메스의 카두케우스는 의학과 관련된 몇몇 분야의 상징이 되었다. 신들의 계시를 뜻하는 'Angelia'에서 이를 전하는 자인 'Angel'(천사)이 유래되었다. 헤르메스는 신들의 전령 역할을 무지개의 여신 이리스와 함께 공동으로 수행했고, 그리스인들은 이리스가 바다로부터 하늘로, 또 하늘에서 땅으로 아치 모양으로 뻗어 있는 것을 보았다.

헤르메스를 한마디로 정의하면 그는 여성을 설득하는 데 고수였다. 일설에 따르면 아프로디테와 관계하여 아들을 얻었는데, 이 일로 아프로디테의 남편 헤파이스토스로부터 어떤 비난도 받지 않은 것이 확실해 보인다. 그때 얻은 아들 풍요의 신 프리아포스(85쪽 참조)는 발기된 거대한 남성 성기가 특징이었다. 현대에 남성 발기부전증을 치료하는 과정에서 약물 치료를 잘못하는 경우 과거에는 잘 나타나지 않던 증세인 지속발기priapism로 고생하는 불행한 남성이 늘고 있다. 지속발기란 성기가 너무 자주 발기하고 그때마다 발기 상태가 너무 오래 가는 증세다.

헤르메스와 리라

헤르메스는 조숙한 아이였다. 그는 태어난 날 그의 이복형제인 아폴론의 신성한 소들을 훔쳤다. 그 가운데 두 마리를 제물로 바친 후 힘줄을 갖고, 길을 가다 만난 거북이를 잡아 등껍질에 그 힘줄을 매어 현을 만들었다. 헤르메스는 이때 거북이에게 이렇게 말했다. "거북아, 이제 너는 죽게 되지만 너의 등껍질로 아름다운 음악을 만들 거야." 이렇게 최초의 리라가 만들어졌다. 아폴론이 자신의 소들을 훔쳐간 헤르메스를 붙잡았을 때 그는 이 리라의 아름다운 선율로 아폴론의 노여움을 풀었다(예언과 점을 주관하는 신을 속이기는 어렵다). 헤르메스는 거짓말로 자신의 어린 몸에 우유가 필요해 암소를 훔치게 되었다고 변명했다. 리라를 만든 헤르메스는 거짓말의 달인이었다. 스스로가 음악의 신이었던 아폴론은 리라에 매료되었고 어린 헤르메스의 능란한 말솜씨에 빠져들었다. 아폴론은 헤르메스에게서 리라를 받고는 그가 소들을 훔친 일을 용서해주었다.

헤르메스의 또 다른 아들 헤르마프로디토스는 님프인 살라마키스로부터 깊은 사랑을 받았다. 이에 신들은 이 한 쌍을 한 몸으로 만들어 남성과 여성의 양성적 특징을 지닌 양성자hermaphrodite가 되게 했다. 헤르메스의 또 한 아들은 숲의 신 판(167쪽 참조)이었다.

헤파이스토스의 자녀들이 다리를 저는 특징이 있는 것처럼 헤르메스의 자녀들은 아버지를 닮아 손버릇이 나쁘고 교활하며 친화력이 뛰어났다.

헤르메스의 또 다른 아들 아우톨리코스는 도적 떼의 두목이었다. 그의 손자 가운데 하나가 그리스인들 가운데 가장 교활하고 뛰어난 설득력을 지닌 오디세우스라는 것이 놀랄 만한 일은 아니다. 헤르메스는 현대에 이르러 'Mercury'(수성)라는 이름으로 행성이 되었는데, 그 이유는 헬리오스(태양)에 가까워서가 아니라 헬리오스 주위를 도는 빠른 속도 때문이다. 오늘날 헤르메스의 특징이 가장 잘 나타나 있는 곳은 패션 분야다. 헤르메스라는 이름의 상표가 붙은 스카프와 가방은 애호가들로부터 높은 평가를 받고 있다. 변덕이 심한 사람은 'mercurial'하다고 하고, 유연하게 흐르는 독성 금속인 수은은 그의 이름을 따서 'mercury'라 한다. 또한 수은을 과도하게 사용하면 메르쿠리우스가 그 사람을 지하세계로 데려갈 수도 있다.

후대의 예술과 문명에 비친
헤르메스(메르쿠리우스)

안니발레 카라치는 〈헤르메스와 파리스Mercury and Paris〉
(1597~1600)를 그렸고, 프랑수아 부셰는 〈어린 바쿠스를 님프에게
맡기는 헤르메스Mercury Confiding the Infant Bacchus to the Nymphs〉
(1732~1734)를 그렸다. 벨라스케스의 〈헤르메스와 아르고스Mercury
and Argus〉(1659)는 알카사르 궁에 걸려 있었는데, 1734년 이 궁전에
불이 났을 때 눈치 빠른 한 일꾼이 이 그림을 나무 액자에서 칼로
떼어내 들고 나와 다행히 타지 않을 수 있었다.

벨라스케스, 〈헤르메스와 아르고스〉, 1659년

디오니소스(바쿠스)
─세 번 태어난 연회의 신─

부모 : 제우스(아버지), 세멜레(어머니)

배우자 : 없음

주요 연인 : 아리아드네, 팔레네

자녀 : 에우리메돈

주 특성 : 술의 신

부가 특성 : 매력이 생기게 해주는 신, 우정의 신, 걱정으로부터 해방시켜주는 신,

상징(물) : 포도, 티르소스(지팡이), 표범

사원, 신탁소, 성상의 소재지 : 아테네 디오니소스 극장 옆의 디오니소스 사원, 바알베크(지금의 레바논)에 있는 바쿠스 사원, 페르가몬에 있는 디오니소스 사원

재탄생의 상징으로서 석관에 조각되어 있는 디오니소스, 3세기경

나의 아버지는 제우스고, 나의 어머니는 카드모스의 딸인 세멜레이며,
나의 이름은 디오니소스다.
나는 제우스의 격정인 불을 산파로 하여 태어났노라.

－에우리피데스, 《바쿠스》－
'서문'에 나오는 디오니소스의 자기소개

가족의 축하 모임에 자주 참석해본 사람들은 잘 알겠지만, 그런 모임은 종종 뒤끝이 좋지 못한 경우가 있다. 술이 과해지면 소란해지고 광란의 잔치로 변해버리기 때문이다. 그리스와 로마인들은 이를 잘 알고 있었다. 오늘날 우리가 상상하는 디오니소스는 머리에 포도나무 가지로 만든 관을 쓰고 너무나 즐거운 표정으로 술을 마시고 있는 모습이다. 그러나 사실 디오니소스(바쿠스)는 훨씬 더 위험하고 복잡하며 양면적인 특성을 지녔다.

다태아多胎兒

디오니소스는 특이한 출생만큼 독특한 성장과정을 거쳤다.

|출생 I|

우리는 세멜레가 제우스의 본모습을 보고 그 광채에 타 죽은 사실을 이미 앞에서 살펴보았다(80쪽 참조). 그때 제우스는 태어나지 않은 자기 아이를 살리기 위해 불에 타다 남은 세멜레의 자궁에서 디오니소스를 꺼내 자신의 넓적다리를 칼로 베고 그 틈새에 아이를 넣었다.

|출생 II|

드디어 출산일이 되어 디오니소스가 태어났다. 제우스의 넓적다리가 자궁 역할을 대신했던 것이다. 그러나 그 아이를 복수심에 불타는 헤라의 질투로부터 보호하기란 쉽지 않았다. 일설에 의하면 어린 디오니소스를 새끼 염소로 변신시켰다고 한다.

|출생 III|

헤라는 그 과정과 속임수를 꿰뚫고 있었다. 헤라는 티탄족 가운데 한 명을 시켜 어린아이를 찢어 생으로 먹게 했다. 아테나가 아이의 심장을 찾아내 여인의 자궁에 옮겨놓았고, 디오니소스의 심장은 그 안에서 다시 디오니소스로 태어나게 되었다. 디오니소스는 소녀의 모습을 한 채 길러졌고, 그 소녀는 가끔 양성적 특성을 지닌 모습으로 표현되기도 했다.

헤라는 또다시 디오니소스에게 벌을 내리고자 했다. 이번에는 디오니소스를 미친 것처럼 보이게 만들었다. 정신착란에 빠진 상태로 몇몇의 마이나데스, 사티로스와 함께 인도 동쪽에 있는 갠지스 강까지 헤매고 다녔다. '미친 사람'이라는 뜻의 마이나데스Maenades는 사슴 가죽으로 옷을 만들어 입고, 뱀을 산 채로 다루었으며, 무아경의 상태에서 동물을 찢어 생으로 먹는 여인들로 알려져 있다. 고대인들 가운데 일부는 마이나데스의 이런 행동이 디오니소스에게 한 티탄족의 행위를 재현하는 것으로 믿었다. 이런 의식을 통해 자신들의 신 디오니소스와 일체가 된다고 여겼다. 이는 술을 마심으로써 디오니소스와 일체가 된다고 믿는 것과 같다.

디오니소스의 출생

디오니소스는 레아에게서 광기를 치료받고 그리스로 돌아왔다. 하지만 그는 그곳에서 사람들로부터 그의 신격을 인정받기 위해 힘든 과정을 거쳐야 했다. 이것은 아시아 지역의 신들이 고전시대 이전의 그리스인들에게 전해져 내려와 그리스 신으로 받아들여지는 과정에서도 겪었던 어려움이다. 특히 디오니소스는 다른 신들과는 다른 많은 요소를 지니고 있었다. 다른 신들보다 자주 표현되었음에도 신들의 힘의 상징인 음경이 발기된 상태로 묘사된 적이 없다는 점과 디오니소스가 자주 여장을 한 채 묘사되는 점 등이 그의 여성적 특성을 나타낸다고 할 수 있다. 그리고 디오니소스가 그의 여성 숭배자들(디오니소스를 숭배하는 사람은 대

⟨ 미다스 왕 ⟩

미다스 왕은 전설적인 고르디우스의 매듭Gordian knot 문제를 낸 소아시아의 왕 고르디우스의 아들이었다. 어느 날 미다스는 디오니소스의 친구이자 선생인 사티로스 실레노스가 디오니소스와 대화를 마치고 왕궁의 장미원을 지나가는 것을 발견했다. 미다스는 이 나그네를 열흘 동안 밤낮으로 극진히 대접했다. 나중에는 실레노스가 한참 동안 보이지 않자 디오니소스가 이곳으로 찾아왔다. 디오니소스는 친구 실레노스를 친절히 대접한 보답으로 미다스에게 소원 한 가지를 들어주겠다고 약속했다. 이에 미다스 왕은 자신이 손대는 것은 모두 금으로 바뀌게 해달라고 말했다.

그러나 슬프게도 미다스 왕은 자신의 소원에 단서를 붙이는 것을 잊어버렸다(신에게 은총을 기원하는 자들이 저지르는 흔한 실수다). 그리하여 미다스의 손만 닿으면 모든 것이 금으로 변하여 아무것도 먹고 마실 수 없게 되었다. 또한 신화에는 미다스가 위로를 받기 위해 자신의 딸을 쳐다보자 그 딸마저도 금으로 변해버렸다. 결국 디오니소스는 미다스로 하여금 팍톨로스 강에서 목욕을 하게 함으로써 그 해악한 소원을 버릴 수 있게 해주었다. 그리하여 팍톨루스 강은 금모래로 유명하게 되었다.

부분 여성들이다)에게 광기를 불어넣는다는 것들 때문에 그리스와 로마의 가부장적인 특성과 남성 우월적 특성을 가진 문화에 매우 불안한 요소를 일으켰다.

로마인들은 바쿠스 숭배의식에 혼란스러움을 느꼈고, 나중에는 공화국에 도덕적 공황을 일으킬 지경에까지 이르렀다. 바쿠스에 푹 빠진 수백 명의 용의자들이 체포되었고, 그 가운데 많은 이가 처형되었다. 디오니소스 축제가 많은 고대 도시에서 일상적인 생활양식이 된 후에도 디오니소스를 올림포스 신에 포함시키는 데 대해 상당한 거부가 있었다. 현재 남아 있는 '신의 명부'에도 디오니소스가 빠져 있는 경우가 많다.

디오니소스, 즉 바쿠스는 술과 떼려야 뗄 수 없는 관계에 있다. 특히 음주에 따르는 부정적인 점들과 연관되어 있다. 디오니소스가 처음으로 양조법을 가르쳐준 사람은 이웃들에게 죽임을 당했다. 그들은 그가 자신들에게 독을 먹인다고 생각했던 것이다(술의 알코올 성분을 독이라고 생각하고 자기들을 독에 취하게 만든다고 생각했다). 후대의 그리스와 로마인들이 디오니소스에 대해 어떤 생각을 가졌든지 디오니소스를 버린다는 것이 술을 끊는다는 것을 뜻한다면, 그들은 결코 디오니소스를 버릴 수 없었을 것이다. 디오니소스의 숭배는 환락, 문화적 규범 포기, 일탈의 합리화를 뜻했다. 디오니소스는 억제되지 않은 광란, 절제되지 않은 열정의 상징이 되었고, 바쿠스 숭배의식의 광란에 빠진 사람들은 미친 사람이라고 여겨지지 않았다. 반면 디오니소스는 자신에 대해 적대적인 사람까지 마음을 혼란시켜 미

광란에 빠진 숭배자들이 한 불행한 인간(좌측)을 물어뜯고 있다.

후대의 예술과 문명에 비친
디오니소스(바쿠스)

화가들에게 바쿠스는 복잡한 성격을 지닌 디오니소스보다 더 매력적인 존재였다. 조반니 벨리니가 〈어린 바쿠스The Infant Bacchus〉(1505~1510)에 묘사한 뒤뚱거리는 어린아이의 모습에 잘 표현되어 있다. 귀도 레니의 〈술 마시는 바쿠스Drinking Bacchus〉(1623)에도 잘 표현되어 있다. 티치아노는 〈바쿠스와 아리아드네Bacchus and Ariadne〉(1520~1523)에서 좀더 성숙한 모습의 바쿠스를 묘사했다.

고대에서뿐 아니라 현대에서도 바쿠스를 돌로 조각하여 정원에 설치하는 것이 유행이며, 특히 상트페테르부르크 에르미타주 미술관의 〈바쿠스〉는 매우 유명하다. 1909년 작곡가 쥘 마스네는 바쿠스를 주제로 오페라를 만들었다.

티치아노는 첫눈에 반한 아리아드네를 향해 전차에서 뛰어내리는 바쿠스를 묘사했다.

치게 만들지는 않았다.

　디오니소스의 상징은 지팡이였다. 그의 지팡이는 포도송이로 장식되어 있었는데, 손잡이 부분에는 솔방울 장식이 달려 있었다. 디오니소스 축제에는 매우 정교하고 귀엽게 조각한 남근상이 등장하는 것이 일반적이었으나, 간혹 남근 상징물 대신 여성 상징물인 술잔이 지팡이의 파트너로 등장하기도 했다. 디오니소스는 표범의 등에 타고 있거나 표범이 끄는 전차에 타고 있는 모습으로 묘사되었다. 디오니소스가 남녀 양성을 가졌든 아니든 간에 그는 많은 애인을 만들었다. 일설에 의하면 그 가운데 한 명이 아리아드네다. 아리아드네가 테세우스에게 버림을 받자 디오니소스가 애인으로 삼아 아들 에우리메돈을 낳았다(262쪽 참조). 펠로폰네소스 전쟁 당시 주요 격전지였던 한 지역이 그의 이름에서 유래되었다.

5

그 밖의 다른 신들 :
신비한 존재들과 영웅 조상들

지금까지 설명한 신들 외에도 그리스 세계에는 수십 명의 신들이 있었고, 로마에는 수천 명의 신들이 있었다. 하지만 야누스, 미트라스, 이시스 등 몇몇 중요한 로마 신들을 포함해서 그들이 신화에 주요 인물로 등장하는 경우는 드물다. 신화에 등장하는 신과 인물 가운데 일반적으로 잘 알려진 존재들을 지금부터 살펴보자.

판(실바누스)

목신 판이 염소 떼를 돌보는 목동을 쫓고 있다.
목신을 전문적으로 그리는 화가의 작품이다.

염소 다리를 하고, 음악을 사랑하는 헤르메스의 사랑받는 아들이여,

그대는 숲 속의 풀밭을 님프들과 함께 거닐고 있구나.

-《호메로스의 판 찬양가》, 2절-

판의 어머니 드리오페는 플레이아데스 가운데 한 명인 님프였다
(136쪽 참조). 드리오페는 헤르메스를 포함하여 여러 신과 관계를 맺
었다. 그녀가 헤르메스와의 사이에서 낳은 아들은 염소 다리를 하고,
머리에 뿔이 달렸으며, 몸에 털이 많이 나 있었다. 드리오페는 이상

하게 생긴 그 아이의 모습을 처음 보고는 너무 놀라 비명을 지르며 도망쳤다. 그래서 목신 판은 오늘날 공포panic라고 불리는, 갑작스럽게 이유 없이 엄습하는 무서움을 불러일으키는 존재가 되었다.

판은 숲 속 님프들에게 입양되어 숲이 집인 것처럼 살았다. 특히 그리스 남부 아르카디아Arcadia의 나무가 뒤덮인 언덕을 좋아했다. 판은 양과 염소를 치는 목자들의 수호신이 되었고, 그 목자들은 자신들의 수호신에게 충성을 다해 숭배했다. 판은 후대에까지 존재를 남겨 염소 다리를 하고 머리에 뿔 달린 모습으로 기독교에서 그리스도의 대적인 마귀의 모델로 쓰였다. 다산의 신이기도 한 판은 님프들에게 구애할 때 매우 집요했고 수단과 방법을 가리지 않았다. 그 가운데 한 님프인 시링크스는 판을 속이기 위해 갈대 침대로 변했다. 판은 그 침대에서 갈대를 뽑아 피리를 만들었고, 여기서 악기 팬파이프 panpipe(Pan's pipe)의 이름이 만들어졌다. 그는 이 악기로 아폴론에게 연주 도전을 했으나 지고 말았다.

아테네 시민들은 판이 그리스인들을 위해 마라톤 전투에 직접 개입한 것을 나중에 인정했다. 페이디피데스가 스파르타인들에게 승리 소식을 전하러 가는 길에 판을 만나서 나누었던 이야기를 나중에 떠올렸기 때문이다(승리 소식을 빠르게 전한 페이디피데스를 기리기 위해 마라톤 경주가 생겼다).

복수의 세 여신(에리니에스, 디라에)

오만하고 난폭한 자들에게
고통을 안기는 날개 달린 복수의 여신들.

－퀸투스, 《트로이의 함락》, 5장 520절 －

그리스 신화에서 복수는 매우 다양한 형태로 이루어졌다. 그리스인들에게 에리니에스(화난 사람들)는 로마인들에게 디라에와 똑같은 존재였다. 그리고 디라에의 어원적 뜻은 현대 영어에서의 'dire(무서운)'과 같은 뜻이다. 닉스나 하데스의 딸들이라고도 하지만, 헤시오도스의 주장에 의하면 크로노스가 아버지 우라노스의 성기를 자를 때 흘린 피에서 태어난 딸들이기 때문에 이론상으로는 아프로디테와 자매 사이라고도 한다. 우라노스의 거세 사건으로 인해 태어난 복수의 세 여신은 그 범죄에 복수하는 일을 삶의 목표로 삼았다. 여기에 살인, 호의에 대한 배신, 중상모략, 신성모독, 신에 대한 불경 죄 등에 복수가 추가되었다. 보복방법은 복수의 대상자를 미치게 하거나 병에 걸리게 하는 것이었다. 때로는 죄를 저지른 자를 처벌하지 않는 지역민 전체에게 벌을 내릴 때도 있었다. 그런 경우에는 지역에 전염병이 돌거나 흉년이 들게 했다. 예를 들면 잘못된 욕심에 사로잡혀 강대하고 잘 무장된 군사력을 보유한 이웃을 공격하자는 광기가 생

복수의 세 여신을 만난 오레스테스, 고대 석관의 외부 조각

기게 하기도 했다. 오늘날 제정신이 아닌 분노의 뜻으로 사용되는 광
포fury라는 단어도 분노의 세 여신 이름Furies에서 비롯된 것이다.

학대받는 부모들이 자식에 대한 처벌을 복수의 여신들에게 직접
부탁하는 경우도 있지만, 이 자매들은 보통 신들에 대한 잘못은 자동
으로 인지했다. 세 자매의 이름은 알렉토, 티시포네, 메가이라였다.
비록 극작가 아이스킬로스가 이들을 징그러운 뱀 같은 괴물로 표현
했지만, 보통 세 자매는 검은 상복을 입은 심각한 모습을 하거나 때
로는 젊은 여성의 치마와 무릎까지 오는 사냥 부츠를 신고 채찍으로
무장한 여자들로 묘사된다.

네메시스

닉스의 딸이여, 그리고 억울하게 죽은 자를 위해 복수하고
대낮에 잘못을 저지르는 자를 벌하는 퓨리들이여,
이제 나에게 귀를 기울여주십시오.

—《아이스킬로스의 에우메니데스 찬가》, 321절—

네메시스는 닉스(밤의 여신)의 무자비한 딸이며, 그 어떤 사람도 추적을 피할 수 없었다. 복수의 세 여신보다는 좀더 넓은 영역을 관장했다. 그녀는 행운을 기분에 따라 헤프게 나누어주는 행운의 여신 티케와 반대 역할을 했고, 행운과 불운이 조화를 이루어야 한다는 원칙에서 한쪽을 견제하는 역할을 했다. 티케가 자격 없는 인간에게 행운을 안겨주면 반드시 그만큼의 불행을 가져다주었다. 특히 자만심이 넘치거나 자신감이 과도한 사람들에게서 눈길을 떼지 않았다. 오늘날 속담에 "추락하기 전에 한껏 자만심으로 도취된다"는 말이 있다. 고대인들은 네메시스가 떠밀어 추락(불행에 빠지는 것)한다고 생각했다. 그리고 불행은 먼 데서 생기는 것이 아니라 가까운 곳에서 일어난다.

예를 들면 에코는 신의 저주를 받아 들은 말은 모두 되풀이해서 말했다(100쪽 참고). 에코는 한 아름다운 청년을 사랑하게 되었으나, 에코에게 전혀 관심이 없었던 청년은 단호히 거부했다. 에코는 수척해

후대의 예술과 문명에 비친
네메시스

알브레히트 뒤러의 〈네메시스Nemesis〉(1500경)에 티롤 지역의 치우사로 알려진 도시 운명에 대해 골똘히 생각하는 네메시스의 모습이 묘사되어 있다. 나르키소스 이야기는 살바도르 달리의 〈나르키소스의 변신Metamorphosis of Narcissus〉(1937)에 묘사되어 있다.

지다 못해 몸이 사라지고 목소리만 남게 되었다. 이때 네메시스가 그 청년을 연못에 비친 자신의 모습에 반하게 만들었다. 저주를 받은 청년은 괴로움에 스스로를 쥐어뜯어 형체도 없이 사라지려고 했지만, 이루지 못하고 물가에서 조금씩 쇠약해지면서 죽어갔다. 훗날 그는 심리학자들이 연구하는 자기도취적 인격과 그의 이름을 딴 꽃 수선화Narcissus를 남기고 사라졌다. 나르키소스의 영혼은 저승의 강 삼도천 강둑에서 지금도 강물에 비친 자신의 모습을 넋 놓고 쳐다보고 있다고 한다. 로마인들은 네메시스를 운명의 여신 포르투나라고 불렀으며, 지금도 이탈리아인들은 그 여신을 깊은 존경심으로 대한다.

네메시스는 후일 거대하고 번성하던 트로이의 몰락과도 연관이 있다. 한 신화에 의하면 네메시스는 제우스의 구애를 받았다. 하지만 네메시스는 제우스의 관심과 눈길을 피하기 위해 다양한 모습으로

크로이소스 왕의 행운

    소아시아 리디아의 엄청난 부자인 크로이소스 왕은 지금까지 자신의 삶이 불안할 정도로 행운이 넘쳤다는 것을 알고 있었다. 왕은 자신이 매우 아끼는 반지를 바다에 던져 없앰으로써 네메시스가 안겨주는 불행을 피해보고자 했다. 그러나 슬프게도 헤프고 즉흥적인 행운의 여신 티케의 개입으로 일주일 후 만찬에서 자신의 생선 요리에서 그 반지가 다시 나왔다. 그사이 네메시스는 대규모의 페르시아군으로 하여금 리디아로 쳐들어가 행운이 넘치는 자에게 진정한 재앙이 무엇인지를 가르쳐줄 방법을 계획했다. 크로이소스 왕국을 쳐부수고 난 후 그리스를 침공한 페르시아군은 마라톤 전투에서 그리스군에게 승리할 것임을 확신한 나머지, 그리스로 쳐들어갈 때 승리를 기념하는 조각상을 만들 큰 돌덩이까지 갖고 갔다. 그러나 그리스군이 승리했고, 그들은 이 돌덩이도 빼앗았다. 그 후 그리스인들은 이 돌덩이를 달리 활용할 방도가 없어서 이것으로 네메시스를 조각하여 아티카의 람누스에 있는 네메시스 신전에 두었다.

변신했다. 네메시스가 거위로 변했을 때 제우스는 백조로 변해 네메시스의 마음을 얻었다. 둘 사이에서 아이가 생겼는데, 인간 가운데 가장 아름다운 여인 헬레네가 알에서 깨어나 세상에 태어났다. 이 신화에 따르면 네메시스의 딸 헬레네는 레다라는 여인에게 입양되어 길러졌다. 그러나 좀더 보편적인 다른 신화에 의하면 제우스가 백조로 변신하여 레다를 유혹해 헬레네가 태어났다고 한다.

후대의 예술과 문명에 비친
레다

　레다는 많은 화가가 놓칠 수 없는 주제였다. 대표적으로 잠피에
트리노의 〈레다와 그녀의 자녀들Leda and her Children〉(1520경)과 지
금은 복제본만 남아 있는 레오나르도 다빈치의 〈레다Leda〉
(1508~1515)가 있다.

레오나르도 다빈치, 〈레다〉, 1508~1515년
레다가 백조와 알에서 깨어나는 아이들과 함께 있다.

비버와 달콤한 것들

트로이의 헬레네에게는 두 명의 형제가 있었다. 그들은 쌍둥이였지만 아버지가 달랐다. 그들의 아버지는 각각 제우스와 틴다레오스(스파르타의 왕)였다. 제우스의 아들 폴리데우케스(달콤한 것)는 신이었고, 틴다레오스의 아들 카스토르Castor(문자적 의미로는 비버)는 인간이었다. 둘을 합쳐 디오스쿠로이라 불렸고, 그들은 그 시대의 많은 영웅적 모험 이야기에 나온다. 그들은 이아손의 아르고선 선원(208쪽 참조)으로 모험에 참여했고, 칼리돈의 멧돼지 사냥(221쪽 참조)에 참가했다. 테세우스가 여동생 헬레네를 납치했을 때는 아테네의 공격(267쪽 참조)에도 참가했다. 신붓감들을 놓고 다른 쌍둥이 형제들과 다툼이 생겨 파멸에 이르자 결국은 카스토르가 죽었다. 그러나 형제간 우애의 대표적 본보기로 폴리데우케스는 카스토르에게 자기 신격의 반을 나누어주었다. 그리하여 형제는 하루씩 교대로 신들의 거처인 올림포스와 죽은 자들이 있는 하데스에 머물게 되었다.

카스토르와 폴리데우케스라는 이름을 가진 이 쌍둥이는 로마인들이 숭배하는 전투의 신들이 되었고, 로마인들은 로마 포럼에 있는 중요한 신전 가운데 하나를 그들을 숭배하기 위한 곳으로 헌정했다.

매년 5월 21일부터 6월 21일 사이에 태어나는 사람들은 별자리 가운데 쌍둥이자리Gemini를 구성하는 디오스쿠로이와 특별한 관계를 맺는다.

카리테스(그레이스)

앞에서 살펴본 바와 같이(94쪽 참조) 미의 세 여신 아글라이아(빛), 에우프로시네(축제), 탈리아(쾌활)가 있다. 그들은 아프로디테의 시녀이자 동료였고, 아프로디테는 이 여신들이 춤추는 곳에 함께했다. 미의 세 여신은 아프로디테의 옷을 만들고, 아프로디테가 헤파이스토스로부터 모욕을 당한 후 파포스Paphos로 도피하여 머물 때 아프로디테를 달래주고 시중을 들었다(149쪽 참조). 그들의 부모와 미의 세 여신의 이름은 이야기에 따라 다르고, 세 명의 숫자가 더해지기도 하고 빠지기도 한다. 그러나 그 여신들은 항상 부드럽고 쾌활하며 즐거움을 상징한다. 그들은 연회의 여신들이었고, 고대인들은 연회나 만찬 모임에 세 여신의 참석을 간절히 빌며 모임을 시작했다.

아스클레피오스

아폴론의 장성한 아들 아스클레피오스 신이시여,
카이사르의 뛰어난 후손이 드리는 이 뛰어난 모직물을 즐겁게 받아주소서.

-스타티우스, 《숲》, 3장 4절-

대부분의 신화에서 아스클레피오스는
아폴론과 인간 여자 코로니스 사이에
서 태어난 아들로 설명되어 있다(130쪽
참조). 코로니스는 사랑에 눈이 먼 아
폴론을 끝내 차버리고 더 좋아한 인간
남자와 결혼함으로써 아폴론의 자존
심에 상처를 주는 실수를 저질렀다.
화가 난 아폴론은 그의 신의 없는 애
인을 죽여버렸고, 나중에야 코로니스
가 자신의 아이를 뱃속에 잉태하고 있었
음을 알게 되었다.

보석에 조각된
아스클레피오스

　　급기야 화장시키는 코로니스의 뱃속에
서 꺼낸 아스클레피오스는 점잖은 켄타우
로스 키론에게 맡겨져 길러졌다(다음 참고). 의술의 신이었던 아버지
아폴론을 닮아 아스클레피오스도 의술을 담당하는 신이 되었다. 그
는 아테나로부터 도움을 받았는데, 죽은 자까지도 살릴 수 있는 초자
연적인 능력을 받았다. 이로 인해 하늘에 있는 신들의 세계에 큰 소동
이 벌어졌다. 저승의 신 하데스가 허락도 없이 죽은 자들이 자신의 영
역을 떠나는 것을 매우 못마땅하게 여겼던 것이다. 따라서 하데스는
형제인 제우스에게 이 사실을 알렸고, 제우스는 아스클레피오스가
자신보다 위계가 높은 신들의 권능을 빼앗았다고 인정하고 천둥번개
를 내려 그를 타르타로스에 처넣었다. 아폴론은 기분이 나빴지만 제

우스에게 직접 반항할 수 없었기에 번개봉을 만든 키클롭스에게 보복했다. 이 일로 제우스는 더욱 화가 났으나, 아폴론의 어머니 레토가 제우스에게 용서를 빌어 아스클레피오스의 처벌을 완화시켰다.

아스클레피오스는 뱀으로 변신하여 타르타로스를 탈출한 뒤 인간에게 의술을 가르쳤다. 이는 뱀과 막대기가 의술의 상징이 된 이유기도 하다. 아스클레피오스의 딸들 가운데 메디트리나는 자신의 이름이 의술의 영어 어휘인 'Medicina'의 어원으로 쓰였고, 반면 또 다른 딸인 히기에이아Hygieia('Hygiene(위생학)'의 어원)의 지시사항을 잘 따르는 것이 메디트리나의 제자들, 즉 의사를 만나지 않는 가장 효과적인 방법이었다. 그리고 우리가 간절히 바라는 것은 또 다른 딸로서 모든 질병을 낫게 하는 파나케이아Panacea(만병통치약의 어원)가 하루속히 그 모습을 세상에 드러내는 것이다.

로마의 노예 가운데 치료가 불가능한 중증 환자는 테베레 강 중간에 있는 아스클레피오스의 성스러운 섬에 위치한 아스클레피오스 신전에 보내졌다. 이 섬에는 지금도 병원이 있다. 클라우디우스 황제는 칙령을 내려 여기서 완쾌된 노예는 해방시켜주었다.

뮤즈

뮤즈는 제우스와 므네모시네의 딸들이었다. 그리고 아폴론의 동반자로서 인간의 다양한 예술활동 분야의 조력자들이었다. 그들은 한 명이거나 세 명, 또는 아홉 명이라는 다양한 설이 있으며, 그들이 사는 곳은 일반적으로 보이오티아Boeotia에 있는 헬리콘Helicon 산으로 알려져 있다. 그리고 다른 지역에 있는 연못이나 샘들과 관계있는 경우가 많으며, 특히 그들이 섬기는 아폴론이 자주 찾은 델포이나 파르나소스와 연관이 많다. 예술 창작에서 뮤즈의 신 가운데 관계있는 여신으로부터 영감을 얻는 것이 일반화되어 있으며, 성공적인 작품이 만들어지면 감사를 표했다. 아홉 명의 뮤즈는 예술활동 가운데 자신의 특정 역할을 맡았다.

칼리오페–서사시   **클리오**–역사

에우테르페–음악, 서정시   **테르프시코레**–서정시, 무용

멜포메네–비극   **탈레이아**–희극

폴림니아–무언극, 종교시(합창 노래)   **우라니아**–천문학

에라토–서정시, 특히 사랑과 애욕을 다룬 시

후대의 예술과 문명에 비친 뮤즈

후대 예술에 뮤즈가 가장 흥미롭게 등장한 모습은 리처드 새뮤얼의 〈아폴론 신전에 있는 뮤즈의 초상Portraits in the Characters of the Muses in the Temple of Apollo〉(1778)에서 볼 수 있다. 아폴론의 아홉 명의 동반자로 변장해 그 시대를 이끌던 아홉 명의 여류 문필가가 묘사되어 있다.

헤카테

깊이를 알 수 없는 어두운 밤을 밝히는
횃불을 든 거룩한 딸 헤카테.

─바킬리데스, FRAG 1B─

그리스의 원작을 복제한 세 개의 머리(얼굴)를 지닌 헤카테상이 교차로에 세워져 있다, 로마.

헤카테는 데메테르가 하데스에게 납치되어 지하세계로 간 딸 페르세포네를 찾아 나설 때(114쪽 참조) 밤새 횃불을 들고 함께 찾아주었다. 하데스의 지하 궁전에서 페르세포네를 찾았을 때 헤카테는 지하세계가 자신과 어울린다고 생각하고 지하세계에 속한 신들 가운데 한 명으로 그곳에 남았다. 때때로 독특하고 괴팍한 행동을 보이는 신들에게 익숙한 사람들도 괴이한 성격의 헤카테는 특별히 이해하기 힘들었다. 헤카테에게는 정화와 속죄, 제례의식을 감독하는 임무가 맡겨졌다. 잘못을 저지른 인간을 무자비하게 끝까지 쫓아가는 복수의 세 여신이나 또 다른 복수의 여신 네메시스 같은, 어두운 세력과 죄를 진 인간 사이에서 화해를 주선하는 경우도 많았다.

헤카테상은 교차로에 많이 세워졌다. 교차로는 신령들을 불러 모으거나 마녀들이 모이기에 좋은 장소였다(영국에서는 19세기까지 사형당한 살인자나 자살로 죽은 자들을 교차로 부근에 묻었다). 그래서 헤카테는 신령들이 숭배하며 마녀들의 수호신이 되었다.

무당들이나 마법 및 저주를 거는 사람들은 헤카테가 자신들을 위해 능력을 발휘하기를 기원하며 제물을 바치고 희생의식을 치렀다. 그러나 일반적인 그리스와 로마인들은 헤카테의 능력이 자신들에게는 미치지 않기를 바라며 제물을 바쳤다. 또 여러 악한 존재들이 희생제를 드리는 사람들의 생명을 해치는 일이 없도록 헤카테가 영향력을 행사할 수 있기를 간절히 소원하며 제물을 바쳤다.

헤카테가 밤에 다닐 때는 트로이 왕 프리아모스의 아내 헤카베가 주로 수행했다. 헤카베는 트로이가 패망한 후 자신의 아들들을 죽인 자들 가운데 한 명에게 잔인하게 복수했고, 헤카테는 헤카베를 검은 개로 만들었다(302쪽 참조). 또한 한 마녀를 긴털족제비로 만든 일도 잘 알려져 있다. 헤카테는 말과 개, 사자의 모습으로 나타나기도 했다. 교차로에 헤카테상을 세울 때에는 인간의 모습과 함께 말, 개, 사자의 상을 함께 만들어 각각 네 방향으로 설치하기도 한다.

보름달이 뜰 때면 교차로에 세워둔 헤카테상 앞에 특정 음식(가장 좋아하는 음식은 꿀이었다)을 두는 것이 전통이었고, 가난한 사람들이 헤카테에게 감사해하며 그 음식들을 가져다 먹었다.

에리스(디스코르디아)

에리스라는 여신이 있는데, 이 여신은 전쟁과 살육의 광기를 불러일으켰다.
그녀는 잔인했고, 사람들로부터 사랑을 받지 못했다.
그러나 가끔 필요에 따라, 또는 신들의 뜻에 따라
인간들이 그녀의 잔인한 수법을 따라하는 경우도 있었다.

－헤시오도스, 《일과 일상》, 11절 －

에리스는 밤의 여신 닉스가 낳은 잔인한 자녀들 가운데 한 명이었다. 다툼과 불화의 여신으로서의 역할에 뛰어난 능력을 발휘했고, 열광적으로 그 역할을 수행했다. 그래서 사람들은 에리스를 아레스의 여동생이라고 불렀다. 에리스는 가족 간의 다툼이든 국제적인 전면전으로 바뀌는 다툼이든 크고 작은 각종 분쟁의 여신이었다. 그녀가 경쟁과 대항의식을 부추기고, 이것이 긍정적 효과를 만들 수도 있다

는 점에서는 에리스에게 긍정적인 면도 있다고 할 수 있다. 헤시오도스가 말하기를 가난하고 게으른 사람이 결실이 풍부한 이웃의 밭을 보고 에리스에 의해 자극받아 마음을 바꾸고 자신의 밭으로 돌아가 열심히 일하게 될 수도 있다고 했다. 그렇지 않으면 에리스가 친구들을 모아 그 사람을 충동질하거나 균등 분배라는 명분 아래 그 이웃의 밭을 빼앗게 할 수도 있다고 했다. 어찌 되었건 그 모든 일은 그녀가 마음먹기에 달린 것이었다.

호메로스가 말하기를 에리스는 처음에는 아주 작은 것으로 시작하지만, 서로가 감정을 자극하면 그녀의 머리는 하늘 꼭대기에 치닫도록 커진다고 말했다. 일반적으로 알려진 바에 따르면 에리스가 일으킨 가장 큰 소동은 바다의 님프인 테티스의 결혼식에 초대받지 못한 앙갚음으로 일으킨 분쟁이었다(277쪽 참조). 테티스는 많은 신을 친구로 사귀었고, 모두가 인간 펠레우스와 테티스의 결혼식에 기꺼이 참석했다. 전혀 예측하지 못한 일은 아니었지만 에리스는 결혼식 초청 명단에서 빠졌다. 누가 자신의 결혼식에 불화의 여신을 초청하겠는가. 결혼식장에 들어갈 수 없게 된 에리스는 사과를 가져와 "최고 미인에게"라고 써 공중에 던지고는 누가 가장 아름다운지는 말하지 않은 채 가버렸다. 아프로디테와 헤라, 아테나 모두 자신이 그 사과의 주인이라고 주장했다. 이 불화 때문에 트로이 전쟁이 일어났고, 트로이 전쟁이 끝날 때까지 수많은 목숨이 트로이 성 안팎에서 죽었다.

헤라클레스의 헛수고

　　다음은 이솝 우화 가운데 하나다. 어느 날 헤라클레스가 산길을 지나다가 사과같이 생긴 물건이 땅에 떨어져 있는 것을 보았다. 별 생각 없이 사과를 막대기로 내리쳤는데, 놀랍게도 깨지기는커녕 이전보다 더 단단해졌다. 쉽게 물러서는 성격의 헤라클레스가 아니었기에 그는 작심하고 막대기로 여러 번 사과를 내리쳤다. 그 막대기는 헤라클레스가 여러 괴물을 때려 죽였고, 땅을 내려칠 때면 지구가 흔들릴 정도의 힘을 갖고 있었다.

　　그러나 내리칠수록 사과는 더 단단해지고 커졌다. 머리가 좋은 편이 아니었던 헤라클레스는 길을 막을 정도로 사과가 커지자 사과를 그만 내리치는 것이 좋겠다는 생각을 하게 되었다. 융통성이 부족한 반신반인인 헤라클레스에게 특별한 애착을 갖고 있던 아테나가 헤라클레스에게 나타나 에리스가 사과로 변신한 것이라고 설명했다. 그리고 헤라클레스가 다툼의 원인을 잠재우면 사과는 조그마한 모습으로 남아 있을 것이나, 다툼의 원인을 키우고 그로 인해 분쟁을 키우고 소동을 일으키면 그 사과도 더 빠른 속도로 커질 것이라고 충고했다.

사티로스(파우누스)

인간은 신화의 세계를 다수의 지적인 존재들과 공유했다. 여기에는 님프, 네레이스, 티탄족 등이 있는데, 그들은 어느 정도 신적인 특성도 지니고 있었다. 그 밖에도 두 종류의 존재(사티로스와 켄타우로스)가 별도로 있었다. 그들은 인간과 동격이거나 어떤 경우에는 열등한 존재로 취급받았다(물론 평균적인 인간보다 월등히 뛰어난 특별한 예외도 있었다).

사티로스가 디오니소스, 님프와 함께 숲 속에서 생활하는 동료로서 술과 여자, 노래를 탐닉하는 것은 그다지 놀랄 만한 일은 아니다.

유희 중인 사티로스, 인물이 붉은색으로 그려져 있는 기원전 5세기경의 화병

실제로 남자의 과도한 음란증을 의학 용어로 '사티리아시스satyriasis' 라고 하며, 여자의 색정증은 '님포마니아nymphomania'라고 한다.

고대인들은 사티로스가 육체적 쾌락에 빠진 것이 가장 큰 도덕적 결함이라고 믿었다. 그런데도 대부분의 사람들보다 훨씬 더 삶을 즐겼기 때문에 고대인들은 사티로스가 님프들과 즐기는 것 외에도 뭔가 다른 일에 관심을 가졌으리라는 것을 마지못해 인정했다.

비록 모든 사티로스가 남성이었지만 다양한 부류가 있었다. 젊은 사티로스는 사티리스코이Satyriskoi라 했고, 고대에 존재했던 말 꼬리가 뒤에 달린 종류는 셀레니Seleni라 했다 (161쪽의 디오니소스의 동료 실레노스 참조). 이 부류는 신화의 진화에 따라 말의 특성을 잃고 염소 다리를 가진 부류와 합쳐져 판이라고 불렸다. 그들의 방탕한 생활 방식에도 불구하고 모든 사티로스는 건장했다. 그들은 비교적 이른 나이에 대머리가 되었고, 그로 인해 머리에 달린 마디가 많은 뿔이 두드러져 보였다. 파우누스는 원래 다른 종류였으나

사티로스 모습과 가장 비슷한 실레노스,
술잔의 안쪽 바닥면

이미 고대에는 그 차이가 없어졌다(염소 새끼를 뜻하는 'fawn'은 고대 영어에 어원을 둔 것으로, 발음은 비슷하나 파우누스와 어원적 관계는 없다).

디오니소스가 미치게 되었을 때 사티로스가 곁에서 지켜줌으로써 존경받게 되었다. 아테네의 축제에서 공연되었던 사티로스극은 현대의 풍자극satirical play과는 상관없다(풍자라는 뜻의 'satire'는 다른 어원을 갖고 있다). 자유분방한 헤르메스가 사티로스와 잘 어울려 놀았다.

특별한 사티로스로는 음악을 잘하는 마르시아스(128쪽 참조)와 북을 매우 잘 쳐서 뮤즈와도 친구로 지낸 크로토스가 있었다. 포도주 전문가oenophile들은 포도주 제조자의 수호자가 된 옛날의 사티로스

◆═══ 이랬다저랬다하기 ◆═══

고대 우화에 다음과 같은 이야기가 있다. 어느 겨울날 한 사티로스가 숲 속을 거닐다가 갑작스러운 추위로 곤경에 처한 사람을 만났다. 사티로스가 그 사람의 행동이 특이하여 무엇을 하고 있느냐고 물었다. 그 사람은 추위에 손이 얼어서 입김을 불어 손을 녹이고 있다고 대답했다. 동정심이 생긴 사티로스는 그를 집에 데려가 몸을 녹일 뜨거운 죽 한 그릇을 대접했다. 그는 뜨거운 죽을 입김을 불어 식혔다. 그러자 사티로스는 가차 없이 그를 문밖으로 쫓아내며 사람이 내쉬는 숨이 동시에 덥히기도 하고 차갑게도 할 수 없다고 말했다. 이 이야기에서 비롯되어 오늘날 변덕이 심할 때 "이랬다저랬다하다blowing hot and cold"라는 표현을 쓴다.

인 레네우스에게 술을 권하기 위해 초대되었다. 그리고 또 이 사람 저 사람이 실레노스에게 수없이 잔을 올렸고, 실레노스는 주정뱅이 들의 수호자가 되었다.

켄타우로스

아레스의 아들 익시온은 나쁜 사람이었다. 그는 장인을 죽였고 제우스에게 용서를 받은 뒤에는 친할머니인 헤라에게 욕정을 품었다. 제우스는 익시온을 선하게 만들기 어렵다고 여기고 구름으로 헤라의 환영인 네펠레라는 여인을 만들었다. 익시온은 정욕을 참지 못하고 네펠레를 범한 죄로 영원히 불타는 바퀴(잉크스Iinx라 불리는 님프를 상징하는 것으로 지금도 마법사들이 사용하고 있으며, 오늘날 징크스jinx의 어원이 되었다)에 매달려 달리는 벌을 받았다. 익시온에게 강간당한 네펠레는 임신하게 되었고, 후에 그녀의 자궁 속 양수가 터져 소나기가 쏟아졌다. 그 결과 켄타우로스가 생기게 되었다.

켄타우로스는 문명세계의 변두리에서 살았다. 머리가 좋았으나 주체 못 할 음욕 때문에 태어나서 쉽게 자제력을 잃었고, 사티로스와 마찬가지로 욕정에 흔들렸다. 그러나 사티로스와는 달리 그는 굉장히 힘이 셌고, 흥분하면 매우 위험했다. 포세이돈이 카이니스를 용감무쌍한 남자 전사로 변신시켰는데(105쪽 참조), 켄타우로스가 그를 소나무 몸통으로 내리쳐 죽였다. 많은 인간이 켄타우로스를 친구로 삼

켄타우로스의 등에 탄 에로스, 그리스 원작의 로마 복제품

고자 노력했으나, 성격 밑바닥에 깔려 있는 비이성적인 본성 때문에 성공한 적이 없었다. 테살리아의 왕인 페이리토오스는 자신의 결혼식에 켄타우로스를 초대했다. 그는 얼마 지나지 않아 술에 취했고, 신부와 그녀의 수행자들을 폭행하여 결혼식이 피 튀기는 전쟁이 되었다. 이는 오비디우스의 작품에 잘 묘사되어 있다.

…발로 피가 흥건한 땅바닥을 치면서 그는 뒤로 쓰러지며 죽었다.
그의 입과 상처에서 흐른 피가 술과 섞여 샘처럼 솟아올랐다.
성정이 똑같은 형제들이 그의 죽음에 격앙되어
"전쟁이다! 전쟁이다!"라고 한목소리로 외치며 들고 일어났다.
그들은 모두 술에 취해 광포해졌고,
싸움이 시작되자 결혼식을 위해 준비한 술잔과
우아한 항아리, 접시 등이 날아다니며
공격과 살인의 무기가 되었다.

−오비디우스, 《변신 이야기》, 12권 220절 −

　현명하고 교양 있는 켄타우로스인 폴로스까지도 위험한 존재였
다. 폴로스가 그가 사는 동굴로 헤라클레스를 초대하여 환대할 때 함
께 있던 켄타우로스들이 술 냄새만 맡고도 취하여 흥분했다. 헤라클
레스는 그 난장판을 자신의 특기대로 눈에 보이는 켄타우로스들을
모두 죽여 수습했다. 이 소란 통에 독을 묻힌 화살이 발에 잘못 떨어
져 폴로스마저도 죽게 되었다. 그러나 폴로스는 비록 난장판으로 끝
났지만 의도 자체는 선했던 친절에 대한 보상으로 켄타우로스 별자
리 가운데 하나로 자리 잡았다(알파 켄타우로스Alpha Cantaurus는 은하계에
속한 별 가운데 우리의 지구와 가장 가깝다).

인간과 싸우는 켄타우로스, 파르테논 신전의 부조

　아킬레우스의 스승인 키론은 크로노스가 한 님프와 관계하여 낳은 출신 성분이 다른 선량한 켄타우로스 가운데 하나였다. 그런데도 그가 사냥한 짐승의 따뜻한 피를 아킬레우스에게 먹여 그가 난폭한 성격을 지니는 데 일조했다고 할 수 있다. 키론은 의약에도 관심이 많았다('centaury'는 약초로 쓰이는 수레국화속의 식물을 뜻한다). 그런데도 그가 헤라클레스가 쏜 히드라의 독을 묻힌 화살에 맞아 극심한 통증을 느낄 때 치료할 처방이 없었다. 그리고 별자리의 별이 되기 위해 자신의 불멸성을 포기했다. 그의 별자리는 켄타우로스 별자리에 속하지만 키론의 죽음이 헤라클레스가 쏜 화살 때문이라는 신화 내용에서 활쏘기와 켄타우로스의 죽음을 연관시켜 궁수자리sagittarius의 궁수는 보통 켄타우로스로 묘사된다.

영웅들과 그들의 모험

나는 무기와 인간을 노래한다.

−베르길리우스, 《아이네이스》 첫 구절−

호메로스 시대 이전의 영웅이란 완전 무장을 하고 멋진 경주용 마차를 갖춘 전사를 일컬었다. 그러나 헤라클레스, 페르세우스 등이 등장하는 고전시대의 신화 이후 영웅은 신들과 정기적으로 대화를 나누는 반신, 반인간적 존재였고, 신들의 도움으로 초인간적인 위업을 이루는 자였다(위험할 정도로 중독성이 강한 진정제인 헤로인heroin의 어원이 영웅hero에서 유래한다. 헤로인을 투여한 사람은 마치 자신이 영웅처럼 위대한 과업을 이룰 수 있을 것 같은 착각에 빠지기 때문이다). 영웅들의 위업 덕택에 괴물이 죽고 세상은 질서가 잡히며 좀더 안전해졌다. 크고 작은 수많은 영웅이 등장하는 신화가 있지만, 그 이야기들은 대부분 다음 장에서 다루게 될 이야기들의 일부분이다.

영웅 모험의 기본 요건

영웅의 운명은 먼 곳에 있는 목적지에 힘들게 다다라 그것이 괴물이면 죽이거나 보물이면 고향으로 가져오는 것인데, 영웅 페르세우스는 두 가지 모두 다 이루었다(다음 참조). 영웅들이 목적지까지 도달하는 데는 수많은 장해물이 있었고, 오로지 신들의 도움과 타고난 기지가 있어야만 극복할 수 있었다. 대개 영웅들은 태생적으로 불행했거나 또는 영웅에게 매우 적대적인 감정을 가진 여신으로부터 시달림을 받는 등 불리한 여건 속에서 활동을 시작했다. 제우스의 영웅적인 혼외 자식들은 이미 알고 있는 바와 같이 헤라로부터 시달림을 많이 받았다. 신화 속 영웅들은 비극적 결말을 맞기도 하지만, 대개는 시대와 장소를 불문하고 원하는 여자를 취했다는 공통점이 있다. 기본적으로 영웅들의 모험 이야기는 다음의 각 단계를 거친다.

1단계

출생　일반 사람들은 자격이 없다. 신화 속 영웅들은 귀족이거나 반신반인의 혈통을 타고나야 한다. 아르고선 선원들의 지도자 이아손은 왕족 혈통으로 태어났고, 제우스의 아들 헤라클레스까지도 흔쾌히 그 일원으로 모험에 뛰어들었다.

2단계

불우한 운명　영웅은 불우한 운명을 타고난다. 운명을 피하려는 시도는 늘 헛된 일이기 때문에 대부분의 영웅들은 가능한 한 도움이 될 만한 많은 대상과 함께 운명의 아픔을 나누는 것에 집중한다.

3단계

속박　우리의 영웅은 사악한 왕의 수중으로 떨어지고, 그는 영웅에게 교묘한 책략에 따른 임무를 부여하는데….

4단계

자살 행위와도 같은 임무

5단계

조력　자신에게 주어진 과업의 수행 방안을 골똘히 생각하는 영웅은 용감한 방법과 조력자들을 얻는다. 그들은 신일 수도 있고 인간일 수도 있다.

6단계

여정 영웅은 자신이 만나게 될 운명을 맞으러 길을 떠난다. 그는 가는 곳마다 적을 만나고 그들을 무찌르며 앞으로 나아간다. 헤라클레스는 복수심 강한 여신과 몽둥이를 잘 휘두르는 영웅이 짝을 이루어 가는 곳마다 잔인한 살육을 저질렀다.

7단계

임무 완수 임무를 잘 완수하면 매우 감동적일 때도 있으나 때로는 매우 싱겁게 끝나기도 한다.

8단계

귀환 임무를 마치고 돌아온다. 이때에도 수없이 많은 적을 만나지만, 갈 때보다 더 많은 시체를 남긴다.

9단계

결말 영웅은 돌아오는데 대체로 여자도 함께 데리고 온다. 이때 사악한 왕은 비참한 최후를 맞는다.

페르세우스
─메두사의 머리를 베다─

머리숱이 풍성한 다나에의 아들, 말의 사육사 페르세우스…
그의 신발에는 날개가 달렸고, 검은 칼집에 든 칼을 가졌다.

─헤시오도스, 《헤라클레스의 방패》, 215행─

페르세우스가 메두사의 머리를 베어 아테나와 함께 달아나고 있다.

출생 신들의 왕인 제우스와 아크리시오스 왕의 딸인 다나에 사이
에서 태어난 아들로 다나오스의 후손이다(56쪽 참조).

불우한 운명 페르세우스는 할아버지를 죽이는 운명을 타고났고, 아크리시오스 왕은 딸 다나에가 임신하지 못하도록 갖은 노력을 기울였다. 그러나 제우스가 찬란한 황금 우박으로 변신하여 다나에의 방으로 뚫고 들어옴으로써 아크리시오스 왕의 노력은 헛일로 돌아갔다.

속박 어머니 다나에와 함께 쫓겨난 페르세우스는 다나에가 폴리덱테스 왕과 결혼하면서 그의 밑에서 자란다. 나중에 페르세우스가 성장하자 세금으로 말을 공납하라고 했다. 폴리덱테스 왕은 페르세우스가 이를 납부할 수 없음을 알고 있었다.

자살 행위와도 같은 임무 페르세우스는 고르곤 가운데 한 명인 메두사를 찾아내어 납부하지 못한 말 세금 대신 그녀의 머리를 베어오라는 명령을 받았다.

조력 페르세우스는 헤르메스로부터 아주 단단하고 날선 검과 청동제 방패를 받은 것은 물론 그의 날개 달린 신발도 빌렸다. 아테나로부터는 메두사를 찾아내는 방법을 도움받았다. 한 우호적인 님프는 머리에 쓰면 보이지 않게 되는 모자를 주었다.

여정 페르세우스는 메두사의 거처를 알고 있는 세 마녀의 도움을 받아 메두사가 살고 있는 동굴로 안내되었다. 세 마녀는 눈 하나와

고르곤 메두사

　　포르키스와 케토 사이에서 뛰어난 미모의 세 딸이 태어났는데, 그들을 고르곤이라고 불렀다. 셋 가운데 오직 메두사(여왕)만이 인간이었고 나머지 둘은 신이었다. 슬프게도 고르곤은 자신들의 외모를 지나치게 자랑스러워했고, 심지어는 그들의 아름다움이 위대한 신들과 비교해도 더 낫다고 자랑할 지경에까지 이르렀다. 이런 그들의 건방진 태도는 메두사가 포세이돈과 정을 통하지만 않았어도(그것도 아테나의 신전 안에서) 용서받았을 것이다. 이 일로 아테나는 고르곤의 외모를 소름끼치게 무서운 모습으로 바꾸었다. 특히 아테나는 메두사에게 그녀의 곱슬머리를 땅을 기어가는 뱀으로 바꾸고, 그녀의 모습도 끔찍하게 바꾸어 그녀를 보는 즉시 놀라고 무서워서 돌로 변했다.

이빨 하나를 함께 쓰고 있었다. 그의 선한 본심과는 어긋나게도 페르세우스는 그녀들이 하나뿐인 눈을 손으로 서로 주고받는 순간 그 눈을 빼앗아 협박하여 그녀들로부터 필요한 정보를 얻었다. 떠날 때 그는 그들의 눈을 돌려주지 않고 근처 연못에 던졌다.

　　임무 완수　페르세우스는 몸이 보이지 않게 되는 모자를 쓰고 방패를 거울삼아 메두사의 목을 베었다. 그러고는 다른 두 고르곤이 무슨 일이 일어났는지 알아보는 사이에 날개 달린 신발을 신고 도망갔다.

귀환 이집트에 잠깐 들렀다가 집으로 돌아오는 길에 페르세우스는 바다 괴물이 잡아먹으려고 바위에 쇠사슬로 묶어놓은 안드로메다를 만났다. 그녀의 어머니 카시오페이아가 안드로메다의 미모가 신들과 비교될 정도로 뛰어나다고 말해 신들의 노여움을 샀기 때문이다. 페르세우스는 괴물을 죽이고 안드로메다와 결혼했다. 그녀의 이전 약혼자와 그의 부하들이 저항하자 메두사의 얼굴로 돌로 만들었다.

결말 페르세우스는 자신을 괴롭힌 폴리덱테스 왕을 돌로 만들고 다나에는 자유의 몸이 되었다. 그 후 운동 경기에서 원반을 잘못 던져 자신의 할아버지 아크리시오스 왕을 맞혔고, 결국 예언대로 할아버지를 죽였다. 그 후 고대 신화에서는 특이하게 페르세우스와 안드로메다는 행복하게 살았다.

각주 아테네의 중장보병hoplites의 방패에는 메두사의 머리가 그려진 경우가 더러 있는데, 이는 메두사의 머리가 달린 아테나의 무적 방패 아이기스 같은 효력을 원했기 때문이다.
페르세우스의 아들 페르세스는 동쪽으로 가서 페르시아국의 선조가 되었다. 페르세우스, 안드로메다, 카시오페이아는 죽어서 하늘의 별이 되었다. 안드로메다는 완전한 모습의 성운galaxy이 되었고, 페르세우스는 그보다 작은 성단constellation이 되었다. 페르세우스의 두 번째 큰 별은 고르곤 메두사를 상징한다. 따라서 너무 오랫동안 쳐다보지 않는 것이 좋다.

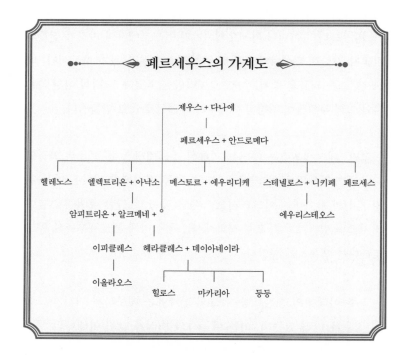

후대의 예술과 문명에 비친
페르세우스와 메두사

    티치아노의 〈황금비를 맞는 다나에〉(1553)에서 매우 감각적으로 표현된 것처럼 페르세우스 신화에 연관된 폭력과 관능성은 많은 예술가에게 창작욕을 불러일으키는 주제였다.

    조각에서는 벤베누토 첼리니의 〈메두사의 머리를 들고 있는 페르세우스〉(1545~1554)가 있고, 1801년에 처음 공개된 안토니오 카노바의 〈고르곤 메두사의 머리를 들고 있는 페르세우스〉가 있다. 이 두 작품은 이탈리아 스타비아이에 있는 산마르코 저택의 로마식 프레스코 벽화에서 테마를 가져왔다.

    회화에서는 카라바초의 〈메두사〉가 있다(그는 이 주제를 너무 좋아하여 16세기 후반에 두 작품을 제작했다). 얀 브뤼헐 형제 가운데 형과 페테르 파울 루벤스가 공동 제작한 〈메두사의 머리〉(1617~1618)가 있다.

카노바, 〈고르곤 메두사의 머리를 들고 있는 페르세우스〉, 1801년
페르세우스가 메두사의 머리를 들고 있다.

후대의 예술과 문명에 비친
페르세우스와 안드로메다

안드로메다 이야기는 시대를 지나며 예술가들이 가학피학성 변태성욕이라는 주제를 고급 예술로 표현할 기회를 주었고, 많은 예술가가 시도했다. 루벤스의 〈안드로메다〉(1638), 피에르 미냐르의 〈페르세우스와 안드로메다〉(1679), 테오도르 샤세리오의 〈네레이스들에 의해 바위에 쇠사슬로 묶여 있는 안드로메다〉(1840), 조르조 바사리의 〈페르세우스와 안드로메다〉(1570~1572), 귀스타브 도레의 〈안드로메다〉(1869), 에드워드 포인터의 〈안드로메다〉(1869)가 있다.

(신화에는 안드로메다가 벌거벗은 채 바위에 묶였다는 이야기는 없는데, 이상하게도 고전시대 이후 예술가들은 모두 나체로 묶여 있었다고 주장한다. 안드로메다의 옷이 괴물의 이빨 사이에 끼어 벗겨졌기 때문일 것이다). 조각 작품으로는 대니얼 체스터 프렌치의 나체로 조각된 〈안드로메다〉(1929)와 피에르 퓌제의 일부만 나체로 조각된 〈페르세우스와 안드로메다〉(1678~1684)가 있다. 오페라는 안톤 치머만이 〈안드로메다와 페르세우스〉(1781)를 작곡했다.

에드워드 포인터가 묘사한 바위에 묶인 안드로메다

벨레로폰
─리키아 공군─

가공할 괴물 키마이라, 아마존의 여전사들…
이들 모두를 리키아에서 가장 용맹스러운 용사 벨레로폰이 죽였다.

─호메로스, 《일리아스》, 6권 179~190절─

출생 벨레로폰의 아버지는 코린토스의 왕 글라우코스였고 할아버지는 시시포스였다. 그는 활달한 청년으로 원래 이름은 히포노오스였는데, 벨레로스라는 사람을 죽여 아르고스로 쫓겨났다(벨레로폰의 뜻은 '벨레로스를 죽인 자'다).

불우한 운명 없음

속박 아르고스의 왕비 안테이아가 벨레로폰을 사랑하여 그를 유혹했다. 그때 안테이아는 이미 그 지역의 왕과 결혼한 상태였기에 벨레로폰은 입장이 매우 곤란했다. 그가 그녀를 거절하자 그녀는 거짓말로 벨레로폰이 자신을 겁탈하려 했다고 고발했다.

자살 행위와도 같은 임무 원래는 소아시아 리키아에서 여러 가지 임

◈ 벨레로폰의 할아버지 ◈

　매우 교활한 시시포스는 코린토스에서 열리는 이스트미아 경기대회Isthmian Games(코린토스 지협 이름에서 인용)의 창시자였다. 그 경기는 로마제국 시대까지도 열렸다. 제우스가 강의 신 아소포스의 딸을 겁탈하려고 납치했다. 이때 시시포스가 아소포스에게 딸이 납치된 곳을 알려주었고, 그에 대한 보답으로 메마른 코린토스에 피레네Pirene라는 샘을 선물받았다. 화가 난 제우스는 시시포스를 타르타로스에 던져 넣었지만, 교활한 시시포스는 잔꾀를 부려 탈출했다.

　시시포스는 죽기 전 아내에게 자신의 시체를 땅에 묻지 말고 그대로 두고 장례도 치르지 말라고 일렀고, 아내는 그대로 따랐다. 지하세계로 내려간 시시포스의 영혼은 지하세계의 왕 하데스에게 자신을 제대로 장사를 치르지 않은 아내를 벌하기 위해 다시 지상세계로 잠시 올려보내 줄 것을 부탁했다. 하데스에게 허락을 받고 돌아온 시시포스는 잠시 동안의 외출을 무시하고 지상세계에서 오랫동안 행복한 두 번째의 삶을 살았다. 이때 차세대의 코린토스 왕이며 벨레로폰의 아버지 글라우코스를 낳았다.

　시시포스가 두 번째 삶을 마치고 지하세계로 가자 속았던 하데스가 그에게 복수했다. 시시포스는 거대한 돌을 산 위로 밀어 올리는 일을 하도록 저주받았다. 그 일은 끝없이 계속되었다. 돌이 산꼭대기에 도달하기 전에 다시 산 밑으로 굴러 내려가 또다시 산꼭대기까지 밀어 올려야 했다. 오늘날 성과 없는 일이나 끝없이 반복되는 일을 말할 때 '끝없는 헛고생Sisyphean labour'이라고 한다.

무를 수행하는 것이나 주 임무는 괴물 키마이라를 죽이는 것이었다. 그 괴물은 무서운 티폰의 자식으로(31쪽 참조) 입에서 불을 내뿜었다. 몸의 앞부분은 사자, 중간 부분은 암염소, 꼬리는 뱀의 형상이었다. 현대에서는 서로 다른 동물과의 교배로 태어난 기형 동물을 키마이라라고 부른다.

조력 날개 날린 천마 페가소스와 그보다는 조금 덜 유명한 형제 크리사오르는 포세이돈과 메두사의 불륜으로 태어났다(198쪽 참조). 메두사가 페르세우스에게 목을 베일 때 땅에 흘린 피(이미 포세이돈의 정액으로 메두사의 핏속에는 생명이 잉태되어 있었다)에서 페가소스가 나왔다. 포세이돈이 말의 신이기도 했기 때문이다. 페가소스가 그리스로 날아가 파르나소스 산에 도착했을 때 말발굽이 땅에 닿은 곳에서 샘이 솟았다. 바로 이 샘이 히포크레네Hippocrene이며 많은 시인이 이 물을 마시고 영감을 얻었다.

벨레로폰이 아테나에게 도움을 청하자 그녀는 마법의 안장을 내려주었고, 벨레로폰은 그것으로 천마 페가소스를 길들였다.

여정 특별한 사건은 없었다. 안테이아 여왕의 남편 아르고스 왕은 한 통의 편지와 함께 벨레로폰을 그의 새로운 후원자가 될 리키아 왕에게 보냈다. 그 편지는 벨레로폰을 즉시 죽여 없애달라는 내용이었으나, 다행히도 그 후원자는 한참 뒤까지도 그 편지를 뜯어보지 않았다.

임무 완수 벨레로폰은 납으로 만든 창을 키마이라의 목에 던져 맞혔고, 키마이라가 불을 뿜으며 숨을 내쉬자 납으로 된 창이 녹아 기도를 막아 질식해 죽었다.

귀환 그 후 벨레로폰은 리키아에 계속 머물렀다. 후원자 리키아 왕이 나중에서야 편지를 읽고 벨레로폰을 죽여달라는 사실을 알고는 어쩔 수 없이 그와 페가소스를 여러 번 적들에게 보내 싸우게 했다. 하지만 벨레로폰은 그때마다 번번이 승리하고 돌아왔다. 결국 리키아 왕은 벨레로폰을 죽이려는 시도를 포기했고, 그에게 모든 것을 털어놓은 뒤 자신의 딸과 결혼을 승낙했다.

임무 완수 오랫동안 평화와 번영 속에서 지내게 되자 벨레로폰은 안달이 나고 거만해졌다. 나중에는 천마 페가소스를 타고 신들이 사는 올림포스 산으로 올라가보기로 했다. 제우스가 크게 화를 내며 말파리를 보내 천마 페가소스를 찌르게 했고, 놀란 말이 몸을 비틀자 벨레로폰은 말에서 떨어졌다. 그는 절름발이가 되었고, 몸이 심하게 일그러졌으며, 집으로 돌아갈 수도 없게 되었다. 이에 대한 호메로스의 《일리아스》 6권 200절의 표현은 다음과 같다. "신들에게 미움을 받아 그는 들판을 혼자 헤매고 다녔으며, 배가 고파도 먹을 것이 없어 자신의 심장을 꺼내 먹었다. 그는 사람들이 다니는 길을 피해 다녔다." 그는 유랑 중에 죽었다. 후에 나폴레옹 보나파르트 황제가 세인트헬레나 섬으로 유배될 때 그를 태우고 간 배들 가운데 하나의 이름이 벨레로폰이라는 사실이 매우 흥미롭다.

　　각주　페가소스는 죽음을 피할 수 없는 존재였고, 죽은 뒤에는 별자리가 되었다. 페가소스는 고전 신화에서 가장 잘 인용되는 상징 가운데 하나며 많은 예술 작품에서 다루어졌다. 이 번역서의 영어판 원고는 페가수스라고 불리는 회사에서 만든 컴퓨터로 작성되었고, 그 회사는 나중에 페가수스Pegasus에서 앞의 세 글자를 떼고 아수스Asus로 이름을 바꾸었다.

후대의 예술과 문명에 비친 벨레로폰

　　모든 시대에 걸쳐 날개 달린 말은 예술가들이 좋아하는 주제였다. 조반니 바티스타 티에폴로는 〈페가소스를 탄 벨레로폰Bellerophon on Pegasus〉(1746~1747)을, 루벤스는 〈페가소스를 타고 키메라를 공격하는 벨레로폰Bellerophon Riding Pegasus Firhgts the Chimera〉(1635)을, 요한 네포묵 샬러는 조각 작품 〈키마이라와 싸우는 벨레로폰Bellerophon Fighting Chimera〉(1821)을 제작했다.

이아손
―황금을 찾아서―

프릭소스의 명령으로
우리는 아이에테스 왕 궁전으로 들어가서
그곳에 보관된 황금 털이 북실북실한
양가죽(황금 양모)을 꺼내왔고,
그것을 타고 프릭소스는 바다 건너 먼 나라로 도망갔다.

―핀다로스, 《피티아 송가 제4편》, 285―

출생 테살리아 소왕국 왕의 아들로 태어났으나, 아버지가 퇴위당하는 등의 복잡한 사정으로 켄타우로스인 키론에 의해 길러졌다.

불우한 운명 이아손의 불우한 운명은 펠리아스 왕 때문이었다. 헤라는 펠리아스 왕에게 악의를 갖고 있었다. 펠리아스 왕은 신발을 한 짝만 신고 있는 사람을 조심하라는 예언을 받았다.

속박 이아손이 강을 건너다가 신발 한 짝을 강에 빠뜨려 잃어버렸다. 하지만 이미 신발을 한쪽만 신고 있는 사람을 조심하라는 예언을 받은 펠리아스 왕에게 나타난 것이 잘못이었다.

자살 행위와도 같은 임무 그에게 주어진 과업은 프릭소스가 타고 도망간 황금 양털을 찾아 테살리아로 가져오는 것이었다. 황금 양털에 얽힌 이야기는 다음과 같다. 네펠레(188쪽 참조)는 테살리아의 초대왕 아타마스와 결혼하여 아들 프릭소스와 딸 헬레를 낳았다. 테살리아 왕은 일부다처주의자로 카드모스와 하르모니아의 딸인 이노를 두 번째 아내로 얻었다(142쪽 참조). 그런데 이노는 첫 번째 아내 네펠레가 낳은 두 자식을 질투했다. 이노의 계략으로 밭에 심어놓은 곡식 종자가 가뭄과 더위로 말라 죽어 왕국의 수확에 큰 차질이 생겼다.

이 사실을 알게 된 왕이 델포이의 아폴론 신전에 왜 그렇게 된 것인지에 대한 진위를 확인하러 사절단을 보냈고, 이노는 그 사절단을 매수하여 "네펠레의 두 자식을 신들에게 제물로 바치면 모든 일이 순조롭게 된다"고 왕에게 거짓 보고를 하도록 만들었다. 이 소식을 들은 네펠레는 평소에 신들과의 친분관계를 이용해 헤르메스로부터 마법의 양을 구했다. 그의 두 자식은 그 양을 타고 날아서 바다 건너 동쪽으로 도망갔다. 그런데 유럽과 아시아 중간 지점 바다 위에서 헬레가 부주의로 양에서 떨어져 익사했다. 이 일이 있은 후 이곳을 헬레스폰트Hellespont(헬레의 바다)라고 부르게 되었다. 프릭소스는 계속 양을 타고 흑해 연안에 있는 콜키스Colchis에 도착했다. 그러고는 타고 온 양을 잡아 신들에게 감사의 제물로 바치고 황금 털이 북실거리는 가죽은 나무에 못질하여 펼쳐둔 다음 용에게 지키게 했다.

제물로 바친 양은 하늘로 올라가 양자리Aries(라틴어로 '양ram'이라는 뜻이다)가 되었다. 양자리가 보이는 시기가 되면 농부들은 밭에 씨를 뿌릴 때가 되었다고 생각했다. 더 일찍 씨를 뿌리면 씨앗이 말라 죽었다. 프세우도-히기누스는 그의 책 《천문학Astronomica》 2권에 농사와 별자리와의 관계에서 이 같은 신화가 만들어지게 되었다고 했다.

조력 이아손은 모험을 함께할 동료를 찾았다. 음악가 오르페우스, 헤르메스의 두 아들, 펠리아스 왕의 아들, 제우스의 쌍둥이 아들 디오스쿠로이(카스토르와 폴리데우케스), 영웅 헤라클레스 등이 함께했다. 이아손은 아테나의 가르침에 따라 배 한 척을 만들었고 아르고라고 이름 지었다. 아르고선의 뱃머리는 도도나에 위치한 제우스 신탁 사원 경내에 있는 떡갈나무로 만들어 지각 능력이 있었으므로 자신의 의견을 거침없이 말했다.

여정

1. 아르고선은 출항한 후 렘노스 섬에 도착하여 머물렀다. 그곳에는 여자들이 모든 남자를 죽이고 여자들끼리만 살고 있었다. 여자들은 뱃사람들을 매우 반겼고 이아손은 여자 우두머리인 힙시필레와의 사이에서 여러 명의 자녀를 낳았다.

2. 다음에는 헬레스폰트 부근의 도시에 머물게 되었는데, 그곳의 왕 키지코스의 공격을 받았다. 용맹한 선원들을 공격한 것은 매우 잘못된 선택이었다. 아르고선에는 헤라클레스가 함께 타고 있었기 때문이다. 키지코스는 죽임을 당해 그의 이름을 딴 도시

옆에 묻혔고, 그 도시는 고전시대에 매우 큰 규모의 도시로 성
장했다.

3. 그 후 항해하면서 어려운 일을 많이 겪었다. 바다에 떠다니는
돌들을 지날 때는 모든 배가 파선되었지만, 아르고선은 모든 어
려움을 이겨내고 항해를 계속했다. 아르고선 선원들이 하르피
이아로부터 장님 예언자 피네우스를 구했고, 그의 인도를 받아
항해했다. 나중에 세이렌들이 살고 있는 무서운 지역을 통과할
때도 오르페우스의 도움을 받아 무사히 통과했다(211쪽 참조).

임무 완수 황금 양털을 갖고 있던 아이에테스(파시파이 형제, 235쪽
참조) 왕은 이아손에게 밭을 갈아 씨를 뿌리면 황금 양털을 넘겨주기
로 했다. 그러나 쟁기를 끄는 황소는 사람을 죽이는 놋쇠로 된 발을

◆ 하르피이아와 세이렌 ◆

신들의 아름다운 전령 이리스에게는 두 명(또는 세 명)의 고약한
자매가 있었는데, 그들이 하르피이아다. 하르피이아Harpyia는 '잡
아채는 자'라는 뜻이다. 그들은 음식물을 가진 사람들을 공중에서
급습하여 사람들이 음식물을 먹기 전에 빼앗아 달아났다. 빼앗기
지 않은 음식도 그들의 악취에 오염되어 먹을 수 없었다. 그들의 날

개는 무기처럼 단단했으며 얼굴은 굶주림으로 창백했다. 그들은
예언가 피네우스를 가두고 고문했다. 아르고선 선원들이 그들을
쫓아내자 그들은 멀리 있는 한 섬에 다시 자리를 잡았고, 나중에 아
이네아스가 이탈리아로 가는 도중에 다시 만났다.

그리스 꽃병의 하르피이아, 기원전 7세기경

　세이렌들은 페르세포네를 시중드는 처녀들이었는데, 여신을 보
호하지 못한 죄로 새같이 변했다. 그들은 이탈리아 남쪽 섬에 살았
으며, 그곳을 지나는 배의 선원들을 아름다운 노래로 홀려서 죽게
만들었다. 그러나 그들의 치명적 약점은 노래로 뱃사람을 홀려 죽
이지 못하면 그들이 죽는다는 것이었다. 아르고선 선원들이 세이
렌과 맞닥뜨렸을 때 세이렌의 노래가 오르페우스의 노랫소리를 이
길 수 없게 되자 동쪽 지역의 세이렌들은 모두 소멸되었다. 훗날 오
디세우스가 세이렌의 유혹을 이겨내 또 다른 세이렌들도 죽게 되
었다. 19세기에 증기선이 출현하고 증기선이 내는 신호음의 보통
명사를 사이렌siren이라고 했다. 이 사이렌은 매혹적이지만 피해야
하는 소리이기도 하다.

갖고 있었다. 게다가 씨앗은 용의 이빨이었는데, 이것을 심으면 싹에서 무장한 용사들이 나왔다.

그러나 이아손은 매우 매력적인 마녀이자 아이에테스 왕의 딸 메데이아의 마음을 사로잡았고, 메데이아는 황소에게 독약을 먹여 죽였다. 그러고는 이아손에게 싹에서 솟아나는 무장한 용사들에게 돌을 던지면 그들끼리 싸워 모두 죽게 될 것이라고 가르쳐주었다. 황금 양털을 지키는 용이 이아손을 삼키려고 했으나 메데이아가 이를 막아 이아손은 무사했다.

귀환 이아손이 황금 양털을 갖고 떠나자 아이에테스 왕이 쫓아왔다. 이때를 대비해 메데이아는 어린 남동생을 데리고 왔다. 그녀는 어리고 불운한 자신의 남동생을 토막 내서 시간 간격을 두고 하나씩 바다에 던졌다. 아버지로 하여금 자식의 시체를 모두 건져 장례를 치르게 하기 위해 추격을 포기할 수밖에 없게 만들었다. 이런 메데이아의 끔찍한 범죄 때문에 아르고선 선원

용의 입으로 나오는 이아손

신부 글라우케(중앙) 옷에 불이 붙자 메데이아가 출발 준비를 하고 있다.

들은 마녀 키르케에게 정화의식을 치러야 했다(325쪽 참조).

결말 메데이아는 펠리아스 왕의 딸들에게 그들의 늙은 아버지가 젊음과 영원한 삶을 누릴 수 있는 방법을 알려주었다. 그는 그들에게 아버지를 죽여서 살을 잘게 썰어 양념하여 삶아야 한다고 설득했다. 딸들은 그대로 실행했으나 아버지는 다시 살아나지 못했다. 이아손과 메데이아는 추방되어 코린토스로 가서 살았다.

그곳에서 산 지 10년이 지났을 때 이아손은 코린토스의 공주 글라우케(시시포스의 후손, 203쪽 참조)와 결혼하기 위해 메데이아와 이혼했다. 메데이아는 이아손의 새 신부에게 화려한 신부 예복을 선물했다. 그러나 신부가 그 옷을 입자 불길이 타올라 글라우케와 그의 아버지가 타 죽었다. 새 신부가 그 옷을 입고 불꽃이 피어나는 그 순간에만 빛나는 모습이었을 것이다. 메데이아는 이아손과의 사이에서 낳은 자식들을 모두 죽인 뒤 용이 끄는 전차를 타고 아테네로 도망쳤다.

그 후 이아손은 폐인이 되어 사랑하는 아르고선의 그늘에 앉아 화려한 과거의 영광을 그리워하며 지내는 신세가 되었다. 그러나 배는 낡아서 썩어버렸고 썩은 뱃머리 장식이 이아손에게 떨어져 죽고 말았다.

메데이아 이야기는 고대 그리스 희곡 작가 에우리피데스가 연극으로 만들어 더욱 유명해졌다. 플리니우스 형제 가운데 형에 의하면 이탈리아 에트루리아Etruria에 있는 주노 신전(그리스 아르고스의 수호신 헤라 사원)은 이아손이 세웠다고 전해진다. 그렇다면 아르고선 선원들은 기록되지 않은 많은 모험 여행을 했다는 것일 터다.

후대의 예술과 문명에 비친
이아손과 메데이아

예술가들에게 메데이아는 매우 인기 있는 주제였고, 후대에 이르러서는 영웅 이아손보다 더 관심을 끄는 주인공이 되었다. 회화에서는 귀스타브 모로의 〈이아손과 메데이아Jason and Medea〉(1862), 프레더릭 샌디스의 〈메데이아Medea〉(1866~1868), J. W. 워터하우스의 〈이아손과 메데이아〉(1907), 버나드 사프란의 〈메데이아〉(1964), 외젠 들라크루아의 〈메데이아〉(1862)가 있다. 오페라는 마크앙투안 샤르팡티에의 〈메데이아〉(1693)가 있다.

귀스타브 모로, 〈이아손과 메데이아〉, 1862년

프시케와 큐피드

한 소녀가 소년 신을 만나고, 그 소년 신을 잃고, 다시 그 소년 신을 차지한다는 너무나 흔한 이야기는 나중에 신화에 추가된 이야기다. 그리고 이 이야기는 현존하는 고대 로마 시대에 쓰인 두 개의 소설 가운데 하나인 아풀레이우스의《황금 당나귀Golden Ass》에 나타난다.

출생 확실하지는 않지만 한 왕의 딸이며 매우 뛰어난(그래서 위험한) 미모를 타고났다. 프시케의 어원은 그리스어로 '영혼soul'이라는 뜻이다.

불우한 운명 비너스(이 이야기는 로마 신화이며 로마의 비너스는 그리스의 아프로디테에 해당된다)의 질투에 찬 분노.

속박 프시케의 애정생활을 방해하기 위해 비너스가 보낸 큐피드 때문에 프시케는 큐피드와 사랑에 빠졌다. 큐피드는 프시케를 한 궁전으로 데리고 갔다. 그곳에는 프시케가 큐피드를 보는 것이 금지되어 있는 것 외에는 모든 것이 갖추어져 있었다. 프시케가 금기 사항을 어기고 큐피드를 쳐다보았을 때 큐피드는 달아나버렸고 프시케의 운명은 비너스의 손에 맡겨졌다.

자살 행위와도 같은 임무 비너스는 프시케에게 큐피드를 되찾기 위해서는 각 단계마다 죽음의 위험이 가중되는 다음의 과업들을 완수해야 한다고 했다.

- 어마어마하게 큰 바구니에 섞여 있는 곡식을 종류별로 선별하기 (동정심을 가진 개미들의 도움으로 완수한다)
- 살인적으로 난폭한 양의 황금 털 깎아오기(친근하게 지낸 강의 신의 도움을 받아 완수한다)
- 접근이 불가능한 절벽 위 독사들이 지키고 있는 샘에서 물 떠오기(친절한 독수리의 도움을 받아 완수한다)
- 지하세계로 내려가 그곳의 왕비 페르세포네로부터 선물받아오기(이 일을 완수하기 위해 프시케는 지하세계로 내려갔으나 성공하지 못하고 영원한 잠에 빠지게 되었다)

귀환 프시케를 용서한 큐피드는 그녀를 잠에서 깨웠다. 큐피드는 사람이나 동물의 성욕을 느끼게 하여 번식을 하게 만드는 일을 담당하고 있었기 때문에 그가 불만을 갖고 자신의 임무를 소홀히 하면 사람이나 동물이 줄어들거나 사라지게 되었다. 큐피드는 이것을 무기로 신들을 압박했다. 이에 굴복한 신들의 회의에서 주피터(지금의 이야기는 로마 신화이므로 제우스의 로마 이름인 주피터를 사용)는 프시케는 큐피드와 결혼하고, 신들이 먹는 음식인 암브로시아ambrosia를 먹음으로써 신이 되어야 한다고 결정했다.

결말 이 이야기는 사랑하는 연인들이 영원히 행복하게 살게 되었다는 내용이다. 특히 '영원히'라는 의미가 강조되었다. 큐피드와 프시케 사이에서는 쾌락의 여신 볼룹타스가 태어났다.

후대의 예술과 문명에 비친 프시케와 큐피드

프랑스인들의 전설적인 '사랑'에 대한 애착과 더불어 프랑스 예술가들이 이 매력적인 이야기 묘사에 선도적 역할을 했다는 것은 놀랄 일이 아니다. 윌리엄 아돌프 부그로의 〈어린 프시케의 사랑L' Amour et Psyché, enfants〉(1889)에서 오늘날 밸런타인데이 엽서에서 자주 볼 수 있는 어린아이 같고 귀여운 한 쌍을 잘 표현하고 있다. 프랑수아 에두아르 피코의 〈프시케의 사랑L' Amour et Psyché〉(1840경)은 좀더 극적으로 묘사되었다. 그러나 가장 감동적으로 묘사된 작품은 안토니오 카노바가 1787년에 제작한 대리석 조각 〈큐피드의 입맞춤으로 잠에서 깨어나는 프시케Psyché ranimée par le baiser de l'Amour〉가 있으며 현재 루브르 박물관에 전시되어 있다.

아탈란타
─여주인공의 시련─

달리기 시합에서 앞서 달려가기 시작한 젊은 남성들을 모두 물리친
처녀 달리기 선수의 이름을 당신은 들어본 적 있을 것이다.

─오비디우스, 《변신 이야기》, 10권(존 드라이든의 영문 번역본)─

출생 아탈란타의 아버지는 아들을 원했다. 아내가 아들이 아닌 딸을 낳자 너무 실망한 나머지 딸을 아르카디아 황무지에 버려 죽게 했다. 그러나 로마 건국의 조상들인 로물루스와 레무스 형제 이야기의 전편인 것처럼 버려진 아탈란타를 야생 동물이 데려다 키웠다. 그녀는 암곰이 젖을 먹여 키웠고, 후에는 사냥꾼들이 발견하여 그녀를 길렀다.

아이를 데려다 키운 사냥꾼들도 놀랄 만큼 소녀는 자라면서 달리기와 씨름, 활쏘기에서 특출한 재능을 보였고 더불어 미모도 매우 뛰어났다. 소녀는 씨름 경기에서 아킬레우스의 아버지 펠레우스와 겨루어 이겼고, 그녀를 겁탈하려던 두 켄타우로스를 살해한 적도 있었다. 그녀는 아르고선 선원 모집에 지원했으나 남성 호르몬이 넘쳐흐르는 혈기 왕성한 선원들 속에 이 말괄량이 미인을 동행시킬 때 생길 문제점들을 고려한 이아손이 받아들이지 않았다.

불우한 운명 모든 남성이 매혹될 수밖에 없는 절세미인이 순결을 지킨다는 절대적인 서원을 하게 되면 이 모순적 상황에서 이 여인의 운명은 어떻게 전개될 것인가.

임무 아탈란타는 어떤 희생을 치루더라도 사는 동안은 순결을 지키기로 하고 이것을 자신의 사명으로 여겼다. 그녀의 비상한 능력과 뛰어난 미모를 고려할 때 순결을 지키기로 한 결심은 쉬운 일이 아니었다. 특히 그리스의 모든 남성이 그녀의 그런 태도가 남성에 대한 도전이라고 여기게 되었다. 게다가 아프로디테가 여자의 순결 자체를 자신에 대한 개인적 모욕이라고 생각했다. 특히 아름다운 처녀가 순결을 너무 당당하게 이야기하면 더욱더 모욕감을 느꼈으므로 아프로디테가 개입하게 된 것이다.

난관들 다음에 아탈란타가 맞닥뜨려야 할 난제는 막심한 피해를 끼치고 있는 광포한 돼지를 물리치는 일이었다. 이 과업은 남성우월주의에 사로잡혀 횡포를 부리는 남자들을 상대해야 하는 것이 아니라, 거대하고 광포한 야생 돼지를 상대하는 일이었다. 이 동물들이 나타난 이유는 이 지방을 다스리는 왕이 아르테미스에게 제물 바치는 것을 잊고 빠뜨리자 화가 난 여신이 벌로 칼리돈Calydon에 멧돼지를 출몰시킨 것이다. 자신이 다스리는 곳의 농토가 이 동물들에 의해 황폐해지자 왕은 땅 위의 모든 영웅에게 대규모의 멧돼지 사냥에 동참해줄 것을 요청했다. 임무를 마치고 돌아온 아르고선 선원들 가운데 몇몇이 아탈란타와 함께 참여하여 사냥 임무를 성공적으로 완수했다. 사냥에 참가한 아르고선 선원들 가운데 멜레아그로스라는 젊고 잘생긴 왕자가 있었다.

아탈란타는 멧돼지 사냥에서 결정적인 공을 세웠다. 그녀가 쏜 화살이 멧돼지를 맞혀 치명상을 입혔던 것이다. 수훈 공로자에게 주는 상금(멧돼지 가죽)을 여자에게 주는 것에 대해 다른 사냥꾼들의 반발이 있었지만, 멜레아그로스는 고집을 꺾지 않고 아탈란타가 그 가죽을 가져야 한다고 주장했다. 이 문제는 멜레아그로스와 그의 삼촌들 간의 다툼으로 번졌다. 결과적으로 그의 삼촌들과 함께 그도 죽게 되었다.

고대의 여행작가 파우사니아스의 기록에 의하면 남쪽 그리스에 샘이 하나 있는데, 이것은 아탈란타가 바위를 그녀의 창으로 깨뜨린 곳에서 물이 솟아나서 생긴 것이라 한다.

임무 완수 이후 아탈란타는 전보다 더욱 남성에게 실망했다. 그러나 아탈란타는 그녀가 결혼하기를 바라는 아버지와 화해했다. 아탈란타는 한 가지 조건을 붙여 결혼하는 데 동의했다. 약혼자들이 그녀에게 구혼하는 것이 아니라 그녀가 무기를 들고 약혼자들과 경쟁해 마음에 드는 자를 택하겠다고 했다. 시합은 달리기였고 우승자는 아탈란타의 손과 처녀성을 상으로 받기로 했다. 그러나 달리기에서 발이 빠른 여자 사냥꾼에게 지는 자는 아탈란타에게 목숨을 내놓아야 했다.

아탈란타는 매우 매력적이었으나 달리기는 누구보다 빨랐다. 곧 아탈란타에게 잘린 실연자들의 머리가 달리기 경주장 옆에 수북이 쌓였다.

멜레아그로스와
운명의 세 여신

어느 날 멜레아그로스가 어린아이였을 때 난로 옆에 아기가 누워 있었다. 운명의 세 여신이 나타나 그 아이의 운명에 대해 상의를 시작했고, 이를 아이의 어머니가 엿듣게 되었다. 운명의 세 여신 가운데 클로토와 라케시스는 아이에게 고상한 미래를 준비해주었으나, 인간의 생명 줄을 끊는 아트로포스는 슬픈 표정으로 난로 속에서 타고 있는 장작을 쳐다보며 "이 나뭇가지가 다 타고 나면 이 아이의 목숨도 끊어질 것이다"라고 말했다. 이 말을 들은 아이의 어머니는 운명의 세 여신이 사라지자마자 바로 불타는 장작을 화로에서 꺼내 불을 껐다. 그러고는 타다 남은 장작을 깊은 곳에 은밀하게 숨겨놓았다.

멜레아그로스는 자라서 다른 운명의 두 여신이 예언한 대로 행복한 삶을 살았다. 그러나 그는 친척들 간의 분쟁에 휩쓸리게 되었고 외삼촌들을 살해하게 되었다. 형제들의 죽음에 크게 화가 난 멜레아그로스의 어머니는 오랫동안 숨겨놓은 장작을 꺼내 불속에 던졌다. 이 일로 멜레아그로스가 죽자 그 어머니는 후회로 목을 매고 목숨을 끊었다. 멜레아그로스의 다른 친척들도 후대의 신화에서 또다른 중요한 역할을 맡는다. 여동생 데이아네이라는 헤라클레스와 결혼하고(245쪽 참조) 나중에 실수로 그를 죽인다. 그리고 조카 디오메데스(288쪽 참조)는 용맹한 전사로 트로이 전쟁에 참가한다.

아프로디테는 이제 자신이 직접 개입해야 할 때가 되었다고 생각했다. 그녀는 도구로 내세운 히포메네스라는 청년에게 도저히 거부할 수 없는 황금 사과 세 개를 주었다. 아탈란타와 히포메네스가 나란히 달리기를 시작했고, 청년은 아탈란타가 쫓아와 자신을 따라잡으려 하면 사과를 하나씩 떨어뜨렸다. 그때마다 아탈란타는 사과를 줍기 위해 멈춰 섰다. 아틀란타는 탐나는 그 사과를 포기할 수 없었고, 자신이 경쟁자의 됨됨이를 잘 파악하고 있다고 생각했기 때문이다. 아마도 아프로디테가 운명의 주사위를 청년의 편으로 던졌다고 해야 할 것이다. 나중에 알게 되겠지만 아탈란타의 마음이 히포메네스에게 끌렸던 것이다.

이유가 무엇이었든 간에 아탈란타는 비록 경기에는 졌지만 세 개의 황금 사과와 마음에 드는 배우자를 얻게 되었다.

결말 달리기 시합에서 이겨 목숨을 건지고 아탈란타를 얻은 히포메네스는 승리에 대한 감사를 제우스에게 돌리기로 했는데, 이것이 아프로디테의 심기를 매우 거슬리게 했다. 그리하여 아프로디테는 젊은 한 쌍의 육체적 욕망을 과도하게 자극하여 그 남녀가 바로 그 자리에서 옷을 벗고 성행위를 벌임으로써 신성한 제우스 신전을 모욕했다. 제우스는 자신의 권위에 대한 이런 모욕을 참고 넘길 수 없었다. 그 벌로 신혼인 아탈란타와 히포메네스를 암사자와 수사자로 만들었다. 그 과정에서 아탈란타는 잘못이 없는 희생자가 되었다. 자신의 배우자와 함께 사자로 변하여 아르카디아의 야생 숲에서 걱정 없이 살게 된 아탈란타가 자신의 이런 변신에 대해 반발했는지에 대해서는 확실히 알 수 없다.

후대의 예술과 문명에 비친
아탈란타

아탈란타의 소재는 바로크 화가들에게 특히 인기 있었다. 귀도 레니가 제작한 화려한 〈아탈란타와 히포메네스Atalanta and Hippomenes〉(1612경), 샤를 르브룅의 〈아탈란타와 멜레아그로스 Atalanta and Meleager〉(1658경), 루벤스의 〈멜레아그로스와 아탈란타의 사냥The Hunt of Meleager and Atalanta〉(1630대 초) 등이 있다. 피에르 르포트르의 〈아탈란타〉(1703)는 고대 조각의 복제품이며, 그녀는 헨델의 오페라 〈세르세Serse〉(1738)에 특별 출연하기도 했다.

귀도 레니, 〈아탈란타와 히포메네스〉 일부, 1612년경
아탈란타가 황금 사과를 줍기 위해 몸을 숙이고 있다.

7

신화의 황금시대

영웅들의 시대는 트로이 전쟁(8장)에서 최정점에 달했다고 할 수 있다. 그러나 가장 위대한 영웅들과 내용이 풍부하고 짜임새 있는 신화들은 모든 신화의 완결판인 트로이 전쟁 이전의 시대에 만들어졌다. 그리스와 로마인들에게 헤라클레스는 가장 위대한 영웅이었지만, 결점도 많아 극악무도한 악당 외에는 아무것도 아니었다. 칵테일 셰이커 옆에 액체 성분의 폭발성 독극물 니트로글리세린이 있어서는 안 되는 것처럼 그도 우리 주변에 가까이 있어서는 안 되는 존재다. 테세우스도 이보다 별로 나은 존재가 아니었다. 그러나 이 시대 대부분의 영웅들은 이런 악하고 난폭한 영웅들과는 달랐다. 이런 악한 영웅들은 인간 모습을 하거나 또는 다른 모습을 한 괴물들과 동일시되었다. 이런 악한 영혼들과는 다른 영웅들이 출현하게 됨으로써 세상은 좀더 안전한 곳이 되었다.

헤라클레스
―몽둥이의 시대―

힘센 헤라클레스 이야기가 세상에 널리 퍼졌고,
주노의 증오를 극복하게 되었다.

―오비디우스, 《변신 이야기》, 9권 140절―

출생 헤라클레스는 제우스와 페르세우스의 아름다운 후손인 알크메네 사이에서 태어난 아들이다. 제우스가 알크메네에게 그녀의 남편인 암피트리온의 모습으로 변신하여 나타나 관계를 맺었다. 하지만 복잡한 문제가 생겼다. 진짜 남편 암피트리온도 비슷한 시기에 알크메네와 관계하여 임신을 했던 것이다. 그리하여 제우스의 아들 헤라클레스와 암피트리온의 아들 이피클레스가 쌍둥이로 태어났는데, 이 경우 현대 의학에서는 이부 동기 복임신heteropaternal superfecundation 이라고 한다(아버지가 서로 다른 임신인데, 그 가운데 한 명의 아버지가 신으로서 매우 생산적인 임신이었다).

헤라클레스는 테베에서 태어난 것으로 알려져 있으며, 이런 이유로 테베의 장갑보병들 가운데 많은 이가 그들의 방패에 헤라클레스의 몽둥이를 그려놓았다.

불우한 운명 헤라클레스는 헤라에게 혹독하고 격렬하게 미움을 받았다. 이 마저도 부드럽게 표현한 것이다.

속박 헤라의 증오로 미쳐버린 헤라클레스는 자신의 자식들을 죽였다. 그 죄를 정화화기 위해 에우리스테오스 왕을 위한 12가지 노역(유명한 헤라클레스의 노역)을 수행해야 했고, 페르세우스의 또 다른 후손인 에우리스테오스는 헤라클레스를 왕위 계승의 경쟁 상대로 보았다. 원래의 합의에 의하면 노역은 12가지가 아니라 10가지였다. 그러나 다음 설명에서 알 수 있듯이 교활한 에우리스테오스는 계약을 교묘히 악용하는 꾀를 부려 헤라클레스의 노역을 12가지로 늘렸다. 에우리스테오스는 나중에 자신의 재산을 크게 불릴 수 있었다.

조력 아테나의 인도와 아폴론이 준 활이 헤라클레스를 도왔다.

자살 행위와도 같은 임무 다음 12가지는 헤라클레스가 수행해야 할 노역이었다.

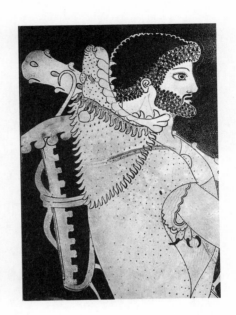

헤라클레스가 그의 상징인 사자 가죽을
입고 몽둥이를 든 모습, 기원전 480년경
의 그리스 꽃병

1노역 : 네메아의 사자

사자는 아폴론의 화살에 맞아도 죽지 않았지만, 헤라클레스가 즐겨
쓰던 몽둥이로 머리를 세차게 가격하는 공격법 앞에서는 무너졌다.
사자는 죽었지만 사자의 머리가 너무나 단단하여 헤라클레스의 몽둥
이가 부러졌다. 죽은 사자의 가죽을 벗기기 힘들어 사자의 발톱을 먼
저 뽑아 사용했고, 항상 이 사자의 가죽으로 만든 갑옷을 입고 싸움에
나갔다. 제우스는 죽은 사자를 하늘의 별자리로 만들어 황도 12궁 가
운데 하나인 사자자리Leo로 만들었고, 한여름에서 늦여름 사이에 태

어난 사람들은 네메아의 사자 이야기를 잘 기억해두어야 한다.

2노역 : 히드라

뱀의 형상을 한 티폰의 자식은 머리가 잘릴 때마다 그 자리에서 두 개의 머리가 자라났다(31쪽 참조). 오늘날 "히드라 머리 같은 문제a hydra headed problem"라는 표현은 어려운 문제가 생겨 그 문제를 해결하려고 하면 할수록 더욱 나빠지는 경우를 말한다. 히드라를 퇴치하는 데는 많은 어려움이 따랐다. 히드라의 독은 매우 강한 독성을 지니고 있었다(뒤에서 살펴보겠지만 결국 이 독 때문에 헤라클레스가 죽었다). 헤라는 헤라클레스가 히드라와 싸울 때 게를 보내 헤라클레스의 발을 물게 하여 히드라를 도왔다.

헤라클레스는 조카 이올라오스의 도움을 받아 이 괴물을 물리쳤

머리가 여럿 달린 히드라와 맞서 헤라클레스가 공격 자세를 취하고 있다.

다. 헤라클레스가 히드라의 머리를 벨 때마다 이올라우스는 베인 자국을 불로 지져서 새로운 머리가 자라지 못하게 했다. 하나 남은 머리는 죽지 않는 불멸의 존재이기 때문에 엘라이우스Elaeus로 가는 길가에 있는 큰 바위 아래 깊숙이 묻어버렸다. 지금도 그곳에 살아 있을지도 모른다. 그러나 헤라클레스가 에우리스테오스 왕의 허락을 받지 않고 조카의 도움을 받아 계약 조건을 어겼다고 하여 에우리스테오스 왕은 헤라클레스의 히드라 퇴치를 무효라고 선언했다. 하지만 이 노역이 아주 쓸모없는 것만은 아니었다. 나중에 헤라클레스가 히드라로부터 얻은 독을 화살촉에 발라 그의 화살에 맞은 사람이나 동물은 치명상을 입게 되었다.

게와의 싸움은 히드라와의 싸움에 비하면 매우 보잘것없었다. 헤라클레스는 신고 있는 튼튼한 샌들로 게를 세게 밟아 으스러뜨렸고, 제우스는 그 무서운 갑각류를 하늘의 별자리인 게자리Cancer로 이름 붙여 사자자리와 함께 황도 12궁의 하나로 만들었다. 히드라도 별자리가 되었다.

3노역 : 케리네이아의 암사슴

플레이아데스 가운데 하나인 타이게테(136쪽 참조)로서 정력이 넘치는 제우스의 주목을 피하기 위해 그녀의 친구인 아르테미스가 황금 뿔을 가진 사슴으로 변신시켜놓은 것이다. 헤라클레스는 그물을 던져 사슴을 생포했다. 이후 아폴론과 아르테미스의 요청으로 헤라클레스는 사슴을 풀어주었지만 헤라클레스는 암사슴을 생포함으로써 세 번째 노역을 완수했다.

4노역 : 에리만토스의 멧돼지

에우리스테오스 왕은 헤라클레스가 자기의 자연스러운 취향에 반대되는 일을 계속하게 하기로 했고, 네 번째 노역으로 아르카디아에 큰 피해를 주고 있는 커다란 멧돼지를 생포해오도록 했다. 헤라클레스는 켄타우로스인 키론의 도움을 받아 멧돼지를 유인하여 눈덩이

로마 시대의 석관에 조각된 야생 멧돼지 사냥 장면

속에 갇히게 만들어 생포할 수 있었다. 그리하여 네 번째 노역도 완수했다.

결말 에우리스테오스 왕이 또 다른 위험한 노역을 궁리하고 있는 사이 헤라클레스는 휴식을 가졌다. 그는 이 기간 동안 아르고선 원정대원으로 참가했으며, 프로메테우스의 간을 파먹는 독수리를 포함한 다양한 괴물을 죽였다(이때 헤라클레스는 묶여 있던 프로메테우스를 풀어주었다. 한 신화에 의하면 이 일은 한참 후에 일어났다고 한다).

5노역 : 아우게이아스 왕의 외양간

에우리테오스 왕은 다음 노역을 수행하기에 너무나 벅차고 보잘것없어 헤라클레스의 사기가 극도로 떨어질 일을 찾아냈다. 그것은 바로 아우게이아스 왕의 외양간을 청소하는 일이었다. 이 외양간은 펠로폰네소스 반도에 있는 엘리스Elis의 왕 아우게이아스의 소유로 엄청난 수의 가축을 가두어두었다. 수년 동안 일꾼이 부족했던 탓에 가축의 배설물이 쌓여 외양간이 거의 묻히기에 이르렀고, 심한 악취도 풍겼다. 아우게이아스 왕은 외양간을 청소하겠다는 헤라클레스의 제안을 기분 좋게 받아들이고 그날 안으로 외양간을 깨끗이 청소하면 가축의 10분의 1을 헤라클레스에게 주기로 약속했다. 오늘날의 속담에도 명백히 실현 불가능하며 복잡하고 구질구질한 과업을 수행하는 것을 비유하여 "아우게이아스 왕의 외양간 청소cleaning the

Augean stables"라고 한다.

헤라클레스는 이웃에 흐르는 강물을 끌어들여 외양간을 깨끗이 청소했다. 그러나 아우게이아스 왕은 가축의 10분의 1을 주기로 한 약속을 지키지 않았고, 에우리스테오스는 헤라클레스가 보수를 받기로 약정한 것을 빌미로 이 노역 수행을 무효로 했다.

6노역 : 스팀팔리아의 새 떼

새 떼의 배설물이 아르카디아의 농작물을 망쳤다. 새들의 날개는 청동으로 되어 있었고, 날개 끝에는 독이 묻어 있었다. 사람이 나무

헤라클레스가 스팀팔리아의 새 떼를 활로 쏘아 떨어뜨리고 있다.

위에 올라 앉아 있는 이 새를 죽이기 위해 접근하면 날개의 깃촉을 쏘아 그 사람을 죽였다.

아테나와 헤파이스토스가 협력하여(두 신은 자주 협력했다) 헤파이스토스는 거대한 청동 심벌즈를 만들었고, 아테나는 헤라클레스가 근처에 있는 산 쪽을 향하여(메아리 효과를 위해) 심벌즈를 치도록 조언을 했다. 헤라클레스가 심벌즈를 치자 공포에 질린 새들이 하늘로 날아올랐고, 헤라클레스는 히드라의 독을 바른 화살들을 아폴론이 준 활로 쏘아 이 새 떼를 맞추었다. 새들은 모두 화살을 맞고 떨어져 죽었다.

7노역 : 크레타 섬의 황소

크레타 섬의 미노스 왕(66쪽 참조)은 신들로부터 사랑을 받았다. 한때 신들을 위해 바닷가에서 제사를 지낼 때마다 포세이돈에게 기도를 해 좋은 제물을 받아 바친 까닭에 만족해한 신들이 그가 소원하는 것마다 모두 이루어주었다. 한번은 그가 희생제에 쓸 제물을 위해 기도하자 그 즉시 바다로부터 잘생긴 황소 한 마리가 나왔다. 미노스 왕은 포세이돈의 분노를 감수하고 그 황소는 자신이 갖고 다른 황소를 제물로 바쳤다. 미노스 왕의 왕비 파시파이도 아프로디테에 대한 제사를 드리는 데 소홀한 탓에 여신의 분노를 샀다. 그리하여 포세이돈과 아프로디테는 미노스 왕과 왕비에게 보복을 했다.

아프로디테는 파시파이에게 황소에게 괴이한 욕정을 갖는 벌을 내렸다. 욕정에 눈이 먼 왕비는 다이달로스(미노스 왕을 위해 미궁을 지

크레타 섬의 황소를 제압하는 헤라클레스

었다)를 시켜 나무로 암소를 만든 뒤 그 안에 들어가서 황소를 유인하여 욕정을 해소했다. 불행히도 파시파이는 임신을 했고 사람 몸에 소의 머리를 한 성질이 매우 사나운 괴물 아이를 낳았다. 미노스 왕은 이 일을 적절히 매듭지었다. 다이달로스는 감옥에 갇혔고 황소는 풀어놓아 공포의 대상이 되었다. 왕비가 낳은 괴물 아이는 이름을 얻지 못하고 미노타우로스라고 불렸다(이 괴물에 대해서는 더 이상 알려진 것이 없다).

헤라클레스의 일곱 번째 노역은 미노스 왕의 이 황소를 잡아 에우리스테오스 왕에게 가져가는 것이었는데, 헤라클레스는 이 일도 크게 힘들이지 않고 완수했다.

헤라클레스가 사람을 잡아먹는 말을 제압하고 있다.

8노역 : 디오메데스의 암말들

트라키아로 가서 암말들을 데려오는 것이 헤라클레스의 여덟 번째 노역이었다. 멀리 떨어져 있는 트라키아는 황량하고 야만적인 곳이었다. 말들의 주인인 디오메데스 왕은 트라키아의 기준에 비추어 보아도 굉장히 야만적이고 성격이 매우 사나웠다. 그의 군대도 그 못지않게 거칠었고 말들은 사람을 잡아먹었다.

이 노역의 긍정적 면은 조력자를 모아 동행할 수 있었다는 점이다. 디오메데스 왕 군대와의 전투에서 이긴 헤라클레스와 그 일행은 디오메데스 왕을 잡아 말의 먹이로 주었고 그것을 먹은 말들은 헤라클레스도 깜짝 놀랄 만큼 매우 순해졌다.

헤라클레스가
알케스티스를 구출하다

펠리아스(208쪽 참조)에게는 알케스티스라는 딸이 있었다. 아드메토스 왕은 아폴론, 사자, 곰, 전차, 뱀이 득시글거리는 침대 등과 관련된 불운하고 불가사의한 사건들을 겪은 후 알케스티스와 결혼했다. 그런 일들을 겪을 때마다 아드메토스는 거의 죽을 뻔했다(특히 침대에 뱀이 우글거릴 때가 그러했다). 아폴론은 무서운 파테스를 취하게 만들어 누군가가 아드메토스 대신에 하데스에 가면 그가 죽지 않을 것이라는 약속을 받았다. 아드메토스는 진실한 친구가 아닌 사람을 재빨리 골라 죽이고자 했으나 충직한 그의 아내 알케스티스가 죽겠다고 나섰다.

이때 헤라클레스가 디오메데스의 암말들을 잡기 위해 가는 길에 이곳을 들르게 되었다. 그때 아드메토스로부터 대접을 잘 받은 헤라클레스가 딱한 그의 사정을 듣고 보답으로 알케스티스를 죽음에서 구하기로 했다. 알케스티스가 죽음을 맞이할 장소에서 죽음의 신 타나토스를 기다릴 때 헤라클레스는 그 근처에 숨어 있었다. 타나토스가 알케스티스를 데려가기 위해 나타났을 때 헤라클레스가 나타나 몽둥이로 내리쳐 알케스티스를 도망치게 만들었다. 이에 관한 전체 이야기는 기원전 438년에 아테네의 비극시인 에우리피데스가 지은 《알케스티스Alcestis》에 자세히 묘사되어 있다. 당시 그 공연은 정기적으로 열렸으며 지금까지 수천 년 동안 계속되고 있다.

9노역 : 아마존 여왕의 허리띠

에우리스테오스는 딸에게 줄 선물로 아마존의 여왕 히폴리테의 허리띠를 구해오라며 헤라클레스를 출정시켰다. 헤라클레스는 히폴리테에게로 가는 도중에 파로스 섬에서 미노스 왕의 아들들을 살해하는 등 무수한 살육행위를 저질렀다. 헤라클레스는 이번에도 믿을 만한 동료들과 함께했는데, 그 가운데에는 테세우스도 포함되어 있었다. 목적지에 다다라 히폴리테를 만난 헤라클레스는 자신의 건장한 남성적 매력만으로도 그녀의 마음을 녹여 허리띠를 쉽게 구할 수 있을 것으로 여겼다. 그러나 헤라가 아마존 여전사들에게 헤라클레

◈ 아마존의 여전사들 ◈

아마존은 한 여전사들의 종족을 일컫는다. 아마존은 이오니아계 그리스어의 'a-mazos'에서 유래된 말로 '유방이 없다' 라는 뜻이다. 이는 아마존의 여전사들이 무기 사용을 쉽게 하기 위해 관습적으로 오른쪽 유방을 자른 데서 비롯되었다. 아마존은 현재 지구상의 가장 길고 큰 강을 일컫는 이름이 되었다. 1541년 그 강 일대를 탐험하던 사람이 무장한 한 무리의 여전사들에게 공격을 당한 후에 그 강을 아마존 강이라고 부른 데서 유래되었다. 지금도 무술 능력이 있는 여자를 일컫는 말로 쓰이고 있으나, 세계에서 가장 큰 온라인 서점 이름으로도 쓰이고 있다.

스가 그들의 여왕을 납치하려 한다고 알려주었다. 일이 틀어지자 히폴리테를 죽이는 쉬운 방법으로 허리띠를 갖고 도망갔다.

10노역 : 게리온의 가축 떼

헤라클레스는 열 번째 노역을 수행하기 위해 세상의 서쪽 끝으로 갔다. 그는 그곳에서 게리온과 목동, 개를 죽이고 그의 가축을 훔쳤다. 그러고는 리비아(북아프리카 서쪽)와 이베리아 반도를 거쳐 돌아왔다. 헤라클레스는 이탈리아와 흑해 연안을 거치는 중에도 사람을 수없이 죽였다. 흑해 연안에서 몸 아랫부분이 뱀으로 된 여자가 그의 가축 일부를 훔쳤지만, 개의치 않고 그녀와 동침하여 자식을 낳아 스키타이Scythian족의 조상이 되었다. 북아프리카에서 유럽으로 돌아가는 길에 대륙들 사이에 있는 너무 크고 생긴 모양이 불안정한 해협 옆의 산을 보았다. 헤라클레스는 이 산을 두 개로 쪼개 가지런하게 만들어 각각 해협 양쪽으로 옮겨놓았다. 고대에는 해협 양쪽의 산을 '헤라클레스의 기둥'이라고 불렀고, 오늘날에는 유럽 쪽의 기둥을 '지브롤터Gibraltar'라고 한다.

11노역 : 헤스페리데스의 황금 사과

가이아가 결혼 선물로 헤라에게 주었던 사과로(99쪽 참조) 어디에 있는지는 아무도 몰랐다. 헤라클레스는 지위가 낮은 바다의 신 네레우스로부터 사과가 있는 곳을 알아냈다(물론 폭력을 써서 우격다짐으로 알아냈지만). 헤라클레스는 프로메테우스로부터 누가 그 사과를 지키고 있는지를 알아내어(일설에 의하면 헤라클레스가 프로메테우스의 간을 쪼아먹는 독수리를 죽이고 이아페토스의 아들 프로메테우스를 풀어주었다고 한다) 티탄족 가운데 하나인 이아페토스의 아들 아틀라스를 만나러 갔다. 사과는 머리가 100개 달린 큰 독사와 아틀라스의 세 딸인 헤스페리데스가 지키고 있었다. 아틀라스 대신 하늘을 떠받들고 있는 헤라클레스(아테나가 도움을 주었다)에 대한 보답으로 아틀라스는 딸들에게 황금 사과를 헤라클레스에게 주도록 설득했다(아틀라스는 속임수에 빠져 다시 하늘을 떠받치게 되었다). 헤라클레스에게서 황금 사과를 받았으나 에우리스테오스 왕이 갖기에는 너무나 성스러운 것이었으므로 아테나는 도로 빼앗아 원래 있던 곳으로 보냈다. 이로써 헤라클레스의 열한 번째 노역은 에우리스테오스 왕에게는 소득이 없는 것으로 되었다.

헤라클레스는 노역을 하는 중에 로도스 섬에서 황소 한 마리를 훔쳐 희생제를 지냈다고 한다. 그는 주인이 보는 데서 그 황소를 먹어 치웠고 주인은 이 광경을 보고 힘이 부족함을 한탄하며 헤라클레스를 저주했다고 한다. 그래서 로도스 섬에서 헤라클레스에게 희생제를 지낼 때에는 당시의 상황을 비슷하게 재연하며 제사를 지낸다고 한다.

12노역 : 케르베로스의 생포

마지막 노역은 지하세계의 문을 지키고 있는 힘이 세고 머리가 셋 달린 개를 인간이 사는 지상세계로 끌고 나와 에우리스테오스 왕에게로 데려가는 일이었다(66쪽 참조). 길을 잘 알고 있는 헤르메스의 도움을 받고 아테나와 동행하여 하데스가 다스리는 지하세계로의 유쾌하지 않은 여정을 시작했다. 이 과정에서도 헤라클레스는 지하세계에 들어가기 위해 건너야 하는 스틱스 강의 뱃사공 카론과 지하세계의 왕인 하데스에게 폭력을 휘두르는 등 거친 행동을 했다(한 신화에 의하면 헤라클레스가 지하세계의 왕 하데스를 무력으로 제압했을 때 헤라클레스에게 주어진 이 세상에서의 시간이 끝나게 되면 그 후에는 죽지 않는 영생이 주어질 것이라는 약속을 하데스로부터 받았다고 한다). 지하세계에 잠시 머무는 동안 헤라클레스는 친구인 테세우스가 지하세계 감옥에 갇혀 있는 것을 발견하고 즉시 그를 감옥에서 풀어주었다.

결국 지하세계의 여왕 페르세포네는 헤라클레스에게 케르베로스를 빌려가되, 맨손으로 케르베로스를 붙잡아야 하고 별일 없이 원 상태로 돌려주어야 한다는 조건을 달았다. 헤라클레스는 하데스의 무서운 문지기 개를 한쪽 어깨에 둘러메고 인간이 사는 지상세계로 돌아왔다. 헤라클레스가 케르베로스를 데리고 에우리스테오스 왕에게로 가는 여정에서도 케르베로스가 특히 침을 많이 흘려 보통 때보다도 더 많은 살인이 이루어졌다(예를 들면 케르베로스의 침이 떨어진 곳마다 맹독성의 식물인 바꽃aconite이 피어났고 많은 사람이 이 꽃 때문에 죽었다).

지위가 낮은 신들이 보는 가운데 케르베로스가 헤라클레스에게 끌려 나오고 있다.

헤라클레스는 케르베로스를 원래 있던 곳으로 데려다놓음으로써 모든 노역을 마쳤고 세상은 평온을 찾게 되었다.

결말 헤라클레스는 모든 노역을 마친 후 에우리스테오스 왕의 속박에서 벗어났지만, 얼마 지나지 않아 다시 곤경에 빠졌다. 그는 한 젊은이를 죽이게 되었는데, 다시 정신 착란에 빠진 것이 원인이었을 것이다(아니면 살인 때문에 정신 착란에 빠진 것일 수도 있다). 헤라클레스는 델포이 신전으로부터 속죄 정화에 대한 자문을 구했고, 자문을 제대로 해주지 않으면 신전을 파괴할 것이라고 협박까지 했다. 결국 아폴론까지 나서 헤라클레스의 횡포를 막아야 했고, 고약한 난투극이 아폴론과 헤라클레스 사이에 벌어졌다. 이 싸움은 제우스가 천둥번

데이아네이라가 헤라클레스에게 치명적인 독이 묻어 있는 옷을 건네고 있다.

개를 내려 두 아들을 떼어놓고서야 끝이 났다.

　이번에는 헤라클레스가 리디아의 옴팔레 여왕에게 얽매이는 신세가 되었다. 여왕은 헤라클레스를 고용하여 왕국 내 불평불만이 있는 자들을 휩쓸어버렸다. 그러고는 그의 사자 가죽옷과 몽둥이를 빼앗은 뒤 그에게 다른 옷을 입혀 베 짜는 일을 시켰다. 그리고 여왕은 그의 몽둥이를 옆에 둔 채 사자 가죽옷을 입고 휴식을 취했다. 그런데도 헤라클레스는 불만이 없었다. 또 다른 신화에 의하면 헤라클레스와 옴팔레 여왕은 연인 사이가 되었다고 한다.

　다시 자유의 몸이 된 헤라클레스는 그 후 몇 년 동안은 12가지의 노역을 수행할 때 자신을 방해했던 사람들에게 복수하며 지냈다. 헤라클레스는 지중해 연안을 다니며 피의 복수를 하는 사이사이에 프리아모스를 트로이 왕으로 세웠고, 신들과 거인들 간의 전투에서 신들 편에 서서 참가했으며, 올림픽 경기를 창설했다.

헤라클레스는 지하세계에서 만난 친구에게 결혼할 것이라 약속했고, 그는 약속대로 데이아네이라와 결혼했다. 그러나 그는 이 결혼 때문에 결국 죽음을 맞았다.

헤라클레스가 여러 탈선행위를 하는 동안 켄타우로스를 보이는 대로 죽여서 켄타우로스들이 거의 멸종되다시피 했다. 살아남은 켄타우로스들 가운데 네소스는 헤라클레스가 에리만토스 산의 멧돼지를 잡으러 가는 도중에 자신의 동족을 거의 씨를 마르게 한 데 대해 원한을 갖고 있었다. 네소스는 헤라클레스의 아내 데이아네이라를 납치하려 했으나, 오히려 헤라클레스가 쏜 히드라의 독이 묻어 있는 화살을 맞고 쓰러졌다. 네소스는 마지막 숨을 몰아쉬면서 자신의 피를 병에 담아두면 이것이 헤라클레스를 영원히 데이아네이라에게서 떠나지 않게 해줄 것이라고 말했다.

그로부터 몇 년 후 헤라클레스에게 젊은 여자가 생겼다. 데이아네이라는 위협을 느끼고 자신의 사랑을 뺏기지 않기 위해 헤라클레스의 옷에 병 속에 보관해두었던 네소스의 피를 묻혔다. 그 병에는 네소스의 피와 함께 히드라의 무서운 독도 섞여 있었다. 독이 묻은 옷을 입은 헤라클레스는 강한 독이 몸에 퍼지는 것을 느꼈다. 그는 즉시 옷을 벗었으나 독에 중독되어 살을 베어내어도 이미 늦은 뒤였다.

영웅 헤라클레스는 조용히 자신을 화장할 장작더미를 쌓아놓고 죽었다. 제우스는 방종한 아들의 영혼을 거두어 올림포스 산으로 데리고 가 신으로 만들었다. 그곳에서 헤라클레스는 자신을 괴롭혔던 의붓어머니 헤라와 화해했고 청춘의 여신 헤베를 아내로 맞이했다.

헤라클레스를 화장할 장작더미는 테르모필라이Thermopylae에 있는 산길 위에 쌓여 헤라클레스는 그곳에서 화장되었다. 또한 훗날 헤라클레스의 후손으로 여겨지는 스파르타 장군 레오니다스가 300명의 영웅 군사와 함께 그리스를 침공한 페르시아군을 맞아 전투를 벌여 그곳에서 전원이 장렬히 전사했다.

헤라클레스에게 살해된 인물들

다음은 헤라클레스가 노역을 수행할 때 부수적으로 저지른 살육 건수를 일어난 순서대로 정리한 것이다.

두 마리의 뱀 헤라클레스가 어린아이일 때 헤라가 헤라클레스를 죽이기 위해 보낸 뱀들이었다. 하지만 헤라클레스는 이 뱀들을 장난감으로 생각하고 가지고 놀다가 목 졸라 죽였다.

리노스 헤라클레스의 음악 선생이었으나 벌을 주자 화가 난 헤라클레스는 선생의 리라로 머리를 내리쳐 죽였다.

키타이론 산의 사자 이 사자를 죽인 보상으로 테스피스 왕은 헤라클레스에게 하룻밤 사이에 자신의 모든 딸과 동침시켰다. 헤라클레스의 첫 노역으로 일컬어지는 사건에서 생긴 일로 하룻밤 사이에 테스피스 왕의 딸 50명 모두를 임신시켰다.

테리마코스, 크레온티아데스, 데이코온 헤라클레스가 정신 착란에 빠져 있을 때 죽인 그의 세 아들이다.

이피클레스의 자녀들 이피클레스는 헤라클레스와 아버지가 다른 형제 사이다. 헤라클레스가 정신 착란에 빠져 이피클레스의 아들들을 죽였다.

켄타우로스 폴로스, 키론, 네소스와 그의 일족, 에우리티온 등 신화에서 헤라클레스와 만난 켄타우로스들은 모두 살해되었다.

게게네이스 소아시아의 거인족으로 헤라클레스가 아르고선 선원으로 이아손의 황금 양털 원정대에 참여했을 때 헤라클레스에게 살해되었다.

칼라이스와 제테스 아르고선 선원들로 헤라클레스에게 살해되었다.

아우게이아스 왕 헤라클레스가 다섯 번째 노역을 수행할 때 등장하는 왕이다. 자신의 외양간을 깨끗하게 청소한 헤라클레스에게 주기로 한 대가를 주지 않았으나 잠시 동안은 별일 없었다. 하지만 나중에 헤라클레스에게 살해되었다. 헤라클레스가 원한을 품으면 어떻게 되는지 잘 알려주는 사건이다.

트로이의 왕 라오메돈 헤라클레스는 라오메돈의 부탁과 보수를 약속받고 괴물을 죽였다. 괴물과 싸울 때 괴물이 헤라클레스를 삼켰고 헤라클레스는 탈출하면서 괴물을 죽였다. 라오메돈이 약속한 보수를 주지 않자 화가 난 헤라클레스는 그를 죽였다.

트라키아의 사르페돈 포세이돈의 아들로 헤라클레스에게 무례한 행동을 하여 죽임을 당했다.

시칠리아의 왕 에릭스 아프로디테의 아들로 헤라클레스와 레슬링 시합을 하다가 살해되었다.

알키오네우스 헤라클레스를 죽이기 위해 돌맹이를 세게 던졌으나 튕겨 나온 돌에 맞아 자기가 죽은 거인이다.

이집트의 왕 부시리스 자신의 신들에게 헤라클레스를 죽여 제물로 쓰려 했으나 헤라클레스에게 살해되었다.

안타이오스 가이아의 아들로 땅에 패대기쳐질 때마다 다시 힘을 얻고 일어났다. 헤라클레스가 레슬링 시합에서 붙잡아 하늘로 집어 던져 공중에서 그를 죽였다.

에마티온 여명의 여신 에오스와 티토노스(62쪽 참조) 사이에서 태어난 아들로 헤라클레스가 황금 사과를 얻지 못하게 방해하다 살해되었다.

이피토스 젊은 왕자로 헤라클레스가 정신 착란 상태에 있을 때 죽임을 당했다.

코스의 왕 에우리필로스 왕과 그의 부하들이 여행 중인 헤라클레스를 공격했으나 오히려 모두 그에게 살해되었다.

필로스의 왕 넬레우스 헤라클레스가 과거에 저지른 살육들을 정화시키는 의식을 베풀기를 거부함으로써 헤라클레스에게 죽임을 당했다.

에우노모스 식탁에서 헤라클레스에게 포도주를 따르다가 포도주를 쏟은 죄로 살해된 소년이다.

키크노스 아레스의 아들로 정신이 이상하여 해골들을 모아 신전을

후대의 예술과 문명에 비친
헤라클레스

헤라클레스는 과거에는 물론 현대의 예술가들에게도 많은 영감을 주는 존재다. 안니발레 카라치의 〈헤라클레스의 선택〉(1596경)에는 고난, 영웅적 행동, 쾌락이 있는 안락한 삶을 그때그때마다 선택하는 헤라클레스의 삶의 행적이 잘 묘사되어 있다. 프란시스코 데 수르바란은 〈헤라클레스와 케르베로스〉(1636경)에서 이와 관련된 장면을 극적으로 표현했고, 루벤스는 〈술에 취한 헤라클레스〉(1611경)에서 술에 취해 난잡한 짓을 하는 헤라클레스를 묘사했다. 프랑수아 르무안의 〈헤라클레스와 옴팔레〉(1724)에서는 여왕에게 얽매여 방탕한 생활을 즐기는 헤라클레스를 묘사했다. 조각가 바초 반디넬리는 〈헤라클레스와 카쿠스〉(1524~1534)를 제작했다. 고대 아테네에서는 에우리피데스의 연극 〈헤라클레스〉가 수백 년간 상연되었고, 1745년 런던왕립극장에서 헨델이 작곡한 오페라 〈헤라클레스〉가 초연되었다. 1997년에는 디즈니에서 만든 만화영화 〈헤라클레스가〉가 개봉되었다. 우연의 일치겠지만 디즈니사가 만든 작품의 일부 내용이 헨델의 오페라 내용과 똑같다고 한다.

헤라클레스가 수행한 12가지 노역은 수많은 예술 작품의 소재가 되었다. 루벤스는 〈네메아의 사자를 목 졸라 죽이는 헤라클레스〉(1639경)라는 기억할 만한 작품을 만들었고, 헤라클레스의 두 번째 노역과 관련된 히드라의 주제는 귀스타브 모로의 〈헤라클레스와 네르네의 히드라〉(1876경)로 만들어졌다. 안토니오 폴라이우올로도 이 주제로 〈헤라클레스와 히드라〉(1470경)를, 모로는 또다시 〈말들에게 잡아먹히는 디오메데스Diomedes Devoured by his Horses〉(1865)를 제작했다. 16세기 플랑드르의 프란스 플로리스는 헤라클레스의 노역을 주제로 연작을 제작했으나 현재 행방이 알려져 있지 않다. 아마존의 여전사들의 왕이었던 히폴리테는 셰익스피어의 《한 여름 밤의 꿈》에 등장하며, 안젤리카 카우프만은 〈알케스티스의 죽음〉(1790)을 만들었다.

건축하려고 했다. 헤라클레스의 해골도 기부해달라는 요청을 했으나 완강히 거부당했다(144쪽 참조).

에우리토스 헤라클레스에게 딸을 첩으로 내주기를 거부한 왕으로 헤라클레스에게 살해되었다.

리카스 실수로 헤라클레스에게 독이 묻은 옷을 전달한 사람이다.

오이디푸스
―하나의 복잡한 이야기―

나의 아버지를 죽이고 나의 어머니 침대를 차지한
나 같은 사람은 세상에 태어나지 말았어야 해.
저주받은 자궁에서 태어난 극악무도한 자식,
내 아버지의 아내였던 여인의 남편이 된 자,
그 여인의 아들, 나 오이디푸스만큼 고통받은 인간이 세상에 또 있을까!

―소포클레스, 《오이디푸스 왕》, 1장 1,665절―

어떤 영웅도 자신에게 정해진 운명을 피할 수 없었다. 오이디푸스는 아버지를 죽이고 어머니와 결혼하는 운명을 타고났기에 그가 그런 행동을 했어도 아무도 비난할 수 없었다.

출생 오이디푸스는 테베의 왕 라이오스와 왕비 이오카스테 사이에서 태어났다. 델포이 신전에서의 신탁을 통해 이 아들이 언젠가 아버지를 죽일 것임을 알게 된 라이오스 왕은 아들을 불구자로 만들기 위해 어린 오이디푸스의 양발을 묶고 말뚝을 박았다. 그로 인한 극심한 고통으로 어린아이의 발이 퉁퉁 부었다('오이디푸스'는 '부어오른 발'이라는 뜻이다). 그런데도 불안했던 라이오스 왕은 가축을 키우는 목자를 불러 아들을 데려가서 죽일 것을 명령했다. 하지만 목자는 아이를 죽이는 대신 다른 목자에게 맡겼고, 그는 코린토스의 왕이 임신을 하지 못한 왕비 메로페를 위해 입양할 아이를 찾고 있다는 소식을 듣고 그 아이를 코린토스의 왕에게 넘겨주었다. 세월이 흘러 청년이 된 오이디푸스도 델포이 신전에서 신탁을 받았는데, 오이디푸스가 아버지를 죽이고 어머니와 결혼할 것이라

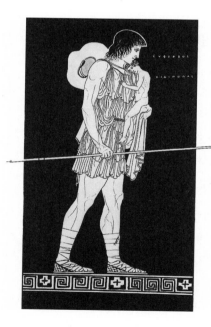

어린 오이디푸스를 데리고 가는 목자

는 내용으로 옛날 라이오스 왕이 받았던 신탁과 똑같았다.

불우한 운명 청년 오이디푸스는 자신을 입양한 코린토스 왕과 왕비 메로페를 친부모로 알고 있었고, 코린토스를 자신의 고향으로 여기고 있었다. 오이디푸스는 운명을 피하기 위해 친부모가 있는 코린토스를 떠나 테베로 갔다. 가는 도중에 말이 끄는 이륜 전차를 탄 거만한 사람을 만났는데, 누가 먼저 길을 비켜야 하는가를 두고 시비가 붙었다. 전차를 탄 사람이 오이디푸스를 옆으로 밀치고 마차를 몰아 바퀴가 오이디푸스의 발을 밟고 지나갔다. 화가 난 오이디푸스는 창을 던져 전차를 모는 사람을 죽였다. 오이디푸스가 테베에 도착했을 때 도시는 엄청난 혼란 속에 빠져 있었다. 사자의 몸에 여자 머리가 달린 괴물 스핑크스가 도시 입구에서 지나가는 행인을 죽이고 있었다. 이를 막을 방도를 찾기 위해 테베의 왕 라이오스가 델포이 신전에 신탁을 받으러 가는 도중에 누군가에게 살해된 소식이 도시에 전해졌기 때문이다.

임무 완수 오이디푸스는 여행 중 분노로 인해 본의 아니게 일어난 사태(테베 왕의 피살)에 대한 보답으로 스핑크스를 죽이기로 했다. 그 괴물은 행인에게 수수께끼를 내고 답을 맞히지 못하면 잡아먹었다. 반면 행인이 답을 맞히면 괴물 스스로 죽게 되는 운명이었다. 따라서 수수께끼 문답은 매우 위험한 것이었다. 수수께끼는 다음과 같았다. "아침에는 네 발로 걷고, 낮에는 두 발로 걸으며, 저녁에는 세 발로 걷는 것이 무엇인가?" 어릴 때 받은 고문으로 발이 부어 있었던 오이

술잔에 그려진 오이디푸스와 스핑크스,
기원전 5세기

디푸스는 발과 관련해서는 감각이 남달랐다. 그는 '사람'이라고 답했다. 사람은 어릴 때는 손과 발로 기어 다니고, 인생의 황혼기에 이르러 지팡이를 짚게 될 때까지는 두 발로 똑바로 서서 걷기 때문이었다. 수수께끼 문답에서 진 스핑크스는 절벽에서 떨어져 죽었다. 오이디푸스는 개선하여 테베에 입성했고, 환호하는 백성들은 청년 오이디푸스가 과부가 된 왕비 이오카스테와 결혼하여 테베의 지도자가 되어줄 것을 제안했다. 오이디푸스는 이 제안을 받아들였다.

결말 몇 년 동안 오이디푸스는 잘 지냈다. 오이디푸스와 왕비 이오카스테 사이에서 몇 명의 자녀가 태어났고, 그 가운데에는 딸 안티고네(그녀는 몇몇 신화와 아테네의 비극작가 소포클레스가 만든 연극의 주인공이다)가 있었다. 얼마 후 코린토스의 사자가 코린토스의 왕이 죽은 사실을 오이디푸스에게 전함과 동시에 도시의 통치권을 맡아줄 것을 부탁했다. 오이디푸스는 사자에게 자신이 받았던 신탁 내용을 밝히며 어머니 메로페와 결혼할 수도 있는 위험이 있다고 설명했다. 그러자 사자는 오이디푸스가 입양아였음을 말해주었다. 이 사실을 들은 이오카스테는 앞뒤 정황을 살피고 조용히 물러나 목을 매고 자살했다. 오이디푸스는 이오카스테의 시신을 발견하고 죄책감과 슬픔을 주체하지 못해 스스로 눈을 찔러 멀게 했다. 그는 스스로를 테베에서 추방시키고는 후에 아테네의 왕이 되는 테세우스의 보호 아래 생을 마감했다.

오이디푸스 왕의 이야기는 남자들에게 무의식적으로 내재되어 있는
어떤 본능을 주제로 다룬 것이다. 우리가 태어나기 전에
우리에게 씌워진 운명적 저주는
오이디푸스 왕에게 씌워진 운명적 저주와 같은 것이고,
그의 괴로웠던 운명적 삶이 우리의 삶이 될 수도 있는 것이기에
우리는 그의 이야기에 감동하는 것이다.
남자들의 최초의 성적 충동은 어머니에게,
우리의 최초의 증오와 폭력에 대한 충동은 아버지에게 향한 것으로
운명 지워졌다고 한다. 우리의 꿈이 그런 내용을 확증해준다.
아버지 라이오스 왕을 죽이고 어머니 이오카스테와 결혼한
오이디푸스 왕의 이야기는 남자들에게 내재된 본능적 욕망의 성취—
우리가 유아기에 가졌던 바람의 성취를 다룬 이야기라고 할 수밖에 없다.

－지그문트 프로이트, 《꿈의 해석》, 1899－
그는 이 책에서 오이디푸스 콤플렉스 개념을 도출했다.

후대의 예술과 문명에 비친
오이디푸스

　　장 오귀스트 도미니크 앵그르는 〈오이디푸스와 스핑크스Oedipus and the Sphinx〉(1808)를, 귀스타브 모로는 유명한 상징주의 회화 〈오이디푸스와 스핑크스〉(1864)를 제작했다. 스트라빈스키가 작곡한 오페라 오라토리오인 〈오이디푸스 렉스Oedipus rex〉(1927)는 소포클레스가 기원전 5세기경에 창작한 3부작 비극 가운데 똑같은 이름을 가진 두 번째 비극의 줄거리를 바탕으로 만들어졌다.

장 오귀스트 도미니크 앵그르, 〈오이디푸스와 스핑크스〉, 1808년
오이디푸스가 스핑크스의 수수께끼를 골똘히 생각하고 있다.

테세우스
─사랑의 변절자─

세상에서 가장 난폭한 야수도
당신이 내게 보인 야비하고 폭력적인 행동은 하지 않을 것이다.
내가 어찌하여 당신같이 신의 없는 사람에게
나를 맡길 수 있었을까?

─오비디우스, 《테세우스에게 버림받은 아리아드네》, 1절─

테베인들이 헤라클레스가 테베 출신이라고 주장하는 것보다 더 강하게 아테네인들은 테세우스를 자신들의 매우 특별한 영웅이라고 생각했다. 테세우스는 아티카를 하나의 통치체제로 통합한 왕이었으며, 아테네인들이 테세우스를 그들의 상징적 영웅으로 택한 것은 그가 현대의 그리스 기준에 비추어도 지나칠 정도로 광신적 애국주의자였기 때문이다. 당시 아테네 남성들의 성향으로 미루어보아 이는 매우 적절한 선택이었다고 여겨진다.

출생 테세우스의 어머니 아이트라는 하룻밤에 포세이돈과 아테네의 왕 아이게우스와 동침하고 신과 인간의 자질이 합쳐진 한 명의 아들을 낳았다.

아이게우스가 트로이젠의 작은 도시에서 아이트라를 임신시켰을 때는 여행을 마치고 아테네로 돌아가던 중이었다. 아이게우스는 아이트라의 임신이 확실해질 때까지 그녀와 함께 그곳에서 지냈다. 그러고는 큰 바위 밑에 칼과 신발을 숨기고 아들이 바위를 들어 올릴 만큼 자라면 그것들을 갖고 아테네로 와야 한다고 이르고는 아테네로 떠났다(성격이 무서운 메데이아가 이아손을 떠나 아테네로 간 후 아이게우스는 메데이아를 아내로 맞았으므로 아이가 클 때까지 아이트라 모자를 메데이아의 눈에 띄지 않는 곳에서 지내게 하는 편이 좋을 것으로 판단했던 것이다. 214쪽 참조).

테세우스가 성장하여 바위 밑에 숨겨둔 아이게우스의 칼과 신발을 찾아 아테네로 떠났다. 그는 사로니코스 만Saronic Gulf을 건너 배를 타고 가는 짧은 거리 대신 멀리 돌아가는 육로를 택했다. 테세우스는 그가 존경하는 영웅 헤라클레스 못지않은 영웅담을 만들기 위해 가는 도중에 만나는 모든 방해꾼을 죽이기로 했다. 이는 길에 있는 모든 악당에게는 매우 나쁜 소식이었다. 그가 죽인 이들은 다음과 같다.

페리페테스 헤파이스토스의 아들로 매우 무서운 몽둥이를 갖고 있었다. 그는 이 몽둥이로 지나가는 행인을 때려죽였는데, 그곳은 의술의 신 아스클레피오스에게 신성한 에피다우로스Epidaurus였다. 테세우스는 이 '몽둥이를 휘두르는 자'(페리페테스의 별명이었다)를 죽이고 몽둥이를 가졌다. 그 후 그 몽둥이는 테세우스의 상징이 되었다.

술잔에 묘사된 테세우스와 아테나(중앙), 아테네

시니스 그는 강한 힘으로 소나무를 구부려 '소나무를 구부리는
자'로 불렸다. 구부린 두 소나무 가지 사이에 길 가던 사람을 매어놓
고 소나무를 놓아 하늘로 튕겨 올라갔다가 땅에 떨어져 죽게 만드는
짓을 했다. 테세우스도 시니스와 마찬가지로 소나무를 구부릴 수 있
는 힘을 갖고 있었다. 테세우스는 시니스를 구부린 소나무 가지에 달
아 하늘로 쏘아 올려 땅에 떨어져 죽게 만들었다. 테세우스는 시니스
의 딸과 동침하여 임신시키고는 길을 떠났다.

크롬미온의 암퇘지 이 사나운 괴물은 티폰의 자녀였다. 다른 이
야기에 따르면 도둑 여왕의 여러 분신 가운데 하나라고도 한다. 테세

우스는 가던 길을 멈추고 사냥에 나서 그 괴물을 죽였다.

스키론 이 악한은 벼랑 끝의 좁은 길에서 행인을 기다렸다가 자신의 발을 씻기게 하고 끝나면 발로 차서 절벽 아래 바다로 떨어뜨렸다. 스키론이 테세우스와 마주쳤을 때 테세우스는 그를 바다로 던졌다.

케르키온 테세우스가 아테네에 거의 다다랐을 즈음 행인과 레슬링 시합을 해 진 사람을 죽이는 일을 일삼는 엘레우시스의 왕 케르키온을 만났다. 테세우스는 케르키온과 레슬링 시합을 해 이긴 뒤 그를 죽였다.

프로크루스테스 종종 현대의 호텔 경영의 선구자로 묘사되기도 한다. 그는 오직 하나의 침대만 갖고 있었는데, 모든 이는 좋든 싫든 이 침대에 맞추어야 했다. 키가 큰 사람은 몸을 잘라서 맞추고 키가 작은 사람은 침대에 눕혀 길이가 맞을 때까지 몸을 늘렸다. 훗날 테세우스의 이야기를 쓴 플루타르코스에 따르면 테세우스는 프로크루스테스를 침대에 눕히고 그 규칙을 그에게 그대로 적용시켜 고통을 느끼게 했다. 형용사로 쓰이는 'procrustean'은 '자의적인 기준에 강제로 순응시키는'이라는 뜻이다.

드디어 테세우스는 아테네에 입성하게 되었다. 그런데 그가 도착하기도 전에 성안에는 이미 그의 이야기들이 쫙 퍼져 있었다. 이때

적들과 싸우는 테세우스

아이게우스 왕은 그와 왕위 승계 경쟁자였던 팔라스의 아들들과 권력 투쟁에 휘말려 있었으며, 마녀 메데이아는 그 영웅이 자신의 남편의 아들임을 즉시 알아차렸다. 메데이아는 남편에게 이 나그네가 매우 큰 위험이 될 수 있으니 그를 연회에 초청하여 독살시키자고 설득했다. 드디어 그를 연회에 초청했고, 그가 독이 든 술을 마시려고 하는 순간 아이게우스 왕은 테세우스가 차고 있는 칼을 보고 아들임을 알아차리고 독을 탄 술잔을 깨뜨렸다.

메데이아에게는 벌이 따랐으며(그녀는 추방되었다) 팔라스의 아들들은 뒤따른 내전에서 패배했다. 테세우스는 마라톤 평원의 황소를 죽였다. 이 황소는 파시파이가 사랑한 황소였고, 헤라클레스가 생포하여 에우리스테오스 왕에게 가져다주었으나 놓아준 황소였다(235쪽 참조). 그 황소는 마라톤 평원(훗날 아테네군이 침략자 페르시아군을 물리치는 역사에 남는 공을 세웠다)에 사는 사람들을 많이 괴롭혔다. 또 그 황소는 미노스 왕의 아들 한 명을 죽였다. 테세우스는 그 황소를 죽인 후에도 아직 그 황소의 아들과 해결해야 할 일이 남아 있음을 알게 되었다.

미노스 왕의 아들들은 아티카에서 불운한 일을 많이 겪었기 때문에 이로 인해 생긴 문제들이 일어났다. 미노스 왕과 왕비 파시파이 사이에서 태어난 다른 아들 한 명도 팔라스의 아들들에게 부당하게 살해되었다. 이 일로 몹시 화가 난 신들과 미노스 왕이 부당한 그의 죽음에 대해 배상하지 않으면 아테네 주변의 땅을 황폐하게 만들겠다고 위협했다. 그리하여 매년 일곱 명의 처녀와 일곱 명의 청년이 공물로 크레타에 보내지고, 그곳에서 사람의 몸에 황소의 머리를 한 파시파이의 아들 미노타우로스에게 제물로 바쳐졌다.

배신당한 아리아드네　테세우스는 매년 미노타우로스에게 희생제를 지내기 위해 크레타 섬으로 보내는 일곱 청년에 포함되도록 자원했고, 출발하기 전에 아폴론과 아프로디테의 가호를 빌며 제물을 바쳤다. 그 후 크레타 섬에서 일어난 일에 대해서는 다양한 설이 있어

다이달로스와 이카로스

　다이달로스는 톱을 발명한 페르딕스를 질투하여 죽인 죄로 아테네에서 쫓겨났다. 그는 크레타에서 왕비 파시파이를 위해 가짜 암소를 만들어주었고, 미노스 왕을 위해서는 파시파이의 욕정이 만들어낸 괴물을 가두어놓을 미궁을 만들었다. 미노스 왕에 의해 감옥에 갇힌 다이달로스는 자신과 아들 이카로스를 위해 만든 날개를 달고 도망쳤다. 다이달로스는 이카로스에게 너무 높이 날지 말라고 경고했으나 이카로스는 기분에 취해 높이 올라갔다. 그리하여 태양의 열을 너무 많이 받아 깃털을 붙이는 데 사용한 밀랍이 녹는 바람에 떨어져 죽었다(헤라클레스가 열 번째 노역인 게리온의 가축을 훔치러 가는 길에 이카로스의 시체를 발견하고 땅에 묻어주었다).

　다이달로스는 이탈리아로 도망갔으나, 복수심에 불타는 미노스 왕이 그 망나니 발명가를 쫓아갔다. 그러자 다이달로스는 그를 죽였다. 오늘날에도 우리는 현대의 이카로스가 지구에 떨어지지 않도록 기원해야 한다. 이카로스는 지름이 1마일쯤 되는 소행성으로 매 30년을 주기로 약 400만 마일의 거리를 두고 지구를 스쳐 지나간다. 그런 종류의 소행성을 '인류 파멸의 암석 덩어리'라고 부르며, 그것이 지구와 충돌한다면 제2차 세계대전 말 히로시마에 떨어진 원자폭탄의 3만 3,000배쯤 되는 위력이 있다고 한다.

후대의 예술과 문명에 비친
다이달로스와 이카로스

　이카로스는 자만이 심한 사람의 운명을 상징하는 존재가 되었고 예술가들에게 인기 있는 주제다. 카를로 사라체니의 〈이카로스의 추락 Fall of Icarus〉(1600)에서는 추락하는 이카로스의 모습이 잘 표현되어 있고, 허버트 드레이퍼의 〈이카로스를 위한 탄식 The Lament for Icarus〉(1898경)에서는 추락한 이카로스가 잘 묘사되어 있다.

서 일관성이 부족하다. 그러나 아프로디테에게 희생제를 잘 지내 큰 보상을 받아 크레타 섬의 공주 아리아드네가 잘생기고 젊은 테세우스에게 푹 빠졌다는 공통점이 있다.

아리아드네는 영웅 테세우스에게 칼과 실뭉치를 주었고, 실뭉치는 칼보다 더 유용하게 쓰였다. 너무나 치밀하게 만든 다이달로스의 미로를 사람들은 그의 이름을 붙여 '다이달로스의 미로'라고 불렀다. 테세우스 이전에는 미로에 들어간 누구도 살아 돌아오지 못했다. 모두 공포에 질리거나 굶주림에 지쳐서 죽었고, 미로 속의 통로를 배회하며 지내는 괴물 미노타우로스에게 잡아먹혔다. 테세우스는 칼로 괴물을 베어 죽인 뒤 실타래를 풀며 들어왔던 길을 도로 되감으며 입구로 돌아와 기다리던 아리아드네와 함께 배를 타고 아테네로 달아났다.

그러나 여자와의 사랑에 관한 한 테세우스는 변절자의 전형적인 남자가 되었다. 테세우스는 낙소스 섬에 임신한 아리아드네를 버리고 갔고, 아리아드네는 그곳에서 디오니소스의 호감을 얻었다. 아리아드네는 그 섬에서 출산 중에 죽었다. 디오니소스는 그녀와 결혼하려고 했다(또 다른 신화에 의하면 아리아드네가 디오니소스와 결혼하려는 것에 화가 난 아르테미스가 아리아드네를 죽였다고도 한다). 디오니소스는 아리아드네가 죽자 결혼식에 쓰려고 준비했던 화환을 하늘에 놓아두었는데, 이것이 북쪽왕관자리Corona Borealis가 되었다(최근 유럽우주계획에 쓰일 주 추진체의 이름으로 아리아드네가 쓰이면서 별자리가 되어 하늘에 있는 화환을 되찾아올 노력을 하고 있다).

아이게우스의 죽음 테세우스가 미노타우로스를 죽이려고 출발할 때 아이게우스 왕은 그가 살아서 돌아오기 어려울 것이라고 여겼다. 아테네의 젊은이들을 죽음의 운명이 기다리고 있는 곳으로 데리고 가는 배는 보통 검은 돛을 달았다. 아이게우스 왕은 결과를 빨리 알기 위해 테세우스에게 살아서 돌아오면 흰 돛을 달게 했다. 이를 깜박 잊은 테세우스는 검은 돛을 그대로 달고 왔다. 수니온Sounion 곶 전망대에서 지켜보던 아이게우스 왕은 배에 달린 검은 돛을 보고 테세우스가 죽었다고 생각하고 절벽에서 떨어져 죽었다.

아테네인들은 테세우스의 배를 매우 소중히 여겼고, 고전시대까지도 원형대로 잘 보존되고 있었다고 주장한다. 당시에 이미 원래 썩었던 목재 부분은 교체되어 있었을 테지만, 과연 그 배가 테세우스가

아마존 여전사들과의 전투, 당시 아테네 예술의 흔한 주제였다.

타고 온 것인가에 대해서는 당시의 철학자들 사이에 많은 논쟁을 불러일으켰다.

살해된 안티오페 테세우스가 어떻게 아마존의 여전사 안티오페를 만나게 되었는지에 대해서는 많은 이야기가 있다. 가장 일반적인 이야기에 의하면 테세우스는 헤라클레스의 노역 가운데 하나인 아마존 여전사들의 여왕 히폴리테(239쪽 참조)의 허리띠를 구하러 가는 헤라클레스를 수행했다. 그리고 뒤따른 전투에서 안티오페를 포로로 생포했다. 테세우스는 안티오페를 아테네로 데려왔는데, 여전사들 가운데 지위가 가장 높았던 탓에 여전사 모두가 안티오페를 구하기 위해 따라왔다. 그들은 아테네 시가지에서 아테네군과 격렬한 전투를 벌였고 그 과정에서 안티오페가 죽었다. 그녀는 테세우스와의 사이에서 아들 히폴리토스를 낳았다.

저주받은 파이드라 테세우스는 미노스 왕의 또 다른 딸 파이드라와 결혼했는데, 아마도 파이드라는 아리아드네와 테세우스 사이에 있었던 일을 모르고 있었던 듯하다. 테세우스에게 좋지 못한 과거가 있었는데도 두 사람은 행복하게 살았다. 그러나 히폴리토스가 순결과 처녀성을 상징하는 아르테미스의 열렬한 순종자가 되고 스스로 평생 동정남으로 남겠다는 선서를 하면서 그들에게 불행이 찾아들었다. 아프로디테는 미노스 왕의 가족에게 이미 썼던 수법을 써서 보복했다. 파이드라의 어머니 파시파이가 바다에서 나온 황소에게 가졌던 것과 똑같은 욕정을 그녀의 의붓자식인 히폴리토스에게 품게 만들었다. 결과는 비참했다. 히폴리토스는 욕정을 품고 접근하는 파이드라를 단호히 거부했고, 파이드라는 목을 매 스스로 목숨을 끊었다. 그녀가 자살하면서 남긴 유서에는 히폴리토스가 계모인 자신을 겁탈하려 했다는 내용이 쓰여 있었다. 몹시 화가 난 테세우스는 근친상간을 시도했다고 모략당한 아들을 죽여줄 것을 아버지 포세이돈에게 청했다. 포세이돈은 아들 테세우스의 부탁을 받고 히폴리토스를 죽였다.

납치된 헬레네 아내와 아들을 모두 잃은 테세우스는 경박한 친구 페이리토오스의 권유를 받아들여 무모한 모험을 떠나게 되었다. 두

사람은 이제 자신들의 아내는 제우스의 딸들이어야 한다고 생각했다. 그들은 먼저 스파르타로 갔다. 그들은 그곳에서 아직 열두 살밖에 되지 않았지만 미모가 뛰어나다고 소문이 자자했던 어린 헬레네를 유괴했다. 테세우스와 페이리토오스가 다음 대상자를 찾아 다른 곳으로 떠나 있는 동안 헬레네는 트로이젠에서 안전하게 보호받았다. 수백 년 후에 벌어진 펠로폰네소스 전쟁 기간에 스파르타군은 매년 아티카를 초토화시켰으나, 그들은 데켈레이아 땅만은 남겨두었다. 그 무렵 스파르타인들이 헬레네를 되찾아올 때 지역민들이 스파르타에 협조한 일이 있었기 때문이다.

겁탈을 면한 페르세포네 페이리토오스는 페르세포네 외에는 누구도 자신의 아내가 될 수 없다고 마음먹고 테세우스와 함께 지하세계로 그녀를 데리러 갔다. 지하세계의 왕 하데스는 무모한 그들이 왜 찾아왔는지 즉시 알아차리고는 내심 쾌재를 불렀다. 그들을 환영하는 척하며 의자에 앉기를 권했는데, 그 의자는 그곳에 앉는 사람들의 기억을 한순간에 빼앗아버렸다. 테세우스는 친구인 헤라클레스가 지하세계 입구를 지키는 개 케르베로스(242쪽 참조)를 빌려가기 위해 지하세계로 내려왔을 때 헤라클레스에 의해 구출되었으나 페이리토오스는 아직도 그 망각의 의자에 앉아 있다.

여성 편력(플루타르코스의 기록)

테세우스의 결혼에 관해서는 많은 이야기가 있다.

그 이야기 속의 테세우스의 결혼들은 시작도 명예스럽지 못하고

결말도 아름답지 못하다.

그리고 그 이야기들은 후대 극작가들의 관심도 끌지 못했다.

그의 결혼 이야기들을 기술하면,

그는 트로이젠의 처녀 아낙소를 납치하여 아내로 삼았고,

시니스와 케르키온을 죽인 뒤 그 딸들을 강간했다.

또 그는 아이아스를 낳은 페리보이아와 결혼했고,

나중에는 페리보이아와도 결혼했으며,

또 후에는 이피클레스의 딸 이오페와도 결혼했다.

그리고 파노페우스의 딸인 아이글레에게도 열을 올렸다.

─플루타르코스, 《테세우스》, 29쪽─

결말 테세우스가 지하세계에서 돌아왔을 때 납치된 헬레네의 일
로 스파르타와 아테네 사이에 전쟁이 벌어진 것을 알게 되었다. 이
전쟁은 나중에 헬레네의 또 다른 납치 사건으로 그리스와 트로이
사이에 전쟁이 일어난 것과 똑같은 양상이었다. 테세우스가 나중
에 아테네로 돌아오자 아테네인들은 그 모든 소동을 일으키고 종적

을 감추었던 그에게 반감을 갖고 적대적인 태도를 보였다. 그리고 나중에는 그를 쫓아냈다. 그는 스키로스 섬으로 추방되었으며 그 곳의 왕은 테세우스가 그의 통치에 위협이 될 것으로 여기고 그를 죽였다.

후대의 예술과 문명에 비친 테세우스

테세우스는 다른 영웅들과 같이 예술가들에게 매우 인기 있는 주제였다. 루벤스는 〈아마존의 전투Battle of the Amazons〉(1618), 니콜라 푸생은 〈아이게우스가 남긴 무기를 찾아내는 테세우스 Theseus Finding his Father's Arms〉(1633~1634), 히폴리트 플랑드랭은 〈테세우스를 알아보는 아이게우스 왕Recognition of Theseus by his Father〉(1832)을 제작했다. 조각가들은 무시무시한 미노타우로스의 조각상을 많이 남겼는데, 그 가운데 에티엔 쥘 라메의 〈미노타우로스와 싸우는 테세우스Theseus Fighting the Minotaur〉(1826)는 파리의 튈르리 정원에 세워져 있고, 프랑수아 시카르의 〈테세우스와 미노타우로스Theseus and the Minotaur〉(1932)는 오스트레일리아 시드니 하이드 공원에 있다.

8

트로이 전쟁

    트로이 전쟁은 읽고 또 읽어도 다시 읽고 싶은 이야기다. 그 안에는 유혹당해 트로이로 납치된 전설적 인물 헬레네가 있고, 트로이와 그리스인들이 주역으로 등장하며, 용감성과 잔학성이 그려지고, 수많은 영웅과 악한이 등장하며, 유명한 트로이의 목마가 나온다. 트로이는 오랫동안 아서 왕 이야기 속에 등장하는 상상의 궁전 캐멀롯보다 더 전설적인 도시로 여겨져왔다. 19세기에 들어와서 독일인 하인리히 슐리만은 트로이가 역사상 실존했고, 터키 서북부의 히사를리크Hisarlik의 큰 흙무더기가 있는 곳이 옛날 트로이의 유적지임을 밝혀냈다. 그곳을 발굴한 결과 그곳에는 여러 도시가 있었음이 밝혀졌다. 한 도시가 멸망하면 그 도시를 허물고 그 위에 새로운 도시를 건설하는 방식으로 여러 도시가 세워졌던 것이다. 그리하여 그 유적에는 존재했던 각 도시들의 잔재가 층층이 쌓여 있었다. 그렇다면 파리스와 헥토르가 살았던 시대의 트로이는 어떤 층일까? 뛰어난 자기과 시자였던 슐리만은 자신이 발굴해낸 이른바 프리아모스 왕의 보물이 있던 층이 트로이 전쟁 당시의 유적임을 증명하고자 애썼다. 그러나 이 유적지 층은 트로이 전쟁 당시의 여러 상황과 비추어볼 때 약 1,000년 정도 더 앞선 시대의 유물로 밝혀졌다. 고고학자들의 견해에 따르면 아마도 통상 VII-a라고 부르는 층의 유물에 극심한 파괴와 대규모 화재의 흔적이 있음을 감안하면 그곳이 트로이의 유적일 가능성이 가장 높다고 한다.

테베 공략 7 용사

오이디푸스의 지붕 꼭대기에서 광채를 발하던 영광은 사라지고
그 가문은 피가 튀겨 얼룩진 흙 속으로 묻히고 말았다.
어리석은 말과 가슴속 격정이 그렇게 만들어버렸구나.

－소포클레스,《안티고네》, L. 600절－

테베 공략 7 용사의 전쟁은 트로이 전쟁 이전에 그리스 반도에서 일어난 가장 큰 전쟁으로 수년 간 계속되었고, 트로이 전쟁에 대비한 예행연습의 성격을 띤 전쟁이었다. 전쟁 원인은 오이티푸스 왕의 두 아들 폴리네이케스와 에테오클레스에게 있었다. 근친상간을 저지른 오이디푸스 왕이 아테네 부근의 콜로누스Colonus로 추방된 후에 두 아들은 오이디푸스를 존재한 적 없는 인물로 만들기 위해 많은 노력을 기울였다. 이 소문을 들은 오이디푸스는 크게 화가 나 두 아들에게 "너희는 테베에 살지도, 역사 깊은 테베 왕국을 다스리지도 못할 것이다"라고 저주했다.

폴리네이케스와 에테오클레스는 아버지가 분노에 사로잡혀 내뱉은 지독한 저주를 제대로 이해하고 대비할 태세가 되어 있지 못했다. 당시 테베는 그리스에서 가장 크고, 가장 부유한 왕국이었다. 두 아들이 서로를 죽이도록 운명지어졌다는 아버지의 예언을 묵살한 채 그들은 일 년씩 교대로 테베 왕국을 다스리기로 합의했다. 그러나 동생 에테오클레스가 먼저 왕이 되어 자신만이 테베 왕국의 유일한 왕이라고 선언했다. 그러면서 "권력을 쟁취하기 위해서는 악을 행하는 것 외에는 다른 방법이 없다고 확실하게 밝히는 것이 그나마 가장 알아듣기 쉬운 것이다"라고 주장했으며, 이 논리는 후대의 권력욕에 잡힌 사람들이 자주 사용했다.

폴리네이케스는 아르고로 도망가 그가 테베 왕국의 왕위를 되찾는 데 자원하여 함께할 사람들을 모았다. 이렇게 모인 위풍당당한 일곱 사람의 지휘자는 아르고의 왕 아드라스토스가 맡았다. 트로이 전쟁의 인물인 헬레네의 사촌 암피아라오스는 싫지만 어쩔 수 없어 참여한 용사였다. 그는 예언가로서 7 용사 가운데 여섯 명은 죽을 운명임을 알고 있었다. 아드라스토스만이 유일한 생존자가 되었는데, 이는 그가 타는 말 아리온Arion(헤라클레스가 선물했다)의 엄청난 속력 때문이었다. 나중에 제우스가 천둥 번개를 내려 암피아라오스를 예언대로 죽였다. 또 다른 용사 카파네우스는 그가 테베 성 공략에서 성벽에 사다리를 타고 올라갈 때 제우스가 내린 천둥번개를 맞고 죽었다. 그는 공격하기 전에 제우스라 하더라도 자신을 막을 수 없을 것이라고 지나치게 큰소리를 쳤던 것이다. 또 다른 아르고스 왕의 아들 에테오클로스는 친구 히포메돈과 함께 전투 중에 사망했다. 아탈란타(220쪽 참조)의 아들이자 헤라클레스의 한 아들과 친구인 파르테노파이우스는 성벽 위에서 던진 돌에 맞아 죽었다. 힘이 장사인 티데우스는 아탈란타가 행한 칼리돈의 곰 사냥을 주관한 왕의 아들이었다. 그는 숨어 있다가 공격군을 맞아 혼자서 50명을 죽였으나 나중에는 기운이 빠져 쓰러져 죽었다고 한다. 티데우스의 아들로 디오메데스라는 영웅이 있었는데, 그의 열렬한 숭배자들은 그를 아킬레우스, 아이아스와 함께 트로이 전쟁에 참가한 가장 위대한 그리스 측 전사로 꼽고 있다.

마지막으로 폴리네이케스를 살펴보자. 그는 동생 에테오클레스와의 전투에서 일대일로 싸우게 되었을 때 함께 싸우다 죽었고, 이는 아버지 오이디푸스 왕의 예언대로 된 결말이었다.

폴리네이케스의 여동생 안티고네는 오빠의 매장을 강력히 주장했으나, 새로이 테베의 왕이 된 외삼촌 크레온은 군대를 몰고 와 테베를 공격하다 죽은 반역자 폴리네이케스의 매장을 허락할 수 없다

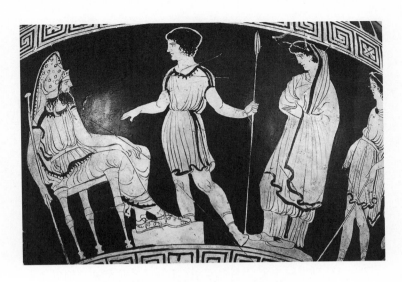

비운의 여주인공 안티고네가 크레온 왕의 판결을 기다리고 있다.

고 선언했다. 고통스럽게도 안티고네도 지하의 작은 방에 살아 있는 채로 매장당했다. 이후 그녀의 운명은 확실하지 않다. 고대 아테네에서 소포클레스와 에우리피데스가 안티고네를 주제로 희곡을 썼다. 한 작품에서 안티고네를 사랑하는 연인 하이몬이 그녀를 구하기 위해 나타나기 직전 안티고네가 자살한 것으로 되어 있는데, 훗날 셰익스피어가 이 주제를 《로미오와 줄리엣》의 비극적 종말 부분에서 차용했다.

파리스의 심판

헤르메스가 이다 산의 골짜기로 세 여신을 데려왔을 때
큰 우환의 불씨가 지펴졌다.
세 여신은 아름다움을 갈구하고, 경쟁에서의 승리 의지를 불태우며,
우승 전리품인 황금 사과를 쟁취하려는 치열한 싸움에 돌입했다.

- 에우리피데스, 《안드로마케》, 1장 270절 -

7 용사가 테베와 벌인 전쟁이 그리스인들에게 트로이 전쟁의 전투 양상 묘사의 전례가 된 것같이 테티스의 결혼식 후유증은 올림포스 신들 사이의 파벌 형성의 원인이 되었다. 그리고 이 파벌 간의 원한이 트로이 전쟁의 원인이 되었다. 테티스는 바다의 요정 네레이스였고 헤파이스토스(146쪽 참조)와 디오니소스가 어려울 때 도움을 주었다. 이 일로 그들과 친구가 되었다. 포세이돈과 제우스는 테티스를 유괴하거나 강간을 할 궁리를 했지만, 의견이 일치하지 않아 실행하지 못했다. 포세이돈은 테티스가 아들을 낳으면 그가 아버지보다 더 위대해질 운명을 타고날 것이라는 예언을 알고는 그녀를 납치해 강간할 계획을 단념했다. 하지만 이 예언을 형제인 제우스에게는 말하지 않았다. 제우스는 아무것도 모른 채 테티스를 납치하여 강간하려고 했다. 그때 헤라클레스의 도움으로 자유를 찾은 프로메테우스가

호색한인 제우스에게 예언을 알려주었고, 제우스도 테티스를 납치할 계획을 포기함으로써 제우스의 지위를 지킬 수 있었다.

그리하여 테티스에게 건방지지 않고 겸손한 남편을 정해주기로 결정했고, 켄타우로스인 키론의 친구이며 아르고선 선원이었고 칼리돈의 멧돼지를 사냥한 걸출한 영웅 펠레우스가 남편으로 정해졌다. 모든 사람이 테티스를 좋아했고, 이미 앞에서 이야기한 바와 같이 모든 신은 물론, 초대받지 못한 불화의 여신 에리스까지도 결혼식에 참석했다. 에리스는 초대받지 못한 데 대해 앙심을 품고 "최고 미인에게"라는 글귀가 쓰인 황금 사과를 결혼식 연회장 공중에 높이 던졌다. 그날의 주인공은 신부인 테티스였고, 그녀도 미모에서는 여느 여신 못지않다는 사실을 잊은 채 아테나, 헤라, 아프로디테 세 여신이 제각기 최고의 미인으로서 황금 사과의 주인이라고 나섰다.

제우스는 직접 판단하기 곤란해지자 이전에 공정한 판단을 내린 적 있는 트로이의 왕 프리아모스의 아들 파리스를 결정권자로 지목했다. 세 여신은 아름다운 미모를 가진 데 반해 경쟁 방법은 그렇지

파리스가 강력한 두 여신을 적으로 만들게 되는 심판을 하고 있다.

못했다. 세 여신은 각각 신들의 특권을 이용해 파리스를 매수하려 했다. 헤라는 유럽과 아시아를 지배하는 권력을, 아테나는 지혜를 주겠다고 했으나 파리스가 거절했다. 아프로디테는 모든 사람을 사랑의 올가미로 얽어매 정복시키는 에로스의 도움을 받아 세상에서 가장 아름다운 여인과 사랑을 제안했다. 파리스는 이를 받아들였고, 따라서 헤라와 아테나의 질투로 인한 분노가 트로이와 파리스, 그의 가족을 파멸시키는 운명을 내렸다.

후대의 예술과 문명에 비친
파리스의 심판

그리스 화병들에는 파리스가 옷을 입은 세 여신을 판정하고 있는 모습이 묘사되어 있다. 그러나 고전시대 이후에는 파리스가 양심적으로 세 여신의 신체를 제대로 살펴보았다는 주장을 바탕으로 한 예술 작품이 만들어지기 시작했다. 클로드 로랭은 앞의 주장에 근거하여 〈파리스의 심판The Judgement of Paris〉(1645~1646)을 묘사했다. 다른 작품으로는 루벤스의 〈파리스의 심판〉(1632~1635), 요아힘 브테바엘의 〈파리스의 심판〉(1615), 헨드릭 반 발렌의 〈파리스의 심판〉(1599) 등이 있다. 이 작품들에서 묘사된 세 여인이 걸친 의상은 겨우 조그마한 비키니 수준이었다. 루카스 크라나흐 형제 가운데 형은 이 주제를 매우 좋아했고, 다양한 작품을 만들었다. 존 에클스는 〈파리스의 심판〉(1701)이라는 오페라를 만들었다.

트로이의 포위

여자를 유괴하는 일에 관해서는 다음과 같은 이야기가 있다.

여자를 유괴하는 자는 악한이고, 그 일을 떠드는 자는 바보다.

상식적인 남자라면 유괴를 당하는 부류의 여자에 대해 관심을 갖지 않는다.

그들이 서로 원하지 않았으면, 유괴 사건이 일어날 수 없기 때문이다.

그런데 그리스인들은 음탕한 스파르타 여자를 위해

거대한 군대를 공동으로 형성하여

아시아로 쳐들어가 프리아모스 왕국을 파괴했다.

-헤로도토스, 《역사》, 1권 4장-

현대의 고고학자나 고전시대의 신화 모두 트로이가 세워진 후 여러 차례 심한 파괴가 있었다는 주장은 일치하지만, 누가 주체인지에 대해서는 서로 의견이 다르다. 신화에 의하면 신들과 괴물들, 헤라클레스가 주체라고 하지만, 현대의 고고학자들은 침략하는 이민족이나 히타이트 제국의 군대가 주체라고 주장한다. 어쨌든 아폴론과 포세이돈이 건설한 성벽을 포함하여 상당한 증개축이 이루어진 후의 트로이 성은 헬레네가 강탈당해 트로이로 온 당시에는 매우 견고하여 공격하기 쉽지 않았다.

호메로스의 《일리아스》가 트로이 전쟁 전체를 다루었다는 것은 잘

못 알려진 이야기다. 실제로는 9년의 전쟁 기간 중 단 14일 동안에 일어난 일만 다루었고, 매우 격렬하고 연속적으로 벌어졌던 전투들이 자세히 묘사되어 있다. 지금부터 살펴볼 이야기는 짤막한 전쟁 요약과 비교적 상세한 드라마 속 인물에 관한 것이다.

1. 트로이 성 포위 공격 전 상황

파리스는 아프로디테가 약속한 세상에서 가장 아름다운 여인을 얻기 위해 스파르타로 갔다. 파리스는 헬레네가 이미 스파르타의 왕 메넬라오스와 결혼했다는 사실에는 전혀 신경 쓰지 않았다. 메넬라오스 왕이 장례식 참석차 잠시 자리를 비운 사이 파리스는 헬레네와 함께 메넬라오스 왕의 보물 상당 부분을 훔쳐서 도망갔다. 메넬라오스 왕은 매우 화를 냈다. 결혼 전 헬레네의 뛰어난 미모 때문에 그리스의 귀족 대부분이 구혼자로 나섰다. 그들은 누구든지 헬레네의 마음을 얻어 최종적으로 남편으로 결정되면, 그때는 그의 명예를 지키기 위해 단합하기로 맹세했다. 이 맹세(헬레네의 의붓아버지 틴다레오스의 이름을 따서 '틴다레오스의 약속Pact of Tyndareus'이라 한다)에 따라 그리스인들 모두 뭉쳐 '전국아카이아조약기구'를 결성했고, 유괴 소식을 듣고 즉시 발동했다.

유괴된 곳이 트로이임을 어렵게 알아낸 후 그리스는 메넬라오스 왕과 달변인 오디세우스를 보내 헬레네를 내줄 것과 배상을 요구했다. 트로이의 왕 프리아모스는 이를 거절했다. 신들이 건설해준 도시의 성은 매우 견고하여 쉽게 무너뜨리지 못했다. 결국 그는 이 요구에 대한 거절이 파멸로 이어질 줄 모르고 그리스에 도전했다.

2. 그리스군의 도착

선단을 구성하고 트로이에 도착하는 일도 쉽지 않았다. 도착한 뒤에는 트로이에게도 소아시아에서 아마존족을 포함한 동맹 세력이 있다는 것을 알게 되었다. 전쟁의 시작 단계에서 그리스 연합군은 트로이의 보급로를 차단하는 작전을 펼쳤다. 그러나 트로이는 물자를 충분하게 비축해두었고, 그리스군은 오랫동안 주둔하면서 군대를 유지하기 위해 주둔지에서 직접 농사를 지어 식량을 충당해야 했다.

3. 전쟁과 예언

9년의 긴 세월이 흘러도 전쟁은 끝날 기미가 보이지 않았다. 많은 영웅이 전투에서 전사했고(《일리아스》에 일부가 쓰여 있다), 전쟁에 관여한 신들의 자존심도 많이 상했다. 그리스인들이 포로로 잡은 한 예언가로부터 예언을 들었다. 그에 따르면 신들이 그리스군이 전쟁에서 승리하기 위한 전제조건을 달아놓았는데, 그 조건을 아직도 그리스군이 충족시키지 못했던 것이다. 그 조건을 충족시키기 전까지 그리스군은 승리할 수 없었다. 그 조건은 다음과 같다.

- (당시에는 이미 전사한) 아킬레우스의 아들을 데려와 그리스군에서

싸우게 할 것

- 헤라클레스의 활을 사용할 것
- 당시에 트로이의 수중에 있던 아테나의 오래된 신상인 팔라디움 Palladium을 찾아올 것
- 펠롭스의 유품(115쪽 참조)을 전쟁터로 가져올 것

4. 전쟁의 끝

그리스군은 승리를 위해 신들이 만들어놓은 조건들을 충족시키기 위해 열심히 노력했다. 오디세우스는 그리스군의 지도자 가운데 유일하게 트로이군에게 맹공을 퍼붓는 것만으로는 성공할 수 없음을 깨닫고 성안으로 군대를 잠입시킬 수 있는 아주 교묘한 방법을 떠올렸다. 그리스군은 그 유명한 트로이의 목마를 남기고 철수하는 속임수를 썼다. 그런데 목마의 정확한 이름은 그리스의 목마라고 해야 한다(물론 트로이를 위해 만든 것이지만). 이 나무로 만든 거대한 목마는 포세이돈에게 바칠 제물로 쓰기 위해 트로이 성안으로 들어갔고, 목마에는 그리스군 정예 특공대가 숨어 있었다. 밤이 되자 특공대는 목마에서 나와 성문을 열었다. 그리하여 하룻밤 사이에 그리스군은 10년간 쌓였던 좌절을 한꺼번에 모두 해소했다. 성 밖으로 탈출한 사람은 거의 없었다.

미코노스 섬에서 발견된 2,800년 전의 유물에 묘사된 트로이의 목마

트로이 전쟁의 등장인물

제우스

제우스는 트로이 출신으로 술잔을 담당하는 미소년 가니메데스를 사랑했다. 따라서 제우스는 친트로이적인 중립 입장을 취했고, 다른 신들이 개입하여 어느 한쪽 편을 들지 못하도록 노력했다. 그러나 모든 신이 제우스의 명령을 잘 따른 것은 아니었다.

그리스인들

(헬레네스, 아카이아인, 다나이드라고도 불림)

이 전쟁에 관여한 인물들을 서열순으로 나열해보자.

신들

포세이돈

포세이돈은 아폴론의 트로이 성벽 구축 작업을 도왔다. 그러나 당시 트로이 왕은 포세이돈에게 보수 지급을 거절했다. 그 일이 있은 후 포세이돈은 트로이인들을 미워했고, 트로이 전쟁에서 중립을 지키라는 제우스의 명령을 듣지 않았다. 포세이돈은 그의 손자가 전투에서 죽자 직접 전투에 참가했다.

아테나

원래가 친그리스적 성향을 띠고 있지만 아테나는 특별히 파리스에게 원한이 있었다. 아테나의 관장 분야 가운데 전투 담당은 잘 알려져 있지 않았다. 아테나는 아테나 프로마코스Athena Promachos(전투의 여신 아테나)라는 별칭을 가진 전쟁의 여신이며, 매우 뛰어난 장군이자 전략가였다. 아테나는 적극적으로 그리스군에게 자문해주었고, 아레스가 트로이 편에 서서 출전하자 아테나가 직접 두 번이나 아레스를 패배시켰다.

헤라

아테나와 마찬가지 이유로 헤라는 전쟁에서 그리스 편에 섰다. 헤라는 전쟁 당시 그리스 연합군의 우두머리였던 아르고 미케네 도시의 수호신이었다. 《일리아스》 4권에서 제우스는 "헤라 여신 스스로 트로이의 성벽과 성문을 깨뜨려 트로이 성안으로 돌진해 프리아모스 왕과 그 아들들, 모든 트로이인을 날로 삼켜 자신의 분노를 풀려고 한다"고 꾸짖었다.

헤파이스토스

그는 대체로 아테나의 의사대로 따랐다. 이유인즉 처녀인 아테나에 대한 이룰 수 없는 사랑과 트로이 편을 든 자신의 아내 아프로디테에 대한 혐오 때문이었을 것이다. 헤라는 헤파이스토스의 어머니였으며, 장인의 신은 어머니에게 충성하는 아들이었다. 그리고 헤파이스토스는 테티스의 매력에 사로잡혔다.

테티스

테티스는 아들 아킬레우스를 영생의 존재로 만들고 싶어 신들이 먹는 음식을 먹여 키웠다. 그리고 아킬레우스의 유한한 생명을 태워 없애기 위해 밤중에 아들을 타다 남은 잿더미 속으로 집어넣었다. 남편 펠레우스는 아내 테티스가 아들을 잔불이 남아 있는 잿더미 속에 집어넣는 것을 발견하고는 화가 나서 즉시 중단하라고 명령했다. 불 속에 집어넣는 이런 의식 때문에 이미 다섯 아들을 잃었고, 인간에게 죽지 않는 영원한 생명이 주어질 수 없음을 깨닫는 데 그렇게 오랜 시간과 희생이 필요했는지는 참 이해하기 힘든 일이다. 남편에게 꾸 중을 듣고 의기소침해진 테티스는 남편과 아들을 버리고 바다로 돌 아갔다. 그러나 그녀는 아들 아킬레우스가 트로이에서 싸우는 동안 계속 아킬레우스를 지원했다.

왕들

아가멤논

호메로스는 《일리아스》 1권에서 아가멤논 왕을 "마음이 음흉하고 분노가 넘치는 사람"이라고 표현했다. 펠롭스의 손자로 메넬라오스와 는 형제지간이자 동서지간이었다. 그는 헬레네와 아버지, 어머니가 같은 클리템네스트라와 결혼했다. 아가멤논은 당시 그리스 연합의 맹 주이자 미케네의 왕으로 대트로이 전쟁의 지도자였다. 그는 잔인무도 했고, 도덕심이 부족했으며, 당시 인물들의 저질성을 고려한다고 해 도 매우 비열한 축에 속했다. 그의 이름 아가멤논은 '매우 결기가 있 는'이라는 뜻이다(그의 이름을 딴 전함 아가멤논호HMS Agamemnon는 1805년 에 벌어진 트라팔가 해전에서 큰 공을 세웠다).

메넬라오스

트로이의 파리스에게 아내 헬레네를 납치당한 스파르타의 왕이었다. 아내 헬레네를 되찾아오는 것은 물론 파리스를 죽이고 그의 목을 베어 쟁반에 담아오기를 원했다.

오디세우스(율리시스)

내가 늘 보는 바, 라이르테스의 아들인 그대는
전투에서 항상 적에게 한 수 우위를 점하여 공격하는 기회를 노려왔다.

–소포클레스, 《아이아스》, 1장 1절–
아테나가 오디세우스에게 한 말

오디세우스는 이타카의 왕이었고, 교활하며, 이승에서의 삶을 두 번 산 시시포스(204쪽 참조)의 아들로 알려져 있다. 그는 전쟁에 나갈 때면 사랑하는 아내 페넬로페를 홀로 두고 떠나야 하는 것이 싫어 늘 미친 척했다. 팔라메데스라는 사람에게 그의 거짓 광기가 탄로나 출전하지 않을 수 없게 되자 오디세우스는 나중에 팔라메데스의 말년을 매우 힘들게 만들었다. 결국 오디세우스는 사랑하는 아내와 어린 아들을 두고 떠나면서 아들은 멘토르라는 그리스인의 후견 아래에 두었다. 여기에서 후견인을 뜻하는 '멘토mentor'라는 단어가 만들어졌다.

디오메데스

전쟁에서 그대의 용맹은 모두에게 알려진 바고,
사람들과 토론할 때는 그대의 모든 동년배를 압도하는도다.

－《일리아스》, 9장 50절 －
네스토르가 디오메데스를 평한 말

정통한 신학자들이 매우 높게 평가하는 영웅 디오메데스는 아르고 지방의 왕이었고 아테나가 매우 아꼈다. 아레스와 아프로디테가 트로이 전쟁에 직접 참전했을 때 디오메데스의 공격을 받아 상처를 입은 적도 있었다. 전투 중에 트로이 편에서 싸우는 옛 친구를 만나 잠시 싸움을 멈추고 대화를 나누었으며, 무기를 서로 교환했다. 그는 오디세우스가 팔라디움을 훔치는 것을 도왔다. 팔라디움을 찾아오는 것은 트로이 전쟁에서 그리스군의 승리 조건으로 신들이 정한 것이었다. 디오메데스는 나무 목마 속에 숨어 트로이 성안으로 잠입한 50명의 용사 가운데 한 명이었다.

영웅들

아킬레우스

아킬레우스 그대는 아카이아 군대의 보루고,

검은 머리 바다의 여신이 낳은 난폭한 아들이구나.

−핀다로스, 《델포이 신전 찬가》, 5 −

의자에 앉아 쉬고 있는 아킬레우스, 꽃병에 그려진 선화

테티스는 아들 아킬레우스에게 영원한 생명을 갖게 해줄 수는 없었지만, 무적 불패 용사로 만들기 위해 이별 선물로 아들을 스틱스 강에 담갔다. 하지만 그녀는 강물에 닿으면 안 되었기 때문에 그녀가 잡고 있었던 발목 부분만 젖지 않아 아킬레우스의 약점이 되었다. 이것이 잘 알려진 아킬레스건으로 보통 치명적 약점이라는 뜻으로 쓰이는 말이다(여기에서 아킬레스건이라는 말이 생겼다). 아킬레우스가 트로이 전쟁에 참가하지 못하게 하기 위해 그를 여자로 변장시키는 노력도 실패했다. 그는 전쟁에 나가 큰 공을 세워 영웅이 된 다음 전쟁에서 죽었다. 아킬레우스는 자존심이 세고 잔인했으며 멍청하다고 할 정도로 오만했다. 요컨대 그는 트로이 전쟁에 참가한 그리스인들의 모범적 전형이었다.

후대의 예술과 문명에 비친 아킬레우스

F. L. 베누빌은 〈아킬레우스의 분노The Wrath of Achilles〉(1847)를 그렸고, 도메니코 사로는 그의 이름을 딴 오페라 〈시로의 아킬레우스Achilles in Sciro〉(1737)를 작곡했다.

아이아스

불길한 이름을 가진 저 막돼먹은 자.

―소포클레스, 《아이아스》, 1,080절―

헤라클레스의 손자 아이아스Ajax(Aias라고도 한다)는 다른 사람에게 악한 감정을 갖는 성격이 아니었다. 그는 무엇인가를 골똘히 생각하면 오히려 머리가 아팠다. 그저 사람들을 패면서 시간을 보내는 것이 더

엑세키아스가 만든 화병에 그려진 그림으로 아킬레우스와 아이아스가 주사위를 하고 있다.

즐거웠다. 그가 격한 감정을 가졌던 적이 있었다. 그는 전사한 아킬레우스의 무기를 원했으나 거부당한 데 따른 앙심으로 아군에게 공격할 계획을 세웠던 것이다. 그때 아테나가 그를 미치게 만들어 대신 가축 떼를 공격했다(이 사건에서 영감을 얻어 소포클레스는 감동적인 작품 《아이아스》를 썼다). 나중에 아이아스는 스스로 목숨을 끊어 생을 마감했다.

테르시테스

그는 전형적인 반영웅이었다. 그의 출생은 미천했고 대머리였으며 오다리였다. 그는 항상 자기 자신보다 잘난 사람들이 으스대는 것을 조롱했고, 아가멤논과 아킬레우스 사이의 우스꽝스러운 다툼을 애들끼리의 싸움 정도로 여겼다. 그리스군은 모두 짐을 꾸려 그리스로 돌아가야 한다고 주장하다가 오디세우스에게 혼이 났고, 그가 너무 자주 아킬레우스의 흉을 보는 바람에 살해당했다.

스텐토르

그리스군의 전령으로 50여 명 정도가 내는 소리 같은 음성을 지녔다. 그가 아주 큰 목소리를 냈다는 데서 오늘날 우렁찬 목소리라는 뜻의 'stentorian voice'가 생겼다.

여인들

여인들의 설명 부분을 마지막에 두는 이유는 아내를 애타게 그리위하는 오디세우스를 제외하고는 전쟁에 참가한 정도가 가장 낮았기 때문이다.

이피게네이아

아가멤논 왕의 맏딸이다. 그리스군을 실은 함대가 아울리스Aulis 에서 출발하려고 했으나 바람이 멎어 항구에 묶이게 되었다. 몇몇 이야기에 따르면 아가멤논 왕이 아르테미스에게 무례했기 때문이라고 한다. 함대를 출발시키기 위해서는 이피게네이아를 아르테미스에게 제물로 바쳐야 했다. 아가멤논 왕은 아킬레우스와 결혼시키기 위해 이피게네이아를 데려오도록 했다. 여러 이야기에 의하면 이피게네이아를 제물로 바치려고 할 때 아르테미스가 마지막 순간에 암사슴으로 바꾸었으며, 이피게네이아를 자신의 여사제로 삼았다고 한다.

브리세이스

아킬레우스는 브리세이스를 제외하고 그의 부모는 물론 온 가족을 몰살시켜 고아로 만들었다. 그는 브리세이스를 데리고 와서 여종으로 삼았다. 아가멤논 왕이 자신의 잠자리를 수발하는 여인을 돌려주는 대신 브리세이스를 아킬레우스로부터 빼앗았다. 이에 불만을 품은 아킬레우스는 자신의 진지에서 나오지 않았고 전투에도 참가하지 않았다.

트로이인들

   트로이인들이 열성적으로 성을 수비한 데서 "트로이인처럼 일한다"라는 말이 생기게 되었다. 또 북아메리카에서는 그리스군의 공격에도 끄떡없었던 트로이 성의 견고함에서 '트로이Trojan'이라는 상표로 잘 알려진 피임 기구 이름으로 쓰고 있다. 이런 이유로 신들 가운데 아프로디테가 가장 앞장서서 트로이를 위해 싸웠던 것이다.

신들

아프로디테

   사랑의 여신 아프로디테는 항상 파리스를 도와줄 태세가 되어 있었다. 그리고 메넬라오스 왕이 헬레네를 아내로 맞이할 때 아프로디테에게 제물로 바치기로 약속하고도 지키지 않은 가축의 인도와 관련하여 메넬라오스와 다투는 일이 많았다.

아레스

   아레스는 원래 아프로디테를 좋아했다. 트로이 전쟁에 대한 그의 태도는 친트로이적 성향이었으나 친아프로디테 성향보다 훨씬 미미했다. 그는 모든 전쟁을 개인적인 즐거움을 누릴 수 있는 크고 재미있는 선물로 여겼다. 그러나 그가 트로이 전쟁에 참전했다가 아테나의 도움을 받은 디오메데스에게 부상을 당하고는 그 즉시 멀찍이 달아나 그곳에서 살육을 지켜보기만 했다.

아폴론

아폴론과 아레스, 아프로디테 모두 알파벳의 가장 앞 글자 A로 시작되는 신들로 친트로이 동맹을 맺었다. 아폴론이 트로이 편에 선 이유는 그리스인들의 거친 행동이 아폴론의 교양 있는 품성에 거슬렸기 때문이다. 아킬레우스는 트로이에 도착하자마자 가장 먼저 아폴론의 아들 가운데 테네스를 죽였다. 이것이 아폴론의 심기를 매우 거슬리게 했다. 나중에 아폴론이 결정적으로 그리스군에게 타격을 주었는데, 그들이 아폴론 신전 사제의 딸을 납치했던 것이다. 그때 아폴론은 그리스군의 모든 진지에 역병을 퍼뜨려 호되게 응징했다.

트로이 왕실의 가족들

프리아모스

어르신, 왕께서는 얼마나 오랫동안 복을 누리셨는지
우리가 들어 알고 있나이다. 사람들이 모두 이야기하기를

사람들 가운데 어르신만큼 재물과 아들들로 복받은 이가 없다고 합니다.

－호메로스, 《일리아스》, 24권 －
아킬레우스가 프리아모스 왕에게 한 말

아킬레우스의 소파 밑에 헥토르의 시체가 놓여 있고,
프리아모스 왕이 아킬레우스에게 아들 헥토르의 시체를 돌려달라고 애걸하고 있다.

　헤라클레스가 트로이를 파괴하고 프리아모스 일가를 몰살시켰을
때 프리아모스는 왕가의 마지막 남은 생존자로서 트로이의 왕이 되
었다. 트로이 전쟁이 시작될 즈음 그는 이미 노인이었을 테고, 여러
명의 아내와 50여 명의 자녀가 있었다. 그는 그리스군과 전쟁을 치르
기로 한 운명적인 결정을 하기까지는 왕국을 현명하게 잘 다스려왔
다. 프리아모스 왕은 전사한 아들 헥토르의 시신을 돌려받기 위해 아
킬레우스에게 찾아가 애걸하는 괴로운 일도 마다하지 않았다. 그는

아킬레우스의 아들 네오프톨레모스에게 살해되었다.

헥토르

창을 잘 쓰며 용맹한 전사인
저 고귀한 헥토르를 보면 절로 경탄이 터져 나오도다.

－호메로스, 《일리아스》, 5권－

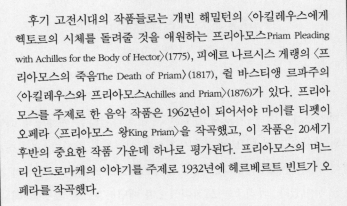

후대의 예술과 문명에 비친
프리아모스

　후기 고전시대의 작품들로는 개빈 해밀턴의 〈아킬레우스에게 헥토르의 시체를 돌려줄 것을 애원하는 프리아모스Priam Pleading with Achilles for the Body of Hector〉(1775), 피에르 나르시스 게랭의 〈프리아모스의 죽음The Death of Priam〉(1817), 쥘 바스티앵 르파주의 〈아킬레우스와 프리아모스Achilles and Priam〉(1876)가 있다. 프리아모스를 주제로 한 음악 작품은 1962년이 되어서야 마이클 티펫이 오페라 〈프리아모스 왕King Priam〉을 작곡했고, 이 작품은 20세기 후반의 중요한 작품 가운데 하나로 평가된다. 프리아모스의 며느리 안드로마케의 이야기를 주제로 1932년에 헤르베르트 빈트가 오페라를 작곡했다.

트로이 측 참전 인물 가운데 가장 위대한 헥토르는 정직하고 친절하며 용맹한 전사였다. 헥토르는 아폴론의 도움으로 아킬레우스의 친구인 파트로클로스를 죽였다. 파트로클로스는 아킬레우스가 화가 나 전쟁에 참가하지 않고 있는 동안 그리스군의 사기를 높이기 위해 아킬레우스 대신 그의 갑옷을 빌려 입고 출전했던 것이다. 아킬레우스는 파트로클로스가 전사한 일로 격한 감정에 휩싸였다.

파리스

너! 여자에 미친 사기꾼.
너는 결코 태어나지 말았어야 해.
태어났어도 결혼 전에 죽어버렸어야 할 인간이야!
너는 힘도 용기도 없는 쓸모없는 인간이야!

—호메로스, 《일리아스》, 3권—

파리스가 결혼한 자로서 간통한 것이 아니었다면 헬레네에 대한 그의 사랑은 조금 더 로맨틱한 사건으로 여겨졌을 것이다. 파리스가 헬레네를 납치했을 때 그는 이미 강의 요정 오이노네라는 님프와 결혼한 사이였다. 파리스는 도적이었으며 메넬라오스를 보았을 때 겁이 나서 사람들이 모여 있는 곳으로 숨어버린 겁쟁이였다. 호메로스는 파리스에 대해 "모든 사람에게 미움을 받았고 마치 죽음의 신을 보는 것같이 대했다"라고 썼다. 아킬레우스의 발뒤꿈치에 독을 묻힌 화살을 쏘아 죽인 사람은 파리스였다. 헤라클레스의 활로 쏜 화살에 맞아 죽어갈 때 오이노네가 치료하여 살릴 수도 있었지만, 그녀는 파리스가 죽게 내버려두었다.

영웅들

아이네아스

트로이인들은 아이네아스 그대를
신처럼 우러러 보았도다.

−호메로스, 《일리아스》, 11권 58절−

인간과 아프로디테 사이에서 태어난 아이네아스는 트로이 왕가의 다른 계파 출신이었다. 그는 디오메데스에게 죽을 뻔했는데, 아폴론이 구해주었다. 포세이돈은 아이네아스가 다가올 미래의 역사 전개에서 중요한 역할을 맡을 인물임을 알고 그가 아킬레우스의 공격을 받아 죽을 위험에 처했을 때 구해주었다.

펜테실레이아

여자에게도 전투 정신이 있구나!

–소포클레스, 《엘렉트라》, 1,242절–

아레스의 딸 펜테실레이아가 살인을 저지르자 프리아모스 왕은
그녀를 위해 정화의식을 해주었다. 그녀는 전쟁이 나자 그 빚을 갚기
위해 트로이로 왔다. 12명의 아마존 여전사와 함께 전쟁에 참전하여
아킬레우스에게 살해될 때까지 그리스군에 막대한 피해를 주었다.
아킬레우스가 죽은 그녀의 몸에서 갑옷을 벗길 때 아름다운 그녀 모
습을 보고 죽인 것을 후회했다고 한다.

멤논

에티오피아의 왕자이고, 에오스와 인간 티토노스(62쪽 참조) 사이
에서 태어났다. 멤논은 헤파이스토스가 만들어준 갑옷을 입고 출전
했는데, 아킬레우스가 다시 전투에 나설 때까지 이 갑옷을 입은 그를
그리스군에서는 아무도 당할 용사가 없었다. 헤파이스토스가 만들어
준 아킬레우스의 갑옷은 파트로클로스가 입고 출전하여 헥토르에게
살해당해 헥토르의 것이 되었다. 이 갑옷을 헥토르가 멤논에게 입혀
출전시켰다. 테티스는 헤파이스토스를 설득하여 다시 한 벌을 만들

어 아킬레우스에게 주었다. 그래서 아킬레우스와 멤논 모두 헤파이스토스가 만든 갑옷을 입고 싸우게 되었고 아킬레우스가 이겼다. 그러나 불과 몇 시간 후 아킬레우스는 파리스가 쏜 치명적인 독이 묻은 화살을 발뒤꿈치에 맞고 죽었다.

여인들

헬레네

이미 수없이 이 책에서 이야기했으므로 별다른 설명이 필요 없는 인물이다. 1594년부터 공연된 크리스토퍼 말로의 연극 〈파우스트 박사Doctor Faustus〉에서는 헬레네가 수천 년이 지났어도 여전히 아름답다고 표현하고 있다.

여기 이 얼굴이 일천 척의 배를 출항시키고,
일리움 성의 높은 성루들을 불태워버리게 한 그 여인의 얼굴인가?
아름다운 헬레네여, 그대와의 입맞춤으로 나를 영원불멸하게 해주오.
천국이 당신의 입술 안에 있소이다.
나는 천국, 즉 당신의 입술 안에서 지내렵니다.
헬레네 당신 이외에는 모든 것이 쓸데없는 찌꺼기 같을 것입니다.

헬레네에 대한 또 다른 표현

이 세상에 태어나지 말았어야 할 영원한 저주, 질투,

살인과 죽음, 지구상의 모든 재앙의 화신.

– 에우리피데스,《트로이의 여인들》, 769절 –

안드로마케가 본 헬레네

헤카베

프리아모스 왕의 첫째 부인으로 프리아모스 왕과의 사이에서 19명의 자녀를 두었고, 헥토르를 포함한 많은 아들이 트로이 전쟁에서 아킬레우스에게 살해되었다. 그녀는 그리스군이 트로이 성을 무자비하게 약탈할 때 살아남았으나 포로가 되어 그리스에서 노예생활을 했다. 그러던 중 아끼는 자식들 가운데 한 아들을 죽인 자를 만나 잔인하게 보복했다. 그녀는 불같이 활활 타는 눈빛을 지닌 검은 개로 변했고, 마녀의 여신 헤카테의 동반자가 되었다.

카산드라

프리아모스 왕의 딸들 가운데 가장 아름다웠다. 카산드라는 앞일을 잘 예측하는 재능을 받았으나, 아폴론의 구애를 거절한 탓에 그의 저주를 받아 아무도 그녀의 예언을 믿지 않았다. 그녀는 트로이인들에게 파리스가 그리스로 가지 못하게 하라고 경고했으나 듣지 않았

헥토르와 안드로마케의 비극적 이별 장면

다. 또 그리스인들이 남기고 간 목마를 트로이 성안으로 들이지 말라고 애원했으나 소용없었다. 아가멤논 왕가에 포로로 잡혀온 후 아가멤논 왕에게 임박한 불운을 경고했지만 이 또한 허사였다. 따라서 불운이 닥칠 것이라고 예언하지만, 상대방이 전혀 귀를 기울이지 않는 예언가를 가리켜 카산드라라고 부른다.

안드로마케

헥토르의 아내다. 안드로마케는 헬레네를 몹시 미워했고 앞으로 자신의 남편과 아이들에게 닥칠 불운을 예감했다. 그녀는 전쟁에서 살아남았으나 아킬레우스의 아들 네오프톨레모스의 첩으로서 끔찍한 시기를 보냈다. 그 후 전쟁에서 살아남은 다른 트로이인과 결혼했고, 여기서 얻은 아들과 함께 소아시아에 있는 도시 페르가몬을 세웠다.

호메로스의 《일리아스》 주요 사건들

호메로스의 걸작에 필적할 만한 작품은 없다고 할 수 있으므로(특히 그리스 고대시대의 작품 가운데에서는) 일부 주요 사건들을 요약하여 설명하면 작품 전체의 뛰어난 감동을 쉽게 느낄 수 있을 것이다. 다음의 일부 중요 내용 요약은 《일리아스》를 대략적으로 설명하기 위한 것이며, 전문 원작에 흐르는 인물들의 모험담을 재조명해보기 위해서다.

| 크리세이스가 잡혀왔다 |

▶1권 1절~21절 아카이아 군인들은 전리품을 적절히 분배했고, 생포되어온 아름다운 크리세이스는 아가멤논 왕의 첩으로 정해졌다. 그러나 그때 아폴론 신전의 신관인 크리세이스의 아버지 크리세스가 그의 딸을 돌려받기 위해 아카이아인들의 배가 정박되어 있는 곳으로 찾아왔다. 그는 딸의 자유를 위해 거액의 몸값을 갖고 왔다. 무엇보다 중요한 것은 아폴론의 홀을 화환 속에 넣고 그것을

손에 받쳐 들고 왔는데, 이는 아폴론의 뜻이 크리세스에게 딸 크리세이스를 돌려주라는 뜻이었음을 나타내기 위한 것이었다.

| 아가멤논 왕이 크리세이스를 잃고 아킬레우스의 첩이었던 여인을 대신 취하자 아킬레우스가 불만을 토로한다 |

▶1권 375절 아카이아인들은 모두 아폴론의 제사장 크리세스의 뜻을 존중하여 대속금을 받고 그의 딸 크리세이스를 돌려주고자 했다. 그러나 아가멤논 왕은 이를 단호히 거부하고 크리세스를 쫓아버렸다. 화가 난 크리세스는 자신을 끔찍하게 아끼는 아폴론에게 이 사실을 알리고는 딸을 돌려받게 해달라는 소원을 간절히 빌었다. 아폴론이 그의 기도에 응답했다. 아폴론은 필살의 화살을 아르고인들에게 퍼부었고, 시체가 쌓여 산을 이루게 되었다. 그제야 아카이아인들이 아가멤논의 전함 속에 갇혀 있는 크리세이스를 크리세스에게 데려다주었고, 아폴론에게 제물로 바칠 진상품도 함께 보냈다. 그러나 아가멤논 왕의 사자들이 아킬레우스의 진지로 와서 아카이아인들이 아킬레우스에게 전리품으로 배당한 브리세우스의 딸 브리세이스를 데려갔다(그리고는 아가멤논이 빼앗긴 크리세이스를 대신하기 위해 그녀를 아가멤논에게 바쳤다).

| 전쟁은 아킬레우스 없이 계속되었다. 아킬레우스는 브리세이스를 뺏긴 후 자신의 진지에 틀어박혔다. 그리고 신들까지도 전쟁에 관여하게 되어 아테나가 아레스와 대결하게 되었다 |

▶5권 840절 아레스는 아이톨리아인들 가운데 가장 용맹한 장수며 오케시우스의 아들인 강력한 페리파스를 죽이고 시체에서 갑옷을 벗기고 있었다. 그때 팔라스 아테나가 채찍과 전차의 고삐를 잡고 아레스에게 돌진했다. 아테나는 지하세계의 왕 하데스의 투구를 쓰고 있었기 때문에 아레스는 아테나의 모습을 볼 수 없었다. 그러나 아레스는 디오메데스가 부근에 있는 것을 보자마자 페리파스의 갑옷을 벗기다가 바로 디오메데스에게로 달려갔다. 둘 사이가 좁혀지자 아레스는 자신의 청동 날이 달린 창을 디오메데스에게 날리면서 이제 디오메데스는 끝장이 났다고 확신했다. 그러나 이를 본 아테나가 날아오는 창의 자루를 툭 쳐서 창이 위로 솟구쳐 전차 위를 날아 아무 해도 없이 마차 뒤로 떨어지게 했다. 다음 차례로 디오메데스가 아레스를 향해 창을 날렸고, 아테나는 이 창이 정확히 아레스의 배꼽을 맞추게 했다. 아레스는 고통으로 인해 9,000명 내지 1만 명의 사람이 내는 소리를 지르며 도망쳤다. 트로이군과 아카이아군과의 전투는 끝을 모르는 격렬함에 휩싸였고, 전세는 서로의 평원에서 일진일퇴를 거듭했다.

그리스인들은 아킬레우스의 도움을 애걸했다

▶9권 222절 그리스군은 전세가 역전되어 절망에 빠졌고, 아킬레우스의 도움 없이는 그리스군 함대 전부가 트로이인들의 손에 넘어갈 수도 있는 지경이 되었다. 트로이군과 연합군은 그리스군 함대와 육상 교두보 바로 앞에 진을 쳤다. 이제는 그들이 우리 함대

를 공격하는 데 아무 제약이 없었다. 제우스가 그들을 도와 우리에게 천둥번개를 내리고 헥토르는 신들린 용장처럼 질풍노도와 같이 우리를 공격했다. 헥토르의 저 영광스러운 모습이 참으로 부럽다. 아킬레우스여, 일어서서 출전하라. 지금 비록 늦었는지도 모르지만 질풍노도처럼 몰려오는 적군 앞에 떨고 있는 우리 아카이아인들을 구하라. 다나이아인들을 파멸에서 구하라.

| 아킬레우스가 응답했다 |

▶9권 307절 아가멤논 저 개 같은 자는 내 얼굴을 직접 쳐다보지도 못하고 있다. 나는 그자에게 아무 할 말도 없으며, 그자와는 아무것도 함께하고 싶지 않다. 그는 나를 부당하게 취급했고 나를 속였다. 이제 내가 또다시 그자에게 바보 취급을 받을 수 없다. 제우스가 이미 그를 미치광이로 만들었으니 그는 그가 저지른 잘못을 뒷감당하며 살아야 할 것이다. 나는 그가 보낸 선물에는 침을 뱉지만 그자를 직접 저주하지는 않겠다. 그가 지금 나에게 보낸 선물의 열 배, 아니 스무 배, 아니면 지금 그자가 가진 모든 것 또는 앞으로 갖게 될 모든 것, 부유한 오르코메노스Orchomenos의 재화 전부, 아니 이집트의 테베 전체의 어마어마한 재화를 준다 해도 어쨌든 나는 싫다. 그리고 그가 나에게 가한 그 비통한 모욕에 대해 반드시 복수할 것이며, 나는 움직이지 않을 것이다.

| 파트로클로스가 그의 친구 아킬레우스의 갑옷을 입고 그리스군을

규합하여 다시 전투를 벌이지만, 그는 헥토르와의 결전에서 패해 죽임을 당한다|

▶16권 790절 파트로클로스는 마지막 숨을 몰아쉬며 다음과 같이 말했다. "헥토르여, 원하면 스스로 자랑하라. 크로노스의 아들 제우스와 아폴론이 그대에게 승리를 선물했도다. 우리의 싸움에서 승리한 것은 네가 아니고 그 신들이도다. 신이 아닌 너 같은 인간은 스무 명 정도라도 내 창으로 죽여버렸을 것이다. 이제 내 말을 잘 듣고 가슴에 새겨두어라. 너도 이제 살날이 머지않았구나. 복수의 여신과 죽음의 신이 걸음을 재촉하며 너에게 다가오고 있구나. 그들이 너를 아킬레우스의 손에 쓰러지게 할 것이다!

헥토르와 아킬레우스가 맞붙었다 |

▶22권 260절 하늘을 차고 올라가 구름 속에서 땅 위의 양이나 겁먹은 토끼를 급습하는 독수리처럼 헥토르는 칼을 휘두르며 아킬레우스를 향해 돌진했다. 분노로 미친 아킬레우스도 헥토르를 맞으러 앞으로 나아갔다. 고요한 밤에 모든 것을 비추는 저녁 별같이 아킬레우스의 오른손에 들린 창날은 고귀한 헥토르의 죽음을 기다리며 반짝이고 있었다. 헥토르가 다가오자 아킬레우스는 헥토르를 향해 창을 날렸고, 그것이 헥토르의 목을 뚫고 지나갔다. 쓰러진 헥토르의 몸 위에 올라선 아킬레우스는 이렇게 말했다. "헥토르여, 너는 내가 파트로클로스같이 출전하지 않았다고 그를 죽이고도 아무 일 없을 것으로 생각했는가? 바보 같은 자여! 나는 가

버린 것이 아니고 배에 머물러 있었다. 너는 파트로클로스를 죽인 것으로 나를 격분하게 하여 나를 더 무서운 적으로 만들었구나. 아카이아인 파트로클로스에게는 고귀한 장례의식을 치러 그를 지하세계로 보낼 것이나, 너는 새와 개에게 너의 시체를 내주어 그것들이 하고 싶은 대로 하도록 내버려둘 것이다."

프리아모스 왕이 아들 헥토르의 시체를 돌려받기 위해 직접 아킬레우스에게 와서 애걸하고, 이에 감동한 아킬레우스가 마음을 누그러뜨리다 ｜

▶24권 570절 그들은 헥토르 시체에 대한 몸값을 받고, 그 가운데 두 벌의 품질 좋은 겉옷과 몸에 두르는 천은 헥토르의 시체를 돌려줄 때 입혀 보내기 위해 남겨두었다. 아킬레우스는 하인들에게 헥토르의 시체를 씻기고 기름을 바르라고 명령했다. 처음에는 프리아모스 왕이 헥토르의 난도질당하고 찌그러진 모습을 보지 못하게 별도의 장소에 두었다. 그러고는 아킬레우스가 직접 헥토르의 시체를 관대에 눕히고 그와 그의 하인들이 그것을 수레에 옮겼다. 이때 아킬레우스는 죽은 친구를 생각하며 울었고 친구에게 이렇게 말했다. "파트로클로스여, 나에게 노여움을 품지 말아다오. 그대는 지하세계에서도 내가 프리아모스 왕에게 아들 헥토르 몸값을 치르고 그 시체를 도로 찾아가게 허락했음을 들어서 알았겠지. 그 몸값은 대단한 것이었네. 그대에게도 합당한 몫을 나누어줄 것이네!"

트로이의 함락

아킬레우스와 헥토르가 죽고 난 후에도 전쟁은 조금도 수그러들지 않고 더욱 맹렬히 계속되었다. 오디세우스가 교묘한 책략을 만들어내고서야 끝이 났다. 트로이 목마에 대한 이미지는 우리의 의식 속에 너무나 깊이 각인되어 있다. 오늘날 트로이 목마는 컴퓨터에 침입하여 외부로부터 온갖 지저분한 정보에 컴퓨터를 노출시키는 악성 컴퓨터바이러스를 가리키는 용어로 쓰인다.

마지막 그리스군이 트로이 성안으로 진입했을 때 저지른 추악함은 극에 달했다. 그 극심한 파괴는 현대의 트로이 유적 발굴가인 슐리만이 유적에서 당시의 격한 약탈과 파괴의 증거를 찾아볼 수 있다고 할 정도였다. 전쟁이 끝난 후에 보통 그렇듯이 남자들은 대부분 학살되었고, 여자들도 약탈 당시의 어지러운 상황 탓만이 아닌 이유로 많은 이가 죽임을 당했다.

그리스인들이 신의 율법에 반해 자행한 극악무도한 행위와 관련된 인물들

폴릭세나, 인간 제물 폴릭세나는 프리아모스 왕의 막내딸이다. 네오프톨레모스는 그녀가 아킬레우스의 치명적 약점이 발뒤꿈치에 있다는 비밀을 파리스에게 알려주었다고 믿었고, 그 이유로 그녀를 사로잡아 아킬레우스의 묘 앞에서 목을 따 산 채로 제물로 바쳤다. 이 일에 대한 인과응보로 네오프톨레모스도 곧 죽을 운명에 처해졌다(후에 아가멤논의 아들 오레스테스의 손에 죽는다).

유아 살해 헥토르의 씨를 말리기 위해 헥토르의 어린 아들은 트로이 성벽에서 아래로 떠밀려 살해되었다.

신에 대한 모독 그리스인들은 약탈과 파괴에 넋이 나가 신전마저도 예외 없이 약탈과 파괴의 대상이 되었다.

겁탈당한 카산드라 그리스인들의 관점에서 볼 때 가장 충격적인 사건은 아이아스가 범한 카산드라의 겁탈이라는 신성모독 사건이다. 여기에서 말하는 아이아스는 앞에서 이야기했던 아이아스와는 다른 사람으로 '소小아이아스'라고도 불린다. 카산드라는 아테나 신전으로 도망가서 아테나상을 꽉 부둥켜안았다. 소아이아스가 카산드라를 떼어내려고 할 때 그녀가 신상을 너무나 꽉 붙잡아 넘어졌다. 그리고 소아이아스는 신전 안에서 카산드라를 겁탈했다. 처녀인 아테나가 자신의 신전에서 성행위를 하는 사람들에 대해 매우 불쾌하게 여기는 점을 감안한다면(메두사 참조), 자신의 신전 안에 있는 탄원자를 보호하는 구역에서 행해진 겁탈행위를 아테나가 그대로 넘길 리 없었다. 겁이 난 그리스인들이 소아이아스를 그 자리에서 죽여 화를 면하고자 했으나, 소아이아스는 자신이 모욕한 바로 그 아테나상에 꼭 매달려 버티는 바람에 목숨을 건졌다.

후대의 예술과 문명에 비친
트로이의 함락

트로이의 함락을 주제로 한 회화에는 조반니 도메니코 티에폴로의 〈트로이로 들어가는 목마The Procession of the Trojan Horse in Troy〉(1773), 잠바티스타 피토니의 〈폴리크세네의 희생The Sacrifice of Polyxena〉(1730~1734경), 루이 드 콜리의 〈트로이의 화재The Burning of Troy〉가 있다. 조각가 에메 밀레의 〈아테나의 가호를 갈구하는 카산드라Cassandra Seeking the Protection of Athena〉(1877)는 파리의 튈르리 정원에 설치되어 있다. 미국 위스콘신 주 델턴 호수에는 거대한 트로이 목마의 조각상이 설치되어 있다. 오페라 작품으로는 19세기 오페라 대작 가운데 하나로 베를리오즈가 작곡한 〈트로이 사람들The Trojans〉(1858)이 있는데, 트로이의 마지막 순간과 아이네아스의 방랑에 대한 이야기가 주요 줄거리다.

신의 보복

나는 아카이아인들이 고향으로 돌아가는 도중과
고향에 돌아온 후의 삶이 슬픈 일로 가득 차게 만들 것이다.

－에우리피데스, 《트로이의 여인들》, 65절－
아테나가 포세이돈에게 한 말

트로이를 함락할 때 그리스인들이 보인 추악한 행태에 아테나와 포세이돈은 격분한 나머지 자신들의 이전 피보호자 가운데 극히 일부만 제외하고는 등을 돌렸다. 두 신의 가호가 사라진 그리스인들에게 아폴론과 아프로디테는 거리낌 없이 마음먹은 대로 보복했다. 아폴론은 고삐 풀린 망아지 같은 무절제한 보복행위로, 아프로디테는 더 이상 역겨울 수 없는 음흉함으로 잘 알려져 있다. 살아서 고향으로 돌아간 사람이 별로 없을 정도였다. 몇 가지 예를 들어보자.

소아이아스

신으로부터 저주받은 강간범 소아이아스를 태운 배는 고향으로 돌아가는 중에 이미 예견된 대로 큰 재난에 부닥쳤다. 그는 고향으로 돌아가는 길에 큰 풍랑을 만나 배가 바위섬에 난파되자 배를 버리고 바위에 올라가 목숨을 건졌다. 그는 자신을 버린 신들의 뜻과는 상관없이 스스로의 목숨을 건진 자신의 능력을 자랑했다. 그때 포세이돈이 삼지창으로 소아이아스가 올라가 있는 바위를 내리치고, 아테나가 번개 같은 일격을 날려 그의 목숨을 빼앗았다.

아가멤논

아프로디테는 아가멤논 왕의 모든 가족에게 특별한 관심을 갖고 있었다. 아프로디테의 조화에 의해 아가멤논 왕의 아내 클리템네스트라는 남편이 전쟁에 출전하여 집을 비운 사이에 아이기스토스라는 정부를 들였다. 클리템네스트라는 아가멤논이 전쟁에 출전할 때 배를 움직일 바람을 얻기 위해 아르테미스에게 딸 이피게네이아를 제물로 바쳐 죽게 했다고 믿고 아가멤논에게 원한을 품고 있었다. 아가멤논이 목욕탕에서 휴식을 취하고 있을 때 클리템네스트라가 그물을

오레스테스가 어머니 클리템네스트라의 정부 아이기스토스를 죽이고 있다.

던져 그를 꼼짝 못 하게 만들고는 죽였다. 다른 설에 따르면 그녀는 카산드라도 동시에 죽였다고 한다. 아가멤논의 아들 오레스테스와 딸 엘렉트라는 작당하여 어머니 클리템네스트라와 그녀의 정부 아이기스토스를 죽여 아버지를 위해 복수했고, 그 자녀의 대에 이르기까지 아가멤논의 가족에게는 살인과 강간, 근친상간의 비극이 끊이지 않았다. 이 일이 있은 후 오레스테스는 복수의 세 여신에게 쫓기는 신세가 되었으나, 아테나가 복수의 세 여신을 설득하여 오레스테스의 처벌 문제를 신이 아닌 인간들의 법정에서 다루게 했다. 아테네의 법정은 오레스테스에게 죄가 없음을 선고하고 풀어주었다. 이는 인간들이 문명화되어 인간의 일을 신이 아닌 인간 스스로가 처리할 수 있게 했던 기념비적인 사건이었다.

후대의 예술과 문명에 비친 아가멤논

아가멤논 왕과 그 가족의 비극적 운명은 고대와 현대에서 많은 예술 작품을 탄생시킨 주제가 되었다. 소포클레스는 비극 《엘렉트라Electra》를 만들었다. 회화에는 베르나르디노 메이의 〈아이기스토스와 클리템네스트라를 살해하는 오레스테스Orestes Slaying Aegisthus and Clytemnestra〉(1654), 피에르 나르시스 게랭의 〈잠이 든 아가멤논을 죽이기 전 망설이는 클리템네스트라Clytemnestra Hesitates Before Killing the Sleeping Agamemnon〉(1817)가 있다.

디오메데스

디오메데스는 귀향길에 수많은 어려운 일을 겪었으나 그때마다 아테나가 보살펴주어 잘 헤쳐나갔다. 예를 들면 배가 난파되어 위험한 지역의 해변으로 휩쓸려갔을 때 생포되어 아레스에게 제물로 바쳐지기 전에 구사일생으로 모면한 적도 있었다. 어렵게 고향에 도착해보니 아프로디테의 조화로 아내가 바람이 난 것을 알게 되었다. 그는 역겨움을 이기지 못하고 다시 집을 떠나 방랑길에 올랐고, 후에 이탈리아에 정착했다. 메넬라오스는 고향으로 돌아오면서 헬레네를 데리고 왔다. 아프로디테는 헬레네를 계속 보호했다. 메넬라오스는 그녀를 차마 죽일 수 없었고, 또 실제로 헬레네는 복수심에 불타던 그녀의 남편보다 훨씬 더 오래 살았다.

대서사시의 주인공인 두 모험적 항해자

그리스인 오디세우스와 트로이인 아이네아스는 각각 고향과 새 정착지로 떠났다. 오디세우스는 선조들이 물려준 왕국과 그의 사랑하는 아내 페넬로페를 향해 떠났고, 아이네아스는 살아남아 동행하는 트로이인들과 함께 새로운 정착지를 찾아 모험을 떠났다. 영웅시대의 마지막 이야기는 두 사람의 긴 모험 여행에 관한 이야기며, 이제 이 이야기를 해보자.

9

귀환

그리스의 시인 호메로스의《오디세이아Odyssey》와 로마의 시인 베
르길리우스의《아이네이스》의 시대적 배경은 영웅시대의 끝과 일치
한다. 그리고 이 두 작품은 각각의 영웅에 초점을 맞추었다. 신화의
세계와 멋진 지중해를 중심으로 펼쳐진 대서사시로 그 세계에는 먼
나라의 이상한 사람들과 경이 및 위험이 가득한 땅에 대한 이야기가
펼쳐져 있다. 이 장은 호메로스와 베르길리우스의 위대한 작품을 그
대로 전달하려는 것이 아니라 독자들이 두 이야기의 전체적 구성을
잘 이해하게 하는 데 목적이 있다. 그래서《오디세이아》에 등장하는
연꽃 열매를 먹고사는 사람들이나《아이네이스》에 나오는 아이네아
스와 디도 여왕의 이야기같이 익숙한 일화 등을 작품의 전체적 맥락

에서 이해하게 하는 데 도움을 준다.

오디세이아

뮤즈여, 유명한 도시 트로이를 패망시키고 약탈한 후 멀리,
그리고 폭넓게 여행한 매우 독창적인 영웅의 이야기를 들려주소서.
그는 많은 도시를 방문했고, 그 나라들의 풍습과 예절을 익혔소.
그는 자신의 목숨을 보존하고 동료들도 안전하게 귀국시키기 위해
많은 희생을 치르고 노력했으나
아무리 애를 써도 그의 동료들을 지킬 수 없었소.

－호메로스,《오디세이아》, 전문－

　트로이를 패망시키는 데 오디세우스보다 더 많이 공을 세운 사람
은 없었다. 약삭빠른 그는 귀향길이 결코 순탄하지 않을 것임을 잘
알고 있었을 터였다. 헤라와 아폴론은 복수에 목말라 있었고, 제우스
마저도 그리스인들이 트로이에서 저지른 만행에 짜증이 나 있었다.
이런 상황은 아테나가 그의 피보호자인 오디세우스를 무사히 지키기
위해 엄청난 노력을 해야 하는 입장이 되었음을 말해준다. 그러므로
오디세우스가 이끄는 귀향선의 선원이 된다는 것은 본질적으로 자살
행위나 다름없었다. 그러나 선원들은 죽을 때 죽더라도 소름끼치도

록 화려하고 극도로 다양하며 이색적인 죽음을 기대했다. 호메로스가 들려주는 이야기는 사건들이 서로 얽혀 있고, 현재와 과거가 수없이 뒤엉켜 있으며, 많은 부수적인 이야기가 덧붙여져 있다. 오디세우스가 귀향 과정에서 겪은 일들을 사건 발생 순서에 따라 정리하면 다음과 같다.

1. 키코네스족

우리는 그들에게 공격을 당해 수세에 몰렸다.
적들의 수는 나뭇잎같이 또는 여름날의 꽃들같이 엄청나게 많았다.

-호메로스, 《오디세이아》, 9권 48절-

고국으로 돌아가는 길에 처음 정박한 곳은 이스마로스Ismaros였다. 미케네 시대 그리스인들의 행동 기준에 딱 맞게 오디세우스의 동료들은 가장 가까운 키코네스족 마을을 습격했다. 그들은 남자들을 학살하고 가축을 도축했으며 여자와 보물들은 분배했다. 오디세우스는 여자와 보물에 취해 정신을 놓고 있는 동료들을 제어할 수 없었다. 그러자 이웃 마을 사람들이 모두 무기를 들고 약탈자들을 습격했다. 트로이 전쟁에서 단련된 노련한 병사들이 이를 잘 막아냈지만 결국 도주할 수밖에 없었다.

2. 연꽃 열매를 먹는 사람들

꿀같이 달콤한 연꽃 열매를 먹어본 사람들마다…
연꽃 열매를 먹고 살아가는 사람들의 무리에 남길 원하네.
그들은 연꽃만 먹고살고자 하며, 그가 고향으로 가는 중임을 잊고자 하네.

− 호메로스, 《오디세이아》, 9권 95절 −

제우스가 처음으로 그리스인들의 지저분한 행위에 대한 불만의 표시로 오디세우스의 소규모 선단에 폭풍우를 보내 배들을 항로에서 멀리 이탈시켰다. 돛은 갈기갈기 찢어졌고 마실 물도 떨어졌다. 선원들은 배를 북아프리카 연안 어딘가에 정박시켰다. 그들은 그곳에서 연꽃 열매를 먹는 사람들을 만났다. 시인 테니슨의 기억할 만한 표현을 빌리면 그들은 "항상 모든 시간이 오후만 존재하는 듯한 땅"에 사는 사람들이었다. 연꽃 열매를 먹은 사람들은 즉시 삶의 의욕을 잃고 몸이 나른해지면서 친구건 집이건 관심이 없어졌다. 오디세우스의 동료들도 연꽃 열매를 먹고 그곳 사람들처럼 의욕을 잃고 무기력해져서 고향으로 돌아갈 생각을 잊었다. 오디세우스는 동료들에게 육체적 고통을 가함으로써 삶의 의욕을 회복시켰고, 다소나마 정신을 차린 동료들을 승선시켰다. 그럼에도 동료들은 가기 싫어서 슬피 울었고, 노 젓는 자리에 묶이고 나서야 배는 다시 출항할 수 있었다.

3. 폴리페모스

극악무도한 괴물, 그는 자신의 가축 떼를 몰고,

동족과도 떨어져 혼자 살며, 서로 어울리는 일이 없었다.

그리고 성격은 무지막지했다.

-호메로스, 《오디세이아》, 9권 189절-

오디세우스와 동료들이 외눈박이 거인 폴리페모스의 눈을 찌르고 있다.

이 극악무도한 외눈박이 거인은 포세이돈의 아들이다. 그는 성격이 포악했으며, 요정 갈라테이아를 차지하기 위해 연적이었던 목신판의 아들을 죽이기도 했다. 그는 이미 오디세우스를 조심하라는 경고를 받았다. 오디세우스와 그의 동료들이 길을 헤매다 폴리페모스가 사는 동굴로 들어가는 실수를 했다. 그때 폴리페모스는 오디세우스에게 누구냐고 물었고, 두뇌 회전이 빠른 오디세우스는 "노보디 Nobody"(아무도 아니다)라고 대답했다. 폴리페모스가 선원들을 죽여 잡아먹기 시작했다. 이것이 폴리페모스의 큰 실수였다. 오디세우스는 외눈박이 거인에게 술을 먹여 취해 잠에 곯아떨어지게 하고는 말뚝으로 그의 하나밖에 없는 눈을 찔렀다. 폴리페모스는 고통을 이기지 못하고 비명을 질렀다. 이 소리를 듣고 이웃 외눈박이 거인들이 몰려와 무슨 일이냐고 물었을 때 그는 '노보디'가 자신을 해치고 있다고 대답했으나, 다른 외눈박이들은 아무도 없다고 이해하고 모두 돌아가 잠을 잤다. 다음 날 아침 살아남은 오디세우스와 동료들은 풀을 뜯기 위해 밖으로 나가는 가축의 배 밑에 매달려 동굴을 빠져나왔다. 이 일로 인해 오디세우스를 미워하는 신들의 명단에 포세이돈이 추가되게 되었다. 오디세우스에게 적대적인 신들의 숫자는 계속 늘어나게 되었다.

4. 아이올로스, 바람의 신

그리스 신화에는 아이올로스라고 부르는 많은 인물과 신이 등장한다. 호메로스의 《오디세이아》에 등장하는 아이올로스는 바람의 신이다. 아이올로스가 사는 곳을 오디세우스와 그의 선단(이맘때쯤에는 규모가 많이 축소되었다)이 항해 중 들르게 되었다. 아이올로스는 오디세우스가 마음에 쏙 들었다. 그리하여 한 달간 그의 환대를 받은 다음 떠났다. 아이올로스는 서풍을 불게 하여 오디세우스 일행의 배가 고향 이타카까지 거의 다다르게 했다. 출발할 때 오디세우스는 아이올로스로부터 입구를 틀어막은 큰 자루를 받아 배에 싣고 왔다. 자루에 금이 들어 있을 것이라고 생각한 선원들은 오디세우스가 잠든 사이에 자루를 열어보았다. 그러자 서풍이 거의 다 소멸된 상태에서 다른 바람들이 불어 배를 원래의 출발지인 아이올로스가 살고 있는 섬

으로 돌려보냈다. 자루 속에는 동풍, 북풍, 남풍이 들어 있었던 것이다. 오디세우스는 아이올로스에게 다시 도움을 청했으나 그는 거절했다. 이때 오디세우스가 그의 선원들에게 갖게 된 괘씸한 감정은 나중에 여러 사건을 겪으면서 선원들이 죽어갈 때 오디세우스가 느꼈을 고통을 다소나마 줄여주었을 것이다. 오늘날 공기를 다루는 각종 제품들의 상표명으로 아이올로스라는 이름이 많이 쓰이고 있다. 더 유명한 것은 그가 만든 공기주머니다. 이 공기주머니는 허풍쟁이라는 뜻으로 의인화되었고, 정치계에서 풍자 용어로 쓰인다.

5. 라이스트리고네스

그들은 바닷속에서 사람을 물고기 잡듯 작살로 찍어 잡아서
집으로 가져가 메스껍게도 한 끼 식사로 먹어치운다.

－호메로스, 《오디세이아》, 10권 125절－

노를 젓느라 힘든 시간을 보낸 후 함대는 호젓한 항구를 발견했다. 이곳은 사람을 잡아먹는 거인들이 만들어놓은 함정이었다. 배가 이곳으로 들어오면 거인들이 큰 바윗덩이를 던져 배를 박살내고 선원들을 작살로 잡아 올려 잡아먹었다. 조심스러운 오디세우스는 자신이 탄 배를 항구 바깥에 정박시키고 상황을 지켜본 덕분에 화를 면했다. 오로지 오디세우스가 탄 배만이 무사했다.

6. 키르케

키르케가 막대기로 오디세우스의 부하들을 내리치자
그들은 머리와 목소리, 몸통까지도 털이 뻣뻣한 돼지로 바뀌었다.
그러나 생각과 마음은 바뀌기 전의 사람이었을 때와 똑같았다.

－호메로스, 《오디세이아》, 10권 240절－

키르케는 태양신 헬리오스의 딸이고 미노타우로스를 낳은 파시파이와 자매 사이였다. 그녀는 남자를 매혹시키는 힘이 대단했다. 그녀는 오디세우스의 동료들에게 물약을 먹여 돼지로 변신시켰다(영국 빅토리아 여왕 시대의 시인 오거스타 데이비스 웹스터의 견해에 따르면 오디세우스의 동료들이 변장한 것을 키르케가 벗겼다고도 한다). 오디세우스도 키르케가 준 물약을 먹었으나 헤르메스가 준 신성한 약초 뿌리를 먹어 무사할 수 있었다. 이 신성한 약초 뿌리는 '몰리Moly'라고 하며, 오늘날 감탄사로 쓰이는 '홀리 몰리Holy Moly'의 어원이다. 그 일이 있은 후 키르케는 오디세우스에게 푹 빠졌고, 오디세우스와 본모습을 되찾은 그의 동료들은 다시 출항할 때까지 1년을 잘 지냈다.

7. 지하세계

오디세우스여! 아직도 살아 있는 그대가
어떻게 음습한 암흑세계로 들어갈 수 있었는가? 살아 있는 자가
이 어두운 지하세계를 들어가서 본다는 것은 너무나 어려운 일이다.

－호메로스, 《오디세이아》, 11권 155절－

모험가들은 내키지 않았지만 키르케가 시키는 대로 '항상 가랑비가 내리고 짙은 안개에 쌓인 북쪽에 위치한 킴메르족Cimmerian의 도시'로 향했다. 그곳에 있는 지하세계로 통하는 문 옆에서 비밀의식을 치른 오디세우스는 지하세계에 사는 예언가 티레시아스와 대화를 나눌 수 있게 되었다. 티레시아스의 말에 의하면 포세이돈이 그리스인들에 대해 갖고 있는 적개심 때문에 누구든지 고향으로 항해하려는 사람들은 큰 위험을 감수해야 했다. 하지만 오디세우스는 고향으로 돌아가야 한다고 했다. 그렇지 않으면 남편의 생사도 모르는 과부와 같은 그의 아내 페넬로페에게 구혼자들이 몰려와 그녀를 빼앗고 그의 재산을 탕진할 것이라고 했다.

━━◈ 티레시아스와 헤라, 제우스 ◈━━

　　예언가 티레시아스는 헤라에 의해 10년 동안 여자로 지낸 적이
있었다. 다시 남성으로 돌아온 후 제우스와 헤라 사이에 벌어진 논
쟁에서 이를 결론지을 증거를 제출해줄 것을 요청받았다. 그 쟁점
은 남녀 간의 성행위에서 남자와 여자 가운데 누가 더 즐거움을 얻
는 것인가 하는 것이었다. 티레시아스는 여자 쪽이 열 배는 더 즐거
움을 얻는다고 답했다. 그러자 기분이 상한 헤라는 티레시아스의
눈을 멀게 만들었으나, 제우스는 논쟁에서 이기게 도와준 감사의
표시로 그에게 예언 능력과 긴 수명을 선물했다. 그는 죽은 후에 지
하세계에서 페르세포네의 총애를 받았다.

8. 세이렌

세이렌들은 맑은 목소리로 노래를 불러 뱃사람들을 홀린다.
그들 주위에는 썩은 시체에서 드러난 **뼈**가 무더기를 이루고,
뼈에는 말라비틀어진 가죽이 붙어 있다.

－호메로스,《오디세이아》, 12권 45절－

자신의 목소리로 오디세우스를 홀리지 못한 저주받은 세이렌이 공중에서 떨어지고 있다.

오디세우스는 키르케로부터 세이렌을 주의하라는 경고를 미리 받고(211쪽 참조) 선원들의 귀를 밀랍으로 막아 세이렌의 노랫소리를 아예 듣지 못하게 했다. 그리고 그 자신은 몸을 돛대에 묶어 움직일 수 없게 만들고 노랫소리를 들었다.

9. 스킬라와 카리브디스

그녀는 발이 12개가 달렸는데, 모두 다 흉측하게 일그러져 있고,
긴 목이 여섯 개나 붙어 있었으며, 목에는 무서운 모습의 머리가
각각 붙어 있었다. 머리마다 각기 세 줄의 이빨이 나 있었는데,

두껍고 촘촘히 박혀 있었으며, 무서운 죽음의 사자 모습이었다.

여기서 오디세우스는 힘든 선택을 해야 했다. 배를 난파시킬지도 모르는 소용돌이치는 바다를 항해할 것인가, 아니면 여섯 명의 선원을 잡아먹을 것이 확실한 여섯 개의 식인 머리를 가진 괴물이 있는 바다를 지나갈 것인가 하는 힘든 결정을 해야 했다. 오디세우스는 빠르게 줄어들고 있는 선원 가운데 여섯 명을 더 희생시키기로 했다(키르케는 오디세우스에게 스킬라를 조심해야 한다고 경고했다. 하지만 키르케 자신이 한때 그녀가 사랑에 빠졌던 연인 때문에 아름답던 처녀 스킬라를 괴물로 만들었다는 이야기를 해주는 것을 잊었다).

10. 태양신의 가축 떼

친구들이여, 우리가 탄 쾌속선에도 고기와 마실 물이 있다네.
우리가 해를 당하지 않으려면
이 소 떼에게 손을 대어서는 안 된다네.
이 소들은 무서운 태양신 헬리오스의 것이라네.

다음으로 배가 닿은 곳은 살찌고 맛있게 보이는 소들이 있는 섬이었다. 오디세우스는 선원들에게 소들을 잡아먹어서는 안 된다고 경고했으나 소용이 없었다. 제우스는 바람을 거꾸로 불게 하여 배를 섬에 묶어버렸고, 결국 선원들은 섬에서 지내는 동안 유혹을 이기지 못하고 소들을 잡아먹었다. 태양신 헬리오스는 크게 화를 냈고, 죽은 소들을 위해 복수하지 않으면 다시는 땅에 햇빛을 비추지 않을 것이라고 협박했다. 이에 놀란 제우스는 즉각 폭풍우를 배 쪽으로 몰고와 배와 선원들을 날려버렸다.

11. 칼립소

불운한 영웅 오디세우스여! 그대는 친구들과 멀리 떨어져
나무가 우거지고 바다로 둘러싸인 바다의 배꼽 같은 섬에서 지내는구나.
그곳에 한 요정이 살고 있는데,
부드럽고 달콤한 말로 그대가 고향 이타카를 잊어버리게 홀리고 있구나.

－호메로스, 《오디세이아》, 1권 44절 －

앞에서 일어난 대참사에서 유일하게 살아남은 사람은 오디세우스뿐이었다. 그는 부서진 배에서 튕겨 나온 돛대를 움켜잡고 한 섬에 도착했다. 그곳에는 신들과 티탄들 사이의 싸움에서 티탄 편에서 싸운 자신의 아버지 아틀라스를 도와준 죄로 유배형을 받은 요정 칼립소가 살고 있었다. 칼립소와 오디세우스는 첫눈에 호감을 갖게 되었고, 둘 사이에는 아들도 생겼다. 그런데도 오디세우스는 고향 이타카와 아내 페넬로페를 한순간도 잊을 수 없었다. 섬에서 칼립소와 함께 7년을 지낸 후에 아테나는 제우스에게 칼립소가 오디세우스를 고향으로 떠나보낼 수 있게 청했다. 칼립소는 슬픔에 빠졌다. 그러나 후세에 칼립소의 이름이 기억되어 서인도 제도에 사는 한 민족의 매력 있는 민속음악 이름으로 사용되었다. 그뿐 아니라 토성의 한 위성의 이름으로도 쓰이게 되었다.

12. 나우시카

오디세우스는 머리를 땋은 아름다운 처녀들이 모여 있는 곳을 지나갔다.
벌거벗고 소금기에 절은 그의 몸은 더러웠다.
처녀들은 흉측한 그의 모습을 보고 도망쳤다.
그러나 알키노오스의 딸만은 그 자리에 서서 그의 얼굴을 보았다.

−호메로스, 《오디세이아》, 6권 127절−

포세이돈은 배를 몰고 가는 오디세우스를 보며 음흉한 미소를 지었다. 그는 즉시 배를 침몰시키기로 하고 폭풍우와 파도를 심하게 일

벌거벗은 오디세우스와 맞닥뜨린 나우시카

게 해 배를 산산조각 냈다. 아테나가 최선을 다해 오디세우스 편에서
막아준 덕분에 그는 목숨을 건질 수 있었다. 벌거벗고 만신창이가 된
그는 미지의 해안가로 기어서 올랐다. 기운이 빠진 오디세우스는 그
곳에서 잠이 들었고, 다음 날 아침 이 지역 왕의 딸 나우시카와 하녀
들이 근처에서 떠들며 노는 소리에 깼다. 하녀들은 그의 흉한 몰골을
보고 도망쳤으나 나우시카는 그 자리에서 오디세우스를 똑바로 처다
보았다. 하녀들이 빨래하러 강에 올 때 바람을 쐬러 함께 온 터라 그
녀 옆에는 빨래를 해놓은 깨끗한 옷이 있었다. 나우시카는 목욕을 한
오디세우스에게 새 옷을 입혀 왕궁으로 데려갔고, 그녀의 아버지는
그를 포도주와 음식으로 잘 대접했다. 그는 지난 모험담을 이야기해
대접해준 사람들을 즐겁게 했다(이때 오디세우스가 한 이야기가 호메로스
가 지은 《오디세이아》의 상당한 부분을 차지한다). 왕은 오디세우스에게 배
를 내주었고 오디세우스는 그 배를 타고 무사히 고향으로 돌아갔다.

이타카

나는 오디세우스가 시체들 사이에 서 있는 것을 보았습니다.
그분이 죽인 구혼자들의 시체가 딱딱한 바닥에 널브러져 있었습니다.
당신이 직접 보았다면 당신의 마음을 녹여줄 신나는 광경이었습니다.

－호메로스, 《오디세이아》, 23권 45절－
페넬로페의 유모가 페넬로페에게 한 말

오디세우스가 집을 비운 동안 그의 아내 페넬로페는 커다란 고민에 빠졌다. 오디세우스는 실종되었고 사람들은 신의 노여움 때문에 죽임을 당했을 것이라고 여겼다. 그리하여 궁궐은 페넬로페를 차지하려는 구혼자들로 넘쳐났다. 페넬로페와 결혼하면 왕국까지도 그의 차지가 되기 때문이었다.

오디세우스의 아들 텔레마코스의 거센 항의에도 불구하고 구혼자들은 무한정 궁궐에 머물며 먹고 마시고 사냥하면서 오디세우스의 재산을 탕진했다. 당시 그리스 예법에 따라 손님을 잘 접대해야 했으므로 구혼자들은 이를 악용했던 것이다. 페넬로페는 궁궐 위층에 은둔한 채 벽걸이용 태피스트리를 만들며 지냈다. 그러고는 그것이 완성되면 배우자를 선택할 것이라고 했다. 그러나 페넬로페는 그 끔찍한 순간을 피하려고 낮에 짠 만큼 밤에 다시 풀기를 반복했다.

베틀에 앉은 페넬로페

오디세우스는 10년도 더 걸린 매우 위험했던 항해를 경험한 후 매우 조심스러운 사람으로 바뀌었다. 그리하여 이타카에 도착하여 먼저 귀향을 알리는 대신 나라 사정을 살펴보기로 했다. 다행인 것은 트로이 전쟁의 참전과 귀향 과정에서의 고행으로 그의 모습이 많이 까칠해지고 지쳐 보였기 때문에 그가 옛날에 기르던 사냥개 외에는 아무도 그를 알아보지 못했다. 아테나의 도움으로 그의 모습은 더욱 볼품없어져 오디세우스는 영락없이 불쌍한 거지꼴이 되었다.

텔레마코스는 아버지 소식을 듣기 위해 스파르타로 갔고, 다시 결합한 메넬라오스와 헬레네가 사는 왕궁의 손님으로 머물렀다. 이때 메넬라오스와 헬레네는 원만한 가정생활을 유지하고 있었다. 텔레마코스는 아테나로부터 아버지 오디세우스의 귀국 소식과 함께 고향으로 돌아가라는 명령을 받았다. 그는 돌아가는 길에 구혼자들이 매복하고 있다가 자신을 죽이려는 것을 막기 위해 미리 자신의 아버지를 만났고, 힘을 합쳐 대비하기로 했다. 오디세우스는 거지로 변장하여 아무도 그가 누구인지 모르게 자기 집으로 들어갔고 구혼자들에게 조롱을 당했다. 텔레마코스는 어머니 페넬로페와 의논하여 거지로 변장한 오디세우스와 모든 구혼자가 참가하는 활쏘기 시합을 준비했다. 모든 참가자가 모였을 때 텔레마코스는 구혼자들이 소지했던 무기들을 다른 곳에 감추었다. 이때 시합에서 쓰기로 한 활은 옛날 오디세우스가 쓰던 매우 강력한 활로 그를 제외하고는 아무도 활시위를 당길 수조차 없었다.

시합은 뻔했다. 오디세우스가 활을 쏠 차례가 되자 모든 참가자가 어이없어하며 실소를 금치 못했다. 그러나 그가 활시위를 당겨 화살을 과녁에 명중시키자 시합장은 쥐죽은 듯이 조용해졌다. 오디세우스는 화살이 다할 때까지 구혼자들을 한 명씩 쏘아 죽였고, 아들 텔레마코스는 농장 일꾼들과 합세하여 구혼자들을 처치했다. 이때 처치해야 할 구혼자가 100명도 넘었기 때문에 꽤 많은 시간이 필요했다.

결말 오디세우스와 아테나는 살해당한 구혼자 가족들의 분노를 가라앉히기 위해 적절한 위협과 타협으로 그들과 평화로운 관계를 회복했다. 페넬로페는 결혼할 때 오디세우스가 직접 만들어준 침대에 대한 설명을 듣고 그제야 그가 진짜 오디세우스임을 확실히 알아차렸고 두 사람은 행복한 가정생활을 꾸렸다. 다른 설에 따르면 오디세우스는 다시 항해를 떠났고, 그와 키르케 사이에서 낳은 아들에게 살해되었을 것이라고 한다.

후대의 예술과 문명에 비친
오디세우스(율리시스)

　《오디세이아》에는 독자의 이해를 돕기 위해 삽화가 많이 쓰였다. 그 가운데 뛰어난 작품은 다음과 같다. 야고프 요르단스의 〈폴리페모스의 동굴에 갇힌 오디세우스〉(1660경), J. W. 워터하우스의 〈오디세우스에게 잔을 건네는 키르케〉(1891), 조반니 베네데토 카스틸리오네의 〈오디세우스의 동료들을 짐승으로 변신시키는 키르케〉(1650대), 허버트 드레이퍼의 〈오디세우스와 세이렌들〉(1909), 아르놀트 뵈클린의 〈오디세우스와 칼립소〉(1883), 핀투리키오의 〈페넬로페와 구혼자들〉(1509경), 조르조 데 키리코의 〈오디세우스의 귀향〉(1968), 프란체스코 프리마티초의 〈오디세우스와 페넬로페〉(1545) 등이 있다. 《율리시스》는 소설가 제임스 조이스가 1914년부터 1921년 사이에 하여 에피소드별로 출간한 장편 소설의 제목으로 쓰여 오늘날에도 남아 있다(나우시카 편이 출판된 후 외설적인 삽화 때문에 형사 처벌되기도 했다). 오디세우스의 전설을 모르는 독자들은 그것을 잘 아는 독자들보다 서구문화로부터 탄생한 이 걸작품을 제대로 이해하기 힘들 것이다.

핀투리키오, 〈페넬로페와 구혼자들〉, 1509년

아이네이스

이 사람은 땅에서나 바다에서나 신들의 박해와
끊이지 않는 주노의 거친 분노 앞에서 속수무책이었다.
그는 스스로의 노력으로 도시를 세우고
자신의 신들을 자신이 세운 도시 라티움으로 데리고 오기까지
계속 이어지는 전쟁에서 말할 수 없이 힘든 과정을 겪었다.

－베르길리우스, 《아이네이스》, 3~7권 －

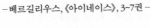

《오디세이아》와 《아이네이스》는 1,000여 년의 세월을 두고 쓰였지만 동시대의 인물과 사건을 다루고 있다. 주인공 오디세우스와 아이네아스는 같은 시기에 지중해와 그 연안을 떠돌았고, 시칠리아에서는 맞닥뜨릴 뻔했다. 두 책 모두 열 개 남짓한 소주제들로 구성되어 있다. 처음 여섯 개의 소주제들은 아이네아스의 방황을 다루었고, 두 번째 여섯 개의 소주제들은 머나먼 땅에서 새로운 삶의 터전을 일구는 피비린내 나는 투쟁을 다루었다. 《오디세이아》의 구성방법을 빌려 쓴 《아이네이스》는 중간에서 작품이 시작되고, 회상의 독백을 통해 앞에 일어난 사건을 이야기하고 있다. 사건이 일어난 순서대로 다음에 간략히 소주제들의 내용을 요약했다. 요약하면서 원문의 베르길리우스의 우아한 문장이 거칠게 바뀐 점을 이해해주기 바란다.

1. 트로이로부터의 탈출

그날 밤의 대학살과 죽음의 광란은 말로 다 설명할 수 없다.
옛 트로이가 함락되면서 당한 그 고통은 눈물로 씻을 수 없는 것이었다.

－베르길리우스, 《아이네이스》, 2권 360절－

그리스군이 목마를 이용해 트로이 성안으로 침투했을 때 아이네
아스는 그들과 맞서 용감하게 싸웠다. 그러나 아프로디테는 그에게
가족을 데리고 피하라고 알려주었다(지금부터는 베르길리우스의 원작에

아이네아스가 아버지, 아들과 함께
트로이를 탈출하고 있다.

따라 아프로디테 대신 비너스로 부를 것이다). 아이네아스는 늙은 아버지 안키세스를 등에 업고 아들 아스카니오스와 함께 불타는 트로이를 탈출했다. 그는 아내 크레우사를 구하러 트로이로 되돌아갔으나 그녀는 이미 죽은 후였다. 그는 트로이를 탈출한 트로이 군인들을 모아 소규모 함대를 만들어 트로이 땅을 떠나 바다로 향했다.

2. 지중해 항해

우리는 바다가 항해하기에 적당한 것을 확신하고
해안에서 모여 배를 타고
잔잔한 바다로 순풍을 받으며 출항했다.

—베르길리우스, 《아이네이스》, 3장 69절—

트로이 유민들은 트라케Thrace에 그들의 새로운 보금자리를 세울 계획을 세웠다. 그러나 그곳에 도착한 후 불길한 징조가 계속 나타나자 크레타로 옮겨갔다. 후에 페르가몬Pergamum이 세워진 소아시아 지역으로 옮겨갈 것을 고려하기도 했다. 그러나 하르피이아Harpy들과의 충돌도 있었고, 서쪽에 있는 이탈리아로 가서 그곳에 정착해야 한다는 계시를 받아 그리스 반도를 따라 연안을 항해하며 그리스 서쪽 해안에 있는 부트로툼Buthrotum에 다다랐다. 그곳은 헥토르가 죽은 뒤

그의 미망인 안드로마케와 결혼한 트로이 출신의 망명자 헬레노스가
다스리고 있었다. 헬레노스는 아이네아스 일행에게 무서운 괴물 스
킬라가 살고 있는 이탈리아 쪽 해안이나 무서운 카리브디스가 살고
있는 시칠리아와 이탈리아 사이의 소용돌이치는 바다를 피하고 시칠
리아 섬을 우회하는 항로를 택하도록 권유했다. 그들은 이 권유에 따
라 시칠리아 섬 남쪽으로 향하여 항해하다 외눈박이 거인 키클롭스
들이 살고 있는 섬을 들르게 되었다. 그곳에서 외눈박이 거인 폴리페
모스로부터 황급히 도망치다가 오디세우스 일행과 헤어져서 그곳에
남겨진 오디세우스의 동료들을 구출한 다음 시칠리아로 항해했다.
아이네아스의 아버지 안키세스는 그곳에서 죽었다. 그를 추모하는
운동 경기가 열리기도 전에 거대한 폭풍우가 휘몰아쳐 그들이 탄 배
를 아프리카 쪽으로 밀고 갔다.

3. 여왕 디도

디도는 그곳의 여왕이다.
그녀는 남자 형제를 피해 고향 티로를 버리고 이곳으로 왔다.
그녀의 비통함을 노래한 가사는 너무나 길어 옮겨 읊을 수도 없구나.

－베르길리우스, 《아이네이스》, 1권 33절－

페니키아Phoenicia(티로가 위치한 지역의 이름)로부터 망명한 여왕 디도는 카르타고Carthage라고 부르게 될 도시를 건설하느라 매우 바빴다(한 무리의 현대 고고학자들은 카르타고 건설이 이보다는 수세기 이후에 이루어졌다고 주장하여 《아이네이스》 이야기의 흥을 깨뜨리고 있다). 여왕은 아이네아스 일행을 호의적으로 맞이했다. 그러나 이것 때문에 비너스와 주노(헤라) 사이의 불화로 인한 제물이 되었다. 디도 여왕과 카르타고의 수호신 주노는 아이네아스와 그의 동료 트로이인들을 카르타고에 정착시키자고 아이네아스의 수호신인 비너스에게 제안했다. 주노는 이렇게 되어야만 예정된 로마 건설과 그에 따라 나중에 역사에서 카르타고가 로마에 의해 멸망되는 일을 막을 수 있음을 잘 알고 있었다. 사랑에 빠진 디도 여왕은 도시 외곽의 동굴에서 아이네아스와 사랑을 불태웠다. 그러나 이때 메르쿠리우스(헤르메스)가 아이네아스에게 나타나 아이네아스의 운명에 의한 사명은 이탈리아에서 이루어질 것이며, 이곳에서 이렇게 지내서는 안 된다고 강하게 경고했다. 아이네아스는 늘 그러했듯이 자신에게 주어진 운명에 순응했다. 디도는 아이네아스가 바로 이탈리아로 출발한다는 소식을 듣고 충격을 받았고, 비탄과 좌절에 빠져 자살했다. 이 이야기는 디도 여왕이 자신의 시체를 태우기 위해 쌓은 장작더미에 불을 붙이고 그 위에서 아이네아스와 그의 자손들을 절절하게 저주하며 죽어가는 모습을 묘사하는 것으로 끝이 난다.

4. 시칠리아

무한한 존경을 바칩니다. 오! 거룩하신 아버지여,
내가 이탈리아로 들어가 나의 운명이 나에게 정해준 땅을 차지할 때까지는
나와 함께하는 것을 신들은 당신에게 허락하지 않았습니다.

- 베르길리우스, 《아이네이스》, 5장 80절 -
안키세스의 장례식에서 한 아이네아스의 조사

트로이 유민들은 죽은 안키세스를 추모하는 운동 경기를 열기 위해 시칠리아로 돌아왔다. 주노는 아이네아스 일행이 시칠리아를 떠나 로마를 건설하는 것을 방해하기 위해 트로이 여인들을 설득하여 남자들에게 시칠리아에 정착할 것을 주장하고, 배에 불을 질러 그들이 다시는 방랑하지 못하게 만들었다. 이런 시도는 좌절되었지만 일부는 트로이에 남기를 희망했다. 결국 아이네아스는 그들을 남기고 다시 항해를 떠나 주노가 그들의 이탈리아행을 좌절시키기 위해 일으킨 폭풍우 속으로 들어갔다. 넵투누스(포세이돈)는 비록 트로이인들을 싫어했지만, 주노가 자신의 관할 영역에 개입하여 간섭하는 것은 그보다 더 싫었다. 그래서 주노에게 약을 올리듯 넵투누스는 아이네아스와 그의 동료들이 탄 소규모 함대를 안전하게 항해하도록 이끌어주었다.

5. 상륙

짙은 나무 숲 속에 숨겨진 나뭇가지가 있었는데,
이 가지는 금으로 만들어졌다. 잎들도 금이고 가지도 금이더라.

−베르길리우스, 《아이네이스》, 6권 146절−

아이네아스는 다이달로스의 아들 이카로스가 미노스 왕으로부터 탈출한 것을 추억하기 위해 다이달로스가 만든 기념비가 있는 곳에 상륙했다. 아이네아스는 그곳에서 여자 예언자 시빌에게 자신의 운명에 관한 예언을 들었다. 시빌은 그에게 이렇게 말했다. "내가 수많은 전쟁, 끔찍한 전쟁을 보는구나. 테베레 강에 피가 흘러넘치는구나." 시빌은 아이네아스에게 반드시 지하세계를 여행해야 하고(쉬운 일이었지만, 실제는 운명적으로 한 번 다녀와야 했다). 또 반드시 지상세계로 돌아와야 한다고 했다(지하세계로 가는 것보다 훨씬 더 어려웠다). 나중에 지하세계에서 탈출하기 위해 아이네아스는 숲에서 가져온 황금 나뭇가지를 지하세계의 여왕 페르세포네에게 뇌물로 주어야 했다.

이 신화에서 말하는 '황금 나뭇가지Golden Bough'는 19세기 말과 20세기 초에 걸쳐 제임스 조지 프레이저경이 쓴 신화와 음악, 종교에 관한 책과 1834년 화가 J. M. W. 터너가 그린 매우 감동적인 작품 제목으로 쓰였다.

6. 지하세계

디도 여왕이여! 맹세컨대 운명이 어쩔 수 없이 나를 떠나게 했다오.
나의 출발이 그대에게 그렇게도 큰 슬픔이 되리라고
어떻게 내가 상상할 수 있었겠소!

－베르길리우스, 《아이네이스》, 6권 460절 －
아이네아스가 지하세계에서 디도 여왕을 만나 하는 말

　지하세계 앞을 흐르는 스틱스 강의 뱃사공 겸 나루터지기인 카론
과 약간의 실랑이를 한 후 아이네아스는 죽은 자들이 있는 지하세계
로 들어갔다. 대략 같은 시기에 지하세계를 방문했던 오디세우스처
럼 아이네아스도 트로이에 살다가 이제는 죽어 지하세계로 온 옛 친
구들을 만났다. 그는 죽은 아버지를 만났고 옛 애인 디도 여왕과의
난처한 만남도 가졌다. 또한 이미 옛날에 죽어 지하세계로 와서 오랫
동안 지내다가 다시 새 생명을 얻어 지상으로 보내지기를 대기하는
영혼들 가운데 훗날 아이네아스의 후손으로 태어나게 될 로물루스와
율리우스 카이사르도 아버지 안키세스의 소개로 만났다.

7. 라티움

우리는 우리의 신들을 모실 작은 땅과
배가 정박할 해안 일부분만 바랄 뿐이다.
우리는 아무에게도 해를 끼치지 않을 것이다.

－베르길리우스, 《아이네이스》, 7권 227절－

　키르케가 사는 섬을 출발하여 계속 항해한 후 이탈리아 본토 테베레 강 하구에 이르러 라티누스 왕이 다스리는 땅에 도착했다. 라티누스 왕에게는 라비니아라는 딸이 있었는데, 예언에 의하면 그 딸 때문에 큰 싸움이 일어날 것이라고 했다. 라티누스 왕은 그것이 자신이 아닌 누군가의 문제가 되어야 한다고 생각했고, 그래서 가급적 딸을 자신이나 자신의 백성과는 상관없는 사람과 결혼시키려고 했다. 지금까지는 이탈리아의 아킬레우스로 불리는 투르누스가 분쟁의 씨앗을 안고 있는 딸의 유일한 결혼 상대자였다. 그러나 라티누스 왕은 이런 강력하고 잠재력 있는 경쟁자가 딸과 결혼할 경우 그에 따르는 왕위 승계권의 위험과 문제점도 잘 알고 있었다. 라티누스 왕은 근래에 도착한 트로이인들이 그들의 지도자를 위한 배우자를 찾고 있다는 소식을 듣고 골칫거리인 딸을 탈 없이 시집보낼 수 있는 기회라고 생각하여 뛸 듯이 기뻐했다.

8. 전쟁 (I)

잘 보십시오! 이제 여신께서는 전재戰災의 공포에 휩싸이게 될
확실한 분쟁거리를 준비하셨습니다.

－베르길리우스, 《아이네이스》, 7권 549절－
알렉토가 주노에게 하는 말

주노는 운명 지어진 로마의 탄생이 더욱 임박해졌음을 알고 이를 막기 위해 더 많은 노력을 했다. 주노는 투르누스와 라티누스 왕의 왕비인 아마타를 부추겨 라비니아와 아이네아스의 결혼을 반대하게 했고, 복수의 세 여신 가운데 한 명인 알렉토로 하여금 라틴 백성들과 트로이인들 사이에 불화를 일으키도록 하는 등 사태를 걷잡을 수 없게 만들었다. 결국 라티누스 왕의 격렬한 반대에도 라틴 백성들은 트로이인들에게 전쟁을 선포했다. 트로이 전쟁 당시 그리스군의 영웅이었던 디오메데스도 당시에는 이탈리아에서 살고 있었다. 투르누스는 디오메데스에게 사자를 보내 그의 옛 적군과 벌이는 전투에 참전해주기를 요청하면서 이런 말을 덧붙였다. "라비니아의 결혼과 관련하여 트로이인들이 다시 다른 민족의 여자를 훔쳐가는 옛날의 나쁜 버릇이 되살아나고 있다!"

9. 에반데르

*에반데르는 아이네아스를 지금은 모든 것이 황금으로 뒤덮여 있지만,
당시에는 거칠고 관목으로 둘러싸인 카피톨 언덕 위로 데리고 올라갔다.*

–베르길리우스, 《아이네아스》, 8권 350절 –
에반데르가 아이네아스에게 미래에 로마가 세워질 땅을 보여주다.

아이네아스는 아르카디아의 왕 에반데르에게 도움을 요청했다. 에반데르는 로마 건설자들의 수호신 가운데 한 명인 메르쿠리우스(헤르메스)의 아들이었다. 더욱이 아이네아스와 에반데르는 둘 다 아틀라스의 혈통을 이었다고 할 수 있었다. 따라서 그들은 먼 친척이었다. 다른 한편으로는 당시 영웅들의 거의 반 정도가 자신들의 조상이 아틀라스라고 주장했기 때문에 아틀라스가 같은 조상이라는 것만으로는 도움을 청하기에 부족했다. 그리하여 아이네아스는 에반데르와 라티누스 왕이 오래된 숙적임을 부각시켰다. 에반데르는 아이네아스에게 에트루리아인들Etruscan도 그들의 동맹에 참여시키도록 했고, 비너스도 자신의 남편 불카누스(헤파이스토스)로 하여금 아이네아스를 위해 무기와 갑옷을 만들어주게 하는 등 앞으로 벌어질 전쟁에 끼어들게 되었다.

비너스가 아이네아스를 무장시키는 동안 주노는 무지개의 여신 이리스를 투르누스에게 보냈다. 이리스는 확실하게 친로마적인 메르쿠리우스보다도 더 강도 높은 반트로이 성향을 띤 친라틴 사절이었다. 이리스는 아이네아스가 없는 사이에 트로이 진영을 공격하도록 라티누스에게 강권했다. 반트로이 진영에 호전적이고 아마존 여전사와 닮은 카밀라 여왕도 합류하게 되었다.

10. 전쟁 (II)

트로이인들이여, 성벽 뒤에 숨어 죽음의 공포 앞에 웅크린 자들이여!
또다시 포위 공격을 당하고 있는 것이 부끄럽지도 아니한가!

— 베르길리우스, 《아이네이스》, 9권 598절 —

트로이 진영에 대한 공격을 물리쳤을 때(트로이 성에서 10년간 방어전쟁을 치른 경험은 그들을 성벽에 의지하여 버티는 데 매우 뛰어난 군대로 만들었다), 투르누스는 트로이군의 함대에 불을 질러 태워버리려고 했다. 그러나 그 일로 레아의 노여움을 사게 되었다. 함대를 만드는 데 쓰인 재목이 레아의 성스러운 숲에서 벤 나무였기 때문이다. 트로이 진영에 대한 공격은 매우 강력한 트로이군의 역공에 부딪혔다. 투르누스는 신들린 사람처럼 싸웠지만 방어선은 돌파할 수 없었다. 아이네아스의 아들 아스카니오스는 매우 잘 싸우고 있었다. 그러나 아폴론은 미래의 로마 인종 보존을 위해 아이네아스의 아들에게 전투에서 물러나라고 했다. 올림포스 산에서는 이때 주피터가 비너스와 주노의 간곡한 간청에 골머리를 앓고 있었다. 주피터는 이 격렬한 투쟁에서 완전히 손을 떼고 일이 되어가는 대로 내버려두기로 했다.

포위전 양상은 아이네아스가 에트루리아인들로 구성된 충원군을 이끌고 나타났을 때 변화가 일어났다. 그러고는 전쟁은 다시 트로이 전쟁과 똑같이 영웅적인 결전과 그에 따른 양측의 대규모 사상자의 속출로 이어졌다. 트로이 전쟁에서 헥토르가 아킬레우스의 친구인 파트로클로스를 죽였던 것같이 투르누스는 아이네아스의 친구이며 에반데르의 아들인 팔라스를 죽였다. 그에 따른 아이네아스의 필연적인 분노로부터 투르누스를 보호하기 위해 주노는 그를 전장에서 유인해냈고, 장수가 사라진 라틴 진영은 혼란에 빠졌다.

11. 협상

라틴 사람들이여, 그대들이 아무리 나에게 간청을 해도
나 디오메데스는 이번 전쟁에 참전하지 않을 것입니다.
무기를 거두고 전쟁을 끝내는 조약을 맺으십시오.
그리고 최대한 유리한 조건을 쟁취하도록 노력하되,
어떤 대가를 치르더라도 무력 충돌만은 피해야 합니다.

－베르길리우스, 《아이네이스》, 11권 260절 －
디오메데스가 라틴 사람들에게 한 충고

아이네아스는 예를 갖추어 팔라스를 화장했다. 그러고는 전쟁을 끝낼 조건을 라틴 진영에 제시했다. 디오메테스는 로마 진영에 사자를 보내 지난날의 트로이 전쟁 참전 경험은 매우 끔찍했으며 다시는 그런 대규모 전쟁이 일어나서는 안 된다고 말했다. 투르누스가 돌아왔고 전쟁을 계속하기를 원하는 파들을 규합하여 다시 전투가 벌어졌다.

12. 전쟁 (III)

이것이 나의 운명이도다. 네가 이겼도다.
행운이 네게 가져다줄 축복을 누려라.

– 베르길리우스, 《아이네이스》, 12권 930절 –
투르누스가 아이네아스에게 한 말

카밀라 여왕은 자신의 수호신인 디아나(아르테미스)의 도움을 받아 트로이군 진영으로 난폭하게 돌진했다. 카밀라 여왕이 전사하면서 라틴군의 공세가 주춤해지는 듯했으나, 싸움은 계속되었다. 이때 투르누스가 운명의 주사위를 던지며 아이네아스에게 양쪽 진영의 전투를 멈추고 일대일의 맞대결로 승부를 내자는 제의를 했다. 투르누스에게는 슬프게도 이때 주노와 주피터 간의 합의가 이루어졌다. 로마시의 건설 계획은 진전되어야 하며 주노는 트로이인들을 박해하는 행위를 멈춘다는 합의였다. 그러나 주노는 아이네아스의 백성들은 라틴 민족과 화해하여 우호적 관계를 유지할 것과 라틴식 이름을 써야 한다고 요구했다. 합의 조약이 체결되었고 투르누스의 운명도 끝이 났다. 그의 죽음으로 아이네아스의 대서사시도 끝이 났다.

종 장

헤라클레스의 후손

헤라클레스의 후손들은 자손이 너무 번창하여 그들만으로도 별도의 종족을 구성했다. 그리하여 헤라클레이다이라고 불렸다. 고향 땅에서 쫓겨난 헤라클레이다이는 델포이 신전의 신탁을 받은 결과 "세 번째 수확까지 기다려야 다시 고향으로 돌아올 수 있다"고 했다. "세 번째 수확"이라 함은 헤라클레스의 세 번째 후손(증손들)을 가르키는 말로 그들은 헬라스Hellas(그리스)로 몰려들어와 무차별한 살육과 방화를 저질렀고 그리스 땅을 자신들끼리 나누어 차지했다.

헤라클레스 후손들의 귀향이라는 신화적 주제는 도리아인들의 침입이라는 역사적인 주제와 연관되지만 도리아인들의 침입에 대한 역사적 객관성은 논쟁의 여지가 많다. 한 주장에 따르면 도리아 침입자들의 남쪽 침략으로 미케네 문명이 끝났다고 한다. 그리스는 이제 암흑시대로 빠져들었고, 수세기 이후에 새로 태어난 문명은 그 이전 시대의 기억들을 애매모호하게 만들었다. 다시 모아진 애매모호한 전시대의 기억들이 신화로 재등장하게 되는 것이다.

로물루스와 레무스 형제가 로마를 세우다

이탈리아에서 아이네아스와 라비나 사이에서 태어난 자녀들은 알바롱가Alba Longa라는 마을에 정착해서 살았다. 그러나 많은 역사학자는 알바롱가가 존재했던 도시가 아니라 로마를 건설하기까지 그들이 정착하여 살았던 곳이라고 여기고 있다. 로마 창건과 관련하여 로마인들은 로마가 트로이가 멸망한 뒤 정확히 300년째 되는 해에 세워졌다고 확신하고 있다. 역사학자들 사이에는 로마 건국 신화의 사실성과 관련해 커다란 논쟁거리가 있다. 신화적 색채가 가장 강한 건국 이야기는 퇴위당한 왕의 딸인 베스타 신전의 여사제가 마르스에게 강제로 납치되어 나중에 로물루스와 레무스 쌍둥이 형제를 출산하게 되었다는 이야기다. 이 두 아이는 바구니에 담겨 테베레 강에 버려졌다. 바구니는 미래의 로마가 세워질 강둑으로 떠밀려가 암늑대에게 발견되었다. 그들은 나중에 목동 파우스툴루스에게 발견되기까지 늑대의 젖을 먹고 자랐다.

이성적인 로마인들이 이 신화를 그대로 믿기에는 문제가 많았다. 비슷한 내용의 다른 설화에 따르면 마르스는 실제 그 당시의 왕이었고, 그가 자신의 경쟁자의 딸을 투구를 쓰고 겁탈했다고 한다. 일반 시민들이 순결을 잃은 베스타 신전의 여사제와 그녀가 낳은 쌍둥이

후대의 예술과 문명에 비친
아이네아스

　　1689년에 초연된 퍼셀의 오페라 〈디도와 아이네아스〉는 영국 오페라의 최대 걸작 가운데 하나다. 다음의 작품들에서 볼 수 있듯이 대항해시대는 과거에 아이네아스가 경험했던 항해의 추억을 떠올리게 한다. 다음은 이 시대에 제작된 대표작들이다. 안드레아 사키의 〈디도의 죽음〉(1660대), 마티아 프레티의 〈트로이에서 달아나는 아이네아스와 안키세스, 아스카니오스〉(1630대), 클로드 로랭의 〈팔란티움에 도착한 아이네아스〉(1675), 〈카르타고에서의 아이네아스와 디도〉(1676), 프랑수아 페리에의 〈하르피이아와 싸우는 아이네아스와 동료들〉(1646~1647), 루카 조르다노의 〈아이네아스와 투르누스〉(1600대), 조반니 바티스타 티에폴로의 〈아스카니오스로 변장한 큐피드를 디도에게 소개하는 아이네아스〉(1757), J. M. W. 터너의 〈카르타고를 건설하는 디도〉(1815) 등이 있다.

클로드 로랭이 묘사한 이탈리아에 상륙하는 아이네아스

의 처형을 반대하여 그 쌍둥이는 한 목동에게 맡겨져 창녀인 그의 아내에 의해 길러졌다(라틴어로 'lupa'는 창녀와 암늑대라는 의미로 쓰였다).

이 두 신화에 의하면 로물루스와 레무스가 성장하여 그들의 진짜 조상이 누구인지를 알게 되었고, 지역 청년들을 모아 소규모 군대를 조직해 가짜 왕을 몰아내고 그들의 할아버지를 알바롱가의 왕으로 다시 세웠다. 그들은 다시 청년들을 모아 로마를 세우기 시작했다.

대부분의 역사학자들은 신화나 설화들을 부정한다. 그러나 일부 역사학자들은 신화나 설화의 기본 요소의 사실성을 입증하는 고고학적 증거가 속속 발견되는 데 주목하고 있다. 그것들이 사실로 밝혀진다면 명확한 시기를 단정할 수는 없지만, 기원전 753년 4월 21일 아침에 로마가 세워졌다는 시점은 신화의 시대가 끝나고 역사의 시대가 시작되는 정확한 구분점이 될 것이다.

참고 도서 목록

대서사시로 만들어진 신화는 보급판으로 된 책을 쉽게 찾아볼 수 있다. 호메로 스의 《일리아스》나 《오디세이아》도 보급판으로 만들어진 것이 많다. 예를 들면 리 우E.V. Rieu가 번역하고 피터 존스Peter Jones가 교정을 맡은 《일리아스》(Penguin, 2003)가 있으며, 로버트 파글스Robert Fagles가 번역하고 버나드 녹스Bernard Knox가 감수한 《오디세이아》(Penguin, 2006)가 있다.

《일리아스》와 《오디세이아》를 좀더 원문에 충실하게 읽기를 원한다면 러브 Loeb판 《오디세이아The Odyssey》, Loeb Classical Library 104, 105(Harvard University Press, 1919)를 읽어야 한다(책의 한 면은 영어로, 다른 한 면은 그리스어로 편집되어 있다). 이 책은 A.T. 머리Murray가 번역하고 조지 딤콕George E. Dimcock이 감수했 다. 《일리아스》 Loeb Classical Library 170, 171(Harvard University Press, 1924)은 머리 가 번역하고 윌리엄 와이엇William Wyatt이 감수했다.

인터넷을 검색해보면 저작권이 소멸된 책들을 찾아볼 수도 있다. 어떤 책들은 신화의 여러 가지 위대한 이야기 가운데 잘 다루지 않는 부분을 다룬 것들도 있다. 예를 들면 M.L.웨스트West가 번역한 헤시오도스의 《신통기Theogony》와 《노동과 나날Works and days》(Oxford University Press, 1999)이 있다(이 책에는 전공을 하지 않은 사람들을 위해 유용한 주석과 보충 설명이 실려 있다).

요즘 어린이를 대상으로 고대 신화를 재구성하여 출판하는 일이 흔해짐에 따라 현대에서 고대 신화를 잘못 이해할 우려가 커졌다. 성인으로서 신화를 좀더 쉽게 접근하기를 원하는 독자는 리처드 마틴Richard P. Martin이 편집한 《고대 그리스 신화 Myth of the Ancient Greek》(New American Library, 2003)나 로버트 그레이브스Robert Graves 가 편집한 《그리스 신화The Greek Myths》(Penguin, 1990) 등을 읽기 바란다.

그 밖에 그리스 신화를 다룬 참고할 만한 도서

Lucilla Burns, *Greek Myths* (British Museum Press, 1990)

Richard Buxton, *The Complete World of Greek Mythology* (Thames & Hudson, 2004)

Paul Cartledge(ed.), *The Cambridge Illustrated History of Ancient Greece* (Cambridge University Press, 2002)

Malcolm Day, *100 Characters from Classical Mythology* (Barrons & A & C. Black, 2007)

Jane F. Gardner, *The Roman Myths* (British Museum Press, 1993)

Bettany Hughes, *Helen of Troy* (Cape`& Knopf, 2005)

Mark P. O. Morford & Robert J. Lenardon, *Classical Mythology* (8th ed., Oxford University Press, 2007)

William Smith, *Dicitionary of Greek and Roman Biography and Mythology* (London, 1894)

그림 출처

모든 펜화는 19세기에 제작된 작품이다.

- Alinari Archives : 16, 65
- D.A.I. Athens : 283
- Antikensammlungen, Basel : 229
- Staatliche Museen Preyssischer Kulturbesitz, Berlin : 212
- Museum of Fine Arts, Boston : 160, 167, 185, 186
- National Gallery of Scotland Edinburgh : 138
- Galeria degli Utfizi, Florence : 22
- Landes Museum, Kassel : 157
- Archiepiscopal Castle, Kremsier : 131
- British Museum, London : 234, 236, 244, 259, 275, 328
- National Gallery, London : 164, 256, 336

찾아보기

우리가 꼭 읽어야 할
그리스 로마 신화

첫판 1쇄 펴낸날 2015년 2월 5일

지은이 | 필립 마티작
옮긴이 | 이재규
펴낸이 | 박남희

종이 | 화인페이퍼
인쇄 | 청아문화사
제본 | 정민제본

펴낸곳 | (주)뮤진트리
출판등록 | 2007년 11월 28일 제318-2007-000130호
주소 | 서울시 마포구 토정로 135 (상수동) M빌딩
전화 | (02)2676-7117 팩스 | (02)2676-5261
E-mail | geist6@hanmail.net

ISBN 978-89-94015-73-6 03840

* 잘못된 책은 교환해드립니다.